JN177024

ヘルダーリンにおける
自然概念の変遷

▼

田野武夫

鳥影社

目次

ヘルダーリンにおける自然概念の変遷

序

本書は、フリードリヒ・ヘルダーリン（一七七〇―一八四三）の中期から後期の作品、書簡、論文を対象にし、自然概念の変遷過程を辿る。フランクフルト期（一七九六―一七九八）から第一次ホンブルク期（一七九八―一八〇〇）への移行期、またそれ以降の後期作品において自然概念がどのように変化し展開していったのか、そしてそれは何を意味していたのか、これを解明しようとする試みである。

ヘルダーリンの特に後期の著作は晦渋な文体と深奥な論理により、一定の精神的方向性を確定するのは困難な作業と言わざるを得ない。ヘルダーリンの文学史的、思想史的位置づけが未だ曖昧な状態に留まっている原因の一つもこの点にある。本論考では、ヘルダーリンの作品において重要な位置を占める自然概念の変遷過程に注目することによって、中期から後期以降の複雑な思想体系に一つの道筋をつけることを目的とする。具体的な作業としては、テクストや一次資料の実証的な検証を中心としつつ、古代から近代に至る関連する諸思想との影響関係、あるいは韻律論などの観点から多角的に考察する。

ヘルダーリンの自然概念の研究は、ここ十数年程の間に注目を浴びるようになった分野である。主に考察の対象となっている作品は、彼の代表作である小説『ヒュペーリオン』である。実際にこの小説では百以上もの「自然」Natur への言及があり、他の作品と比較して使用頻度が際立って高い。ヘルダーリン作品の中で「自然」という語が用いられ始めたのはテュービンゲン期（一七八八―一七九三）からで、ヴァルタースハウゼン・イェーナ・ニュルティンゲン期（一七九四―一七九五）にその数は飛躍的に増大し、中期のフランクフルト期において最高潮に達する。[（一）]『ヒュペーリオン』はヘルダーリンの執筆活動期で言えばフランクフルト期に当たり、彼の自然概念の発展の最終段階とみなされている。その後ホンブルク期以降は「自然」の使用数は急速に減少し[（二）]、「自然」への関心も低下したと考えられている。

　無論、語の使用数のみが問題とされているわけではなく、詩作内容の変化の観点からも「自然」への関心低下はある種の既成事実と見られている。ヘルダーリンがフランクフルト期までに構想した「自然」の主要な要素は、ギリシア的・汎神論的色彩を帯びた調和的理想郷であった。後期の讃歌群では詩のモティーフに「祖国」や「ドイツ」の占める割合が増え、全体的にギリシア志向は弱まる。その結果、ギリシアと密接な関連を持つ「自然」の重要性が失われるという見方が生じることになる。一九二〇年代にすでにヘリングラートは、後期作品の注釈の中で、「自然」はもはやヘルダーリンの世界観を体現する言葉ではなくなったと述べている。[（三）]これは後期作品における「自然」の位置づけを象徴的に示す見解であると言えよう。

　しかし本論は、後期詩作においても「自然」の持つ重要性は失われていないと見る。ホンブルク期以降の祖国讃歌群においても「自然」という語は少なからず用いられており、自然形象描写も依然として作品の根本要素をなしている。また後期の作品、論文、書簡で提示される「自然」は、フランクフルト期と比較して使用頻度こそ減少するものの、その量的傾向に反比例して質的な面ではより重要な意義を獲得している。自然概念のこの質的変化の過程を考察することが本論のねらいである。

　フランクフルト期の『ヒュペーリオン』までのヘルダーリンの調和志向の背景には、ギリシア文学への傾倒と並んで、フランス革命の共和思想への共鳴、『ヒュペーリオン』におけるディオティーマのモデルとなったズゼッテとの邂逅、家庭教師としての教育活動の幸福な成功など様々な要因がある。同時に彼は、古典や詩文芸を冷遇する当時の風潮、旧態依然としたドイツの封建的体質に対して、文明論的観点からの危機感も覚えていた。ヘルダーリンの眼前に存したこの二つの相反する世界は、自らが構想する世界像に古代ギリシアの崇拝と近代の否定という構図をもたらした。言語表現のレヴェルで言えば、「自然」の絶対的肯定と「人為」Kunst、「形成」Bildung の徹底した否定である。『ヒュペーリオン』において繰り返し述べられるギリシア的「自然」への讃美と「人為」の否定、ドイツ罵倒の言辞などはこの精神状況を如実に反映している。

しかしズゼッテとの別れ、シュヴァーベン共和国設立の失敗がもたらした革命運動に対する失望感、詩人としての活路を見出せない絶望的境遇などが、彼の思考や詩作様式に微妙な変化をもたらした。しだいにヘルダーリンは自然的ギリシア文化への極端な傾倒という自らの精神態度に対し、現実世界での根拠という点で懐疑的な反応を示すようになる。ただしこの思考の変化は、彼を極端な現実主義へと向かわしめたというよりも、思想的基盤の近代西洋志向への緩やかな移行というかたちを取った。ギリシア文化を客観視し、詩人の存在根拠を近代西洋に求めることによって、精神的活路を見出そうとしたのである。その結果ホンブルク期以降のヘルダーリンの著作では、それまで低い価値づけをされていた「人為」の地位が高まり、「自然」といわば対等の関係にあるものとして論じられるようになる。彼は両概念を古代と祖国の関係へと適用し、この二項対立の内的関連を追及する。しかしこの問題について明確な結論を得るに至らず、むしろ両者の差異を強く意識することになる。結果として彼は、ギリシアと近代西洋とは根本的に異なるという一つの結論に到達する。しかしこれは、世界像の新たな構築の過程に生じた一つの論理的帰結に過ぎなかった。彼はさらに、古代と祖国との非融合性を新たに解消する試みとして、人類史的観点から両者の関係を捉え直そうとする。それは、ギリシアと近代西欧との関係を並列的に論じるのではなく、人類の歴史的継続の観点から文化移動という思考モデルのもとに把握しようとする試みであった。この文化移動の観念を詩的に形象化する際にヘルダーリンが用いたのは、主に河流のモティーフであった。『ドナウの源で』はその典型的な例である。

このようなホンブルク期以降の後期詩作への転換期において「自然」の指示する内容も、段階的な変化を見せ始める。古代ギリシアを象徴した「自然」が、その歴史的次元をさらに深化させ、東方志向と結びつけられる。その結果「自然」はもはやギリシアのみならず、「オリエント」や「東方」、「アジア」の領域をも包摂するようになる。この「西洋と東洋の神々の上に立つ」自然は、(四) 古代と近代西洋を結びつける文化的精髄であり、この根源的精神が歴史的経過において多様な文化形態のもとに顕現する。古代ギリシアとドイツの文化的相違も「自然」の多様性の中に吸収され、根本的同質性の喪失が回避される。

さらに、極度に抽象化された「自然」を現実化する仲介者の存在についても、ヘルダーリンは多くの思考を割いている。例えば文明を形成する「自然」をそれぞれの文化領域から言語化するのが詩人であり、ギリシアで言えばそれはホメロスであった。ヘルダーリンは、ホメロスと同じ使命を自らの詩的活動に課したと考えられる。また神性と人間を仲介する「半神」Halbgott をも、彼は詩人と同じ次元にある存在とみなした。『唯一者』においてキリスト、ヘラクレス、ディオニュソスを兄弟として定義し、詩人との同質性を歌っている点にそれが表れている。

以上の過程を考察するのが本論の趣旨であるが、その射程をはかるためにも、ここで「自然」に関するヘルダーリン研究の現状について言及しておくことにする。

「自然」をキーワードとしたモノグラフは、独文学の研究領域におけるヘルダーリン研究の膨大な数に比較すれば、必ずしも多いとは言えない。本格的なヘルダーリン研究は、二十世紀初頭のホフマンスタールやリルケなどの詩人による再評価、文献学者ヘリングラートによる全集の刊行によって開始された。このヘルダーリン研究の開始期から一九八〇年代までの研究史を概観すると、「自然」をタイトルに掲げる主だった論文、研究書は、ベックマンの「ヘルダーリンの自然信仰」(五)、ロストイチャーの研究書『ヘルダーリン――偉大なる自然の告知者』(六)、ポットの論文「理想としての自然――『ヒュペーリオン』からの引用への注釈」(七) といった程度である。「自然」

に補足的に言及している研究は数多くあるが、それが主たるテーマとなっている論考はほぼ皆無に等しい。

ヘルダーリンの「自然」という語の使用の多さと、このような研究の数の少なさとの矛盾はいかにして生じたのだろうか。その理由の一つとして、「自然」という語が作品の中で象徴的な響きをもって用いられているため、明確な概念的規定の対象となりにくい点が想定される。また自然概念それ自体が、西洋形而上学全般を視野に入れれば極めて多義的であり、ヘルダーリンの自然概念との比較検討が必ずしも容易ではないということも一因であろう。ヘルダーリンが構想した「自然」はその多くの要素がギリシア自然思想と関連しているものの、それ以外にもスピノザの汎神論、ルソーの自然思想、カント、フィヒテ、シラーの哲学・美学論、フランス革命の共和理念など、多種多様な思想的背景を有し、いわば西洋形而上学における自然概念の混合体としての様相を呈している。複雑に絡み合う自然概念の諸要素を論じるためには、作品中の数多くの「自然」への言及に関して、具体的な思想的背景もしくは典拠を個別的に確定する基礎作業が必要であった。しかし八〇年代まではこの文献学的注釈作業は必ずしも充分な状況ではなかった。この状況に変化が起こるのはようやく九〇年代に入ってからである。

ヘルダーリン研究における主な引用文献は、バイスナー編集のシュトゥットガルト版全集である。しかしながら、未発表の作品が多く、断片的手稿が散在するヘルダーリンの場合、テクストをいかに確定し構成するかは極めて多くの問題を含んでおり、常にその是非をめぐって議論が生じてきた。その要因の一つに、テクストそのものの保存状態が挙げられる。ヘルダーリンの詩作品はその大部分が生前に発表されることなく、複数のノートに断片的に書きとめられた状態で残された。またそれらの手稿は、必ずしも整然としたかたちで残されているわけではない。一作品が複数のノートにまたがり、かつ一頁に複数の作品の構想が書かれていることも稀ではなく、加筆修正箇所も膨大な数に上る。この傾向は特に後期の作品ほど顕著となる。バイスナーは、このような錯綜するテクストの状態に対して、主に作品解釈にもとづいて個々の断片を取捨選択し、連結することによってテクスト構成を行っている。例えば、本論で取り上げる『唯一者』の場合、バイスナーは、ヘルダーリンが書き残した複数のノートから断片箇所をつなぎ合わせ、第二、三稿をそれぞれ独立した稿として提示している。

　編集者自身の解釈に強く依存しているバイスナー版に対して、編集者の恣意的解釈を極力排除し、作品の成立過程において生じた修正箇所などもそのまま提示するザットラーのフランクフルト版全集が刊行された（八）。ザットラーは、ファクシミリによってヘルダーリンの手稿をそのまま再現し、テクスト構成の最終的な決定を読者に委ねる姿勢を取っている。九〇年代にはこの他にもクナウプ編集によるハンザー版（九）、シュミット編集によるフランクフルト版（一〇）などが次々に編纂される状況となった。

　その中でもとりわけシュミット版は、ヘルダーリンの自然概念研究にとって極めて有益である。この全集はバイスナー版の後継的位置にあり、テクスト構成もほぼバイスナー版を踏襲しているが、注目すべきは、およそ一五〇〇頁にわたる膨大な注釈である。作品のあらゆる箇所について関連する思想的背景を具体的な資料記す注釈の数々は、言わば壮大な典拠研究の様相を呈している。「自然」への言及箇所についても同様であり、この全集からヘルダーリンの自然概念を総合的に論じる際の基礎情報を得ることができる。

　このような文献学上の発展に相応して、ヘルダーリンの自然概念研究についても九〇年代に変化が起こる。一九六六年にウルリッヒ・ポルトが『自然の美を獲得する――ヘルダーリンの『ヒュペーリオン』の美的モデルについての問題史的考察（一一）』を発表し、複雑に入り組んだヘルダーリンの自然概念の諸要素を緻密な分析によって提示した。彼は、主にドイツ観念論のコンテクストにおいて言及されてきたヘルダーリンの自然概念を、風景論といった芸術理論に比重をおいて考察している。しかしポルトの研究がもたらした成果は、彼の自然概念をめぐる解釈にあるというよりも、自らが「史料編纂」と呼ぶその方法論にある。彼は、多様に交錯し、「解釈を制御することが困難（一二）」な『ヒュペーリオン』における自然概念と、同時代の哲学、美学、宗教論、芸術論で行われた「自然」に関する議論との関連を詳細に論じている。彼の研究によって初めて、一定の規模を持った総合的自然概念研究の基礎が据えられたと言ってよい。また奇しくもほぼ期を同じくして、『ヘルダーリン年鑑』が、「自然」を中心テーマとした特集を組んだ。(一三)そこには、ヘルダーリンの作品に表れる「自然」という用語は何を意味するか、という主題のもとに、複数の研究者の論文が掲載されている。ただし、個々の論文は紙面の制約もあってポルトほど徹底した作品論とはなっておらず、各々の関心に沿って恣意的に展開されているという印象を受ける。とは言え、九〇年代後半からのこのようなヘルダーリンの自然概念への関心の高まりは、約一世紀にわたる研究の蓄積と文献学の発達がもたらした一つの成果であると言えよう。

またヘルダーリンの「自然」が注目を浴びるようになったのは、ヘルダーリン研究の内部から生じた必然的要請の結果であるのみならず、外的要因も想定されうる。自然美学の議論は今日、環境問題という時事問題と関連づけられる傾向にある。「自然科学が自然を破壊する」というテーゼのもとに自然概念史を著したゲオルク・ピヒトはその一例である。(一四)この他にもドイツ国内では人文科学の観点から「自然」の意味を問う学術会議が、八〇年代から九〇年代にかけて相次いで開催された。(一五)ヘルダーリンの自然概念への注目はこのような時代傾向と無関係ではないと考えられる。ただしポルトも主張しているように、(一六)ヘルダーリンの自然概念を時事問題と短絡的に関連づけるのは拙速と言わなければならない。ヘルダーリン研究には複雑に入り組んだ思考の解明や難解なテクストの解読作業という不可避の前提作業があり、それを踏まえることなしに安易に時事的問題と関連させたとしても、多くの矛盾点が噴出する結果になるのは容易に想像がつく。

とりわけヘルダーリン作品の後期自然思想については、まだ充分な検証がなされているとは言えない。ヘルダーリンの後期詩作研究については、自然概念に関する数少ない考察の中でも、ヘルダーの人類史哲学とヘルダーリンの祖国論との緊密な関係を指摘したガイアーの見解が示唆に富む。(一七)本論もこのガイアーの論から多くの示唆を得ている。ただし、フランクフルト期までのギリシア的・汎神論的「自然」、近代批判の根拠となっていた「自然」が、「祖国」とどの点において結びつくのか、もしくはヘルダーリンの内部に何らかの思想的変化があったのか、この点についてガイアーは詳しく論じていない。また後期の祖国讃歌群において「自然」が「東方」や「アジア」と結びついている点に関しても、重要な指摘は見当たらない。これはガイアーに限ったことではなく、ヘルダーリン研究史全般に言えることである。本論考はこのような研究史上の不足を補完する意図も有している。

本論の構成を以下に示す。

第一章では主たる考察の前段階として、ヴァルタースハウゼン・イェーナ・ニュルティンゲン期までの自然概念の展開を概観する。「自然」ということばが用いられ始めたテュービンゲン期について、同期の讃歌群の特質である原初的自然世界の描写とピュタゴラス派の調和理論やヘラクレイトスの汎神論などの自然思想との関係に触れ、ヘルダーリンの調和志向の背景に潜むフランス革命の共和思想への共感について言及する。ヴァルタースハウゼン・イェーナ・ニュルティンゲン期については、主にフィヒテの絶対自我との関連から論じる。すなわち、フィヒテの自我論に影響を受けつつも、客体としての自然の重要性を再認識するに至った過程を『ヒュペーリオン』の改稿過程を中心に検証する。

第二章では「自然」に関連して頻繁に用いられる「幼児」Kind のモティーフに注目する。純粋無垢な存在物として「自然」と同一視される「幼児」の観念はヘルダーリンの家庭教師としての実践活動と密接に関連しており、このことが彼の自然観に豊かな概念的広がりと形象性を与えた。また教育活動の思想的支柱となったルソーの教育思想や近代批判、シラーの美学論と「幼児」との関連についても考察し、『ヒュペーリオン』や詩論「詩的精神の振舞い方について」において自然概念と密接なかたちで展開する「幼児」の本質を考察する。

第三章では、自然と人為との問題を扱う。ここでは、研究史上この二項対立の問題の領域であまり注目を浴びてこなかった詩作様式の観点から考察する。ヘルダーリンの自然と人為に対する思考の変化は、韻律形式の変化にも顕著に表れている。自然と人為の対立が最も鮮明に描かれる『ヒュペーリオン』と同じフランクフルト期の詩において、彼は主にアルカイオス調とアスクレピアデス調という二つの韻律形式を用いた。両形式の構造的特徴にしたがって、ヘルダーリンはアルカイオス調の韻律形式では宥和的・自然的世界を描き、アスクレピアデス調では主観的・厭世的な内容の詩を書いた。このような韻律形式の両極性は、自然と人為という二元論的思考によってもたらされたものであることを指摘する。また自然と人為の融合がテーマとなったホンブルク期以降の詩作では両韻律は遺棄され、自由韻律の形式が用いられるが、そこでは一つの詩の中に二つの要素が共存するという特徴が認められる。一方は、文法規則を逸脱し原始的な印象を与える自由な語の配列であり、他方は、神話における固有名詞をその属性を明示する普通名詞に置き換えるといった説明的態度である。この二つの要素を自然と人為の顕れと捉え、両要素が混在する詩の様式が自然と人為の融合という後期詩作の主要課題と一致している点を指摘する。さらに、詩作様式に関する考察と並んで本章の最終節では、ホンブルク期の論文『エムペドクレスの死』における自然と人為の交換理論を実証的に吟味し、後期作品の考察への足がかりとする。

第四章ではヘルダーリンの後期作品の主要テーマである祖国論と自然概念について、書簡、ギリシア悲劇論の分析を中心に検討する。ホンブルク期以降のヘルダーリンの言説では、ギリシア文化の呪縛から脱しようとする姿勢が鮮明になってくる。彼は近代の特性である「形成衝動」Bildungstrieb や「冷静さ」Nüchternheit を肯定的に捉え、自然古代に偏向した従来の姿勢を自覚的に改める。本章では、特に「オイディプスへの注解」と「アンティゴネーへの注解」の分析を中心に新たな思考の展開を考察する。ヘルダーリンは二つのギリシア悲劇の構造的特徴を分析し、劇の進行を中断する「中間休止」Cäsur を最も重要な要素として導き出す。彼は「この世」から「あの世」へと場面を転回させる「中間休止」を「自然の威力」Naturmacht と定義し、さらにこの自然力に抵抗し「個」の保持を図る強い意志力を「祖国的」vaterländisch な存在形式と規定する。この「祖国」の観念に比重が移っていく過程に、本章は注目する。またこの問題に関連して、本章の最終節ではベーレンドルフ宛の書簡に見られるギリシア文化と近代西洋文化の比較論を取り上げる。

第五章では、ヘルダーリン作品全般において「自然」の属性として付加される「若さ」もしくは「若返り」の意味について考察する。ヘルダーリンは、ヘルダーの論文「ティトーンとアウローラ」の再生論の影響を受け、共同体の解体・再生のモティーフとして「若返り」という表現をしばしば用いている。その際、彼は「若返り」を常に自然の循環機能のイメージと結びつける。この結果、新たな共同体の確立への幻想が作品内で常に自然描写と一体化して描かれることになる。また「若返り」は、しばしば「ゲーニウス」（Genius,「精霊」、「守護神」）の伝播の表象とも結びつけられる。ヘルダーリンは「ゲーニウス」を、詩という芸術形式によって表される民族の共通精神、本性（自然）と把握した。さらに彼は「ゲーニウス」を飛来、移動するものとして描く。若い古代の民族精神が近代西洋へと伝播し、その活性化作用によって疲弊した近代（＝ドイツ）が若返る。これはヘルダーリンの抱く自然像に文化移動という新たな要素が加わったことを意味する。

第六章では、前章の考察を受けて後期以降の自然概念の特質をさらに掘り下げて検討する。ヘルダーリンがホンブルク期以降に抱いた文化伝播という新たな自然像は、彼に根源領域の再考を迫った。フランクフルト期まで彼が抱いていた西洋文化の根源は、多分に古代ギリシアのイメージと結びついていた。しかし後期の詩作では、「東方」Ost、「オリエント」Orient、「アジア」Asien、「インド」Indienを、根源領域としての「自然」と捉えるようになる。これらの根源領域からドイツへと至る文化的精髄の行程の描写が祖国讃歌群の重要なテーマとなる。ヘルダーリンは、この文化移動のイメージを特に河流のモティーフによって描いた。本章では「アジア」から祖国へと向かう「自然」の特質の解明を詩『ドナウの源で』の分析を中心に行う。同時に、文化移動の思想的背景にあるヘルダーの人類史哲学とヘルダーリンの後期作品との関連についても考察する。その際ヘルダーの自然概念をめぐる思想的時代背景を概観するために、この問題を風土論の観点から簡潔にまとめている和辻哲郎の論を、補足的に第４節として組み入れる。

第七章は、詩『唯一者』の実証的分析をとおして「父」の観念について論究する。根源領域は地理的・文化的側面を有するばかりではない。ヘルダーリンの抱く絶対概念には人格性を伴った「父」も存在する。その特性を検証することが本章の目的である。『唯一者』では、文化的背景を異にするキリスト、ヘラクレス、ディオニュソスが兄弟として提示され、その「父」の様相が描かれる。詩の進行にしたがって「父」は、ギリシア的「ツォイス」（＝ゼウス）からキリスト教的「父」へと性格を変えていく。またこの詩の背景描写も汎神論的・自然的世界描写から黙示録的世界描写へと変化していく。本章では同一作品内で変転するこのような「父」の特性に着目し、文化移動の象徴的展開として把握する。また後期においてもなおギリシアの呪縛に苦しむヘルダーリンの心象についても詩の分析をとおして言及する。

本書は平成二六年度 拓殖大学研究叢書 出版助成の交付を受けて刊行された。

第一章　詩作前期の自然志向

1　デンケンドルフ・マウルブロン期（一七八四―一七八八）

ヘルダーリンの十四―十八歳時にあたるデンケンドルフ下級僧院学校時代（一七八四―一七八六）及びマウルブロン上級僧院学校時代（一七八六―一七八八）の諸作品は、ヘルダーリン研究においてほとんど考察の対象になっていない。フランクフルト版全集の編集者シュミットは、同時期のヘルダーリンの詩作はもっぱら僧院学校における宗教的慣習、それもシュヴァーベン地方の宗教的・思想的支柱であった敬虔主義《ピエティスムス》の環境に規定されるにとどまり、詩的価値は有していないと断じている[一八]。しかしながら、この敬虔主義的世界像が、徹底した厭世観と肯定的未来像の幻視によって成り立ち、シュヴァーベン・ピエティスムスの創始者ベンゲルによる黙示録を中心とした聖書解釈を思想的背景とする事実、そしてさらにこの世界像が第二次ホンブルク滞在期に成立したキリスト讃歌、『唯一者』Der Einzige、『パトモス』Patmos、『平和の祝い』Friedensfeier などにおいて再び展開を見ることが近年のヘルダーリン研究において指摘されている[一九]。つまり、ヘルダーリンの後期詩作は、自らの最初期の詩作世界への回帰という要素を持ち合わせていると言える。

『思い出』Erinnerung（1785）、『私のもの』Die Meinige（1786）、『シュテラに寄せる』An Stella（1786）、『嘆き』Klagen（1787）、『静けさ』Die Stille（1788）といった作品に共通する要素は、現実の生に対する不安、悔恨、孤独、苦悩にもとづく徹底した厭世観であり、同時に幻想領域に展開される未来への憧憬の念も強く帯びている。マウルブロン期の後半では現実否定への態度ますます強くなり、その結果、『夢想』Schwärmerei（1788）、『熱情の戦い』Der Kampf der Leidenschaft（1788）では、「終末のラッパ」die Posaun といった黙示録の用語が明確に現れてくる。（二〇）

この時期にヘルダーリンは「自然」ということばを基本的には用いていない。デンケンドルフで一七八五年に書いた『夕べの祈禱のことば』（二一）において、神の命令に背く人間の「本性」として用いた例が一つあるのみである。彼はとりわけマウルブロン期において、シラー、オシアン、ヤング、ヴィーラント、シューバルト、クロップシュトックを熱心に読んだが、少なくともこの時点では、彼らから「自然」に関して思想的着想を得た痕跡は見当たらない。当時ヘルダーリンに思想的かつ芸術的に最も影響を与えたのはクロップシュトックであり、事実、『魂の不滅』Die Unsterblichkeit der Seele（1788）はクロップシュトックの『チューリッヒ湖』Der Zürschersee の影響を受け、デンケドルフ期で最も自然形象の描写に富む詩となっている。しかしクロップシュトックが同詩において「母なる自然」Mutter Natur という用語を用いているのに対し、（二二）ヘルダーリンは、大地、海、かしわの木といった自然形象を神の「創造物」Schöpfungen と呼んでおり、未だ彼がキリスト教文化圏にとどまっている事実を示している。

とはいえ、テュービンゲン期以降の詩作内容に繋がる要素を見出すこともできる。後に母と進路上の確執となった僧職の断念は、『功名心』Die Ehrsucht（1788）における俗物的聖職者の罵倒にも認めることができるが、この直接的要因になったのもやはりクロップシュトックに対する憧憬であった。ヘルダーリンは、クロップシュトックを規範とする詩人としての自己成長をとりわけデンケンドルフ期に強く思い描くようになる。その際特徴的な点は、『桂冠』Der Lorbeer（1788）に見られるように、自己の発展を「軌道」die Bahn にたとえている事実である。この直線的発展のイメージは、テュービンゲン期には『聖なる軌道』Die heilige Bahn や『ヒュペーリオン』最終前稿の「離心的行路」die exzentrische Bahn など、個人史を超えて、自然と人為の両極性の問題を巡る形而上学的考察へと展開していく。

2　テュービンゲン期（一七八八―一七九三）

本論序文でも触れたように、ヘルダーリンはテュービンゲン大学神学寮時代において本格的に「自然」という語を用いるようになる。一七八八年、十八歳のヘルダーリンはテュービンゲン神学校に入学し、コンツ教授のもとでギリシア哲学を学び始める。その講義内容の詳細は不明であるものの、「自然」という観念がにわかに彼の主要テーマとなったのは、彼が僚友ヘーゲルやシェリングらと共にギリシア文学、哲学を学び始めてからである。デンケンドルフ期にヘルダーリンが取り組んだシラー、クロップシュトック、ヴィーラントの作品にもピュタゴラス派の調和思想の要素は多分に見出せるものの、彼がこの先達たちからギリシアに関するモティーフを吸収するようになるのは、テュービンゲン期以降である。

『愛の歌』Lied der Liebe（1790）は、ギリシア的刻印を帯びた「自然」が登場する最初期の作品である。個々の自然形象を結合させ調和的統一体としての「自然」を形成する「愛」には、ピュタゴラス派及び古代エムペドクレスの調和思想、プラトンの『パイドロス』などの強い影響を見出すことができる。ピュタゴラス派の教義に即した天文学的宇宙論の観点から「自然」を描く作品は、他にも『不滅に寄せる讃歌』Hymne an die Unsterblichkeit（1790）がある。また惑星の回転運動における音声現象に注目したピュタゴラス派の教義に相応して、ヘルダーリンのテュービンゲン期の「自然」に関連する語彙も、「音」Ton/Töne、「旋律」Melodie、「歌」Geang、「響き」Klangといった音楽的、音声学的比喩表現が増す。『メロディー――リューダに寄せる』Melodie –An Ryda（1790）は、その最たる例である。音楽的比喩表現は、後の小説『ヒュペーリオン』、戯曲『エムペドクレスの死』やその他の詩作品にも散見され、自然的・調和的世界像描写の際のライトモティーフとなる。

テュービンゲン時代はフランス革命勃発の時期と重なり、フランスのベルトーの研究(三)によって明らかになったように、ヘルダーリン自身もその強い影響下にあった。革命後の一七九〇年から一七九二年の間に成立した大規模な讃歌群、例えば『人類に寄せる讃歌』Hymne an die Menschheit、『自由に寄せる讃歌』Hymne an die Freiheit、『友情に寄せる讃歌』Hymne an die Freundschaft、『愛に寄せる讃歌』Hymne an die Liebe などは、タイトルそのものに「自由」、「平等」、「博愛」といったフランス革命の共和国理念が明確に現れている。このようなヘルダーリンの革命志向の背後には、シュヴァーベン地方の領邦君主、カール・オイゲン・ヴュルテンベルク方伯（一七二八―一七九三）の圧制があった。この圧制者は、『群盗』に怒り、シラーを逃走へと至らしめた人物としてドイツ文学史上でたびたび名が挙がり、ヘルダーリンが敬愛し、後に面識を持つことになった評論家で詩人のシューバルト（一七三九―一七九一）を、一七七七年から十年間にわたってホーヘンアスペルクの城砦に幽閉した人物である。一七八九年に成立したと見られる『悲しみの英知』Die Weisheit des Trauers の根底に流れる主題は、この圧政者に対する非難であり、ヘルダーリンは彼をフランス革命におけるルイ十四世になぞらえている。

当時の多くのドイツ人の知識者たちと同様に、ヘルダーリンは封建的領邦国家にあったドイツの、共和制にもとづく近代化を望んでいた。この願望を神話的形象によって表現するテューービンゲン讃歌群では、「自然」が重要な要素となってくる。ヘルダーリンは「自然」の実像を、諸元素が入り乱れるカオスの状態から、統一的・調和的世界が形成される過程として示す。混沌状態に統一をもたらす原理として彼が用いたモティーフは、神話的形象であるウラーニアであった。このモティーフは、シラーの讃歌『芸術家たち』Die Künstler（1789）から着想を得ていると考えられる。ただしシラーが同作ではウラーニアの存在を「真実」の仮象として一定の機能に制限しているのに対し、ヘルダーリンは『美に寄せる讃歌』Hyne an die Schönheit（1791）においてウラーニアを「原形姿における美」Schönheit in der Urgestalt と呼び、世界創造の中心原理として捉えている。とりわけ『調和の女神に寄せる讃歌』Hymne an die Göttin der Harmonie（1790）では、「壮麗なる自然の女王」[二四]としてのウラーニアが四大元素の上に君臨し、調和的自然世界を構築する過程が描写される。

このような理想郷の描写の背後には、ドイツの封建的国家体制から共和理念を基礎とした近代化への再構築の意図が含まれている点が、容易に推察できよう。『人類に寄せる讃歌』は、人類の革命的解放を歌い、共和制の理念を鮮明に反映した作である。「人類」Menschheitという概念は、十八世紀末の三十年間の、とりわけフランス革命において主要概念として、二つの側面を持っている。一つは十八世紀の後半以降に高まりを見せる包括的な集団概念としての側面である。この集団概念は、全ての人間に共通な自然（本性）を通して得られる、自然権にもとづいた平等の精神を基礎とする。もう一つは自己規定と自己形成、すなわち人権へと至る概念である。[二五]テュービンゲン期の詩作は、ヨーロッパの激動の時代をヒューマニズム的視点から照らし出した作品群と言えよう。そこには、十七、十八世紀のイギリス、フランスに見られる市民的ヒューマニズム、すなわち宗教的権威からの徹底的解放を求め、普遍的人間性の名の下に、自由・平等・博愛の理念の実現をめざす運動と、十八、十九世紀に展開されたドイツ人文主義、すなわち古典重視によって人格の調和的発展、完成、人間の自己救済をめざす精神運動、この二つの要素の結合がテュービンゲン期の詩作において大きな比重を占めている。『人類に寄せる讃歌』における「人類は完成へと進んでいく」[二六]ということばと、デンケンドルフ期以来持続的に保たれた自己の詩人としての「完成」への憧憬は、この二つの要素を示していると言える。

　ヘルダーリンが描いた自己を取り巻く世界の発展的軌道のイメージは、このように「完成」に向かう強い推進力を帯びている。このイメージは、先に述べたように、元素的自然世界がウラーニアによって調和世界へと一種予定調和的に発展していく過程として描かれる。つまりヘルダーリンは、世界の発展を自然の目的論的・直線的運動と同一次元で見ていることになる。しかしテュービンゲン期には、「自然」のもう一つの相も見られるようになる。この相とは、共同体の共通精神としての「自然」である。『ギリシアの精霊に寄せる讃歌』Hymne an den Genius Griechenlands (1790) では、ヘルダーリンは「ギリシアの精霊《ゲーニウス》」を「気高き自然の子」と呼び、さらに「民族を統制し」「崇拝を受ける」ものと規定する。[二七]この「ゲーニウス」を詩文芸をとおして表した人物として彼が挙げているのが、ホメロスである。「ゲーニウス」（精霊、守護神）とは、この場合、個々の人間の個人的本質あるいは運命といったものを指すのではなく、民族全体の本質あるいは運命を示している。[二八] ただし、民族精神としての「自然」は、テュービンゲン期においてはまだ明確に規定されていない。『ギリシアの精霊に寄せる讃歌』では、ギリシアの民族精神は「自然」の下位概念と理解することができる一方で、『青春の精霊に寄せる讃歌』Hymne an den Genius der Jugend（1792）では、「ゲーニウス」は「自然の支配者」とされている点など、思想内容に矛盾点があるのにそれは表れている。[二九]

「序」で述べたように、「自然」がもっとも大規模に扱われるヘルダーリンの作品は、フランクフルト期の『ヒュペーリオン』最終稿である。同小説に見られる「自然」の特質は、汎神論的構図にある。ヘルダーリンがこの汎神論に触れるようになったのはテュービンゲン期であり、その際のキーワードは「一にして全」hen kai pan であった。この汎神論的色彩を帯びたことばは、ヘーゲル、シェリング、ノイファー、マーゲナウといったテュービンゲン期の僚友との思想的連帯を示す標語でもあった。このことばをヘルダーリンは、フリードリヒ・ハインリヒ・ヤコービ（一七四三―一八一九）の著作で知ったと考えられる。ヤコービは、一七八五年に『モーゼス・メンデルスゾーン氏宛の書簡におけるスピノザの教義について』Über die Lehre des Spinoza in Briefen an den Herrn Moses Mendelssohn において、レッシングをスピノザ主義者であると主張し、汎神論論争を展開した。スピノザ主義者と呼ぶことは、当時反社会的思想とみなされていた無神論者のレッテルを貼ることを意味し、多分にスキャンダラスな内容を含んでいた。

ヘルダーリンがどこまでヤコービの主張に賛同したかについては必ずしも明確ではないが、少なくともヤコービを契機として汎神論に傾いていったのは事実である。彼は一七九一年に「ヤコービの書簡について」Zu Jakobis Briefen と題する覚書を残しており、その冒頭部にレッシングが「一にして全」を信条としていたというヤコービの主張を記している。[三〇] しかしながら、テュービンゲン期においてはまだヘルダーリンの汎神論的傾向はそれ程強く現れておらず、後のフランクフルト期のように、「自然」ということばそれ自体を最上位の概念として提示する段階には至っていない。

3　ヴァルタースハウゼン・イエーナ・ニュルティンゲン期（一七九四―一七九五）

テュービンゲン大学神学部を卒業し、ヘルダーリンは、一七九三年十二月、シラーの仲介によりフォン・カルプ家の家庭教師としてヴァルタースハウゼンへと移った。同地における家庭教師としての職務の傍ら、ヘルダーリンは精力的にプラトン、カント、シラー、ルソー、ヘルダーなどの哲学研究に没頭している。当時彼が取り組んでいた著作物は、カントの『判断力批判』、シラーの『優美と威厳』、プラトンの『パイドロス』、ヘルダーの著作などである。ヘルダーリンは一七九四年十一月に、教え子を伴いイェーナへ赴く。当地でシラー、ゲーテ、ヘルダーなどと交流するが、彼にとって最も重要な意味を持ったのはフィヒテの哲学であった。

ヘルダーリンは、当時イェーナ大学の教授を務めていたフィヒテの講義を聞き、その全知識学の哲学に心酔する。彼は、友人ノイファーに宛てて「フィヒテは今やイェーナの魂だ」[二一]と熱狂的な賛辞を述べるが、その後まもなく、フィヒテに対し懐疑的な態度を取るようになった。一七九五年一月二十六日のヘーゲルに宛てた書簡において、ヘルダーリンは「絶対自我」がその性質上、対象を持ち得ないという矛盾を指摘する。[二二]ヘルダーリンは、フィヒテの理論が行き着くところに、認識の対象となる存在物の根本的否定という矛盾を強く意識するようになる。この極論は、ヘルダーリンにとって詩作行為そのものを否定するものと映った。一七九五年初頭に書かれたと推察される論文『判断と存在』Urtheil und Seyn において、彼は「存在」を主体と客体の究極的な合一状態と主張し、「非我」としての対象を吸収するフィヒテ的絶対自我の考えと一線を画すようになる。詩人ヘルダーリンはこの「主体と客体の結びつき」の状態を単に観念論的に想定していたのではなく、詩的創作のために不可欠な要素として考えていた。

ヘルダーリンの詩作において「自然」ということばが中心的役割を果たすようになるのは、このイェーナ滞在期の一七九四年から九五年にかけてである。彼が絶対自我に対峙する概念としての「自然」をしだいに意識するようになると、初めて「自然」が絶対的な観念としての様相を帯び始める。

一七九五年にヘルダーリンは『自然に寄せる』An die Natur という「自然」を表題に掲げる詩を初めて創作した。[三三]この詩に見られる「自然」の特性は、「美の光」、「アルカディアの実り」といった美的・牧歌的風景、また四大元素を基調とした自然形象、「歌」や「旋律」といった音楽的表現にあり、プラトン的美の空間、古代ギリシアの心象風景への強い志向を見ることができる。イェーナにおいてフィヒテは、自然を単なる「非我」der bloße Nicht-Ich と解釈するように主張した。ヘルダーリンは、フィヒテの影響下にあった自らの状態を自然との根源的に親密な関係の喪失と捉える。イェーナにおいて執筆されたと推測される韻文稿『ヒュペーリオン』の散文草案は「運命の学校と賢者は、そうとは知らず私を自然に対し、不正にまた専制的にした」[三四]と始まっており、意志性の強い陶冶教育に対する拒否の姿勢を明確に見ることができる。

韻文稿に見られるヘルダーリンの思考は、拡大する自我の運動と、その運動を規定し、制限する力との拮抗にある。韻文稿においてヘルダーリンは、前者を「無限に前進し、自己を浄化し、高貴にし、解放する衝動」と表現し、後者を「制限され、受容する衝動」と呼ぶ。[三五]そこには芸術的創造行為をもたらす主体性と、その主体性を規定するより高次の存在との均衡という図式がある。自我の拡大運動に一定の機能を認めている点を考慮すれば、ヘルダーリンがフィヒテ的絶対自我の観念を完全に否定していないと見ることもできよう。しかしヘルダーリンの場合、力点はむしろ後者の受動的欲求にあり、詩作活動を促進する神的作用体としての「自然」に優位性をおいている。

韻文稿に見られる「自然」の特質は、人間が精神において形成活動を行う際に形成を促進する素材を提供するという行為にある。これは人間の精神活動とそれを取り巻く外的自然環境との一致を前提としており、精神による自然の克服を掲げるフィヒテの論とは原理的に異なっている。また「自然」の属性としてヘルダーリンが挙げているものは、「家の平和」、「汚れ無き童心から沸き出でるやさしい調べ」、「ホメロス」、「永遠の変転」、「エーテル」などであり、いずれも古代的世界像に基礎がおかれている。

一七九五年三月から六月にかけて、ヘルダーリンは『ヒュペーリオンの青年時代』の執筆に取り掛かる。ここでもヘルダーリンは、韻文稿と同様に、自然から乖離した事実に対する自己批判を冒頭部から展開している。ここでは、「自然」と「形成」、「精神」、「人間」といった非自然との二項対立が韻文稿以上に鮮明に現れている。ヘルダーリンは、この二項対立の図式を自らの幼年期から成人期への移行に則して語る。まず「自然」は、テュービンゲン期までのギリシア志向の強い詩作段階を示し、「自然」と対峙する「形成」および「精神」の段階はイェーナ期での観念論志向の状態を示していると思われる。

次に「自然」に関連する事象としてヘルダーリンが挙げる例は、「幸福に満たされた本能」、「優美に供物を捧げること」、「諸感覚とその世界」、「理性の無いもの」、「不規則な諸力」、「素材の精神に対する献身への用意」、「生の静かな旋律」、「家庭的で幼児的なもの」、「ホメロス」である。(三六) これに対し「精神が支配し始める」「青年期の最初の数年」に属する要素は、「運命と賢者の学校でより強固に、より自由になった」こと、自然に対する「専制的な」な態度、「あらゆるものを全面的な不信の態度をもって吸収する」こと、「優越感」を得ようとする戦い、「調教と強制」、自己と他者に対する「猜疑と非情」である。(三七)

これらの表現から解ることは、「自然」は柔和で静的であり、ギリシア古典の様相を帯び、音楽性を基調とした感覚世界を基盤としていることであり、他方「形成」は、強権的で攻撃的な精神態度を示しているということである。しかし、ヘルダーリンはここで単純に自然崇拝と観念論否定に陥っているのではない。「抵抗する自然」、「敵対的な自然」、「自然の暴力」という表現が示すとおり、(三八) 彼は「精神」の側に立った言及も行っている。彼は韻文稿同様に自然優位を維持しつつ、意志による形成活動に一定の価値を与えているのである。

第二章　自然と幼児

1　フランクフルト期への移行

フランクフルト期（一七九六―一七九八）は、家庭教師として赴任したゴンタルト家の夫人ズゼッテ・ゴンタルトとの邂逅の時期である。『ヒュペーリオン』決定稿執筆期に当たるフランクフルト時代は、「自然」の使用頻度がもっとも高くなる時期である。ヘラクレイトスの「一にして全」を基調とした汎神論を始めとして、スピノザ汎神論、シラーの美学論、ルソーの近代批判など、この時期の「自然」は多種多様な自然思想の混合体として提示されている。

この強力な自然志向は、ヴァルタースハウゼン・イェーナ・ニュルティンゲン期において構築された自然志向の拡大発展としての側面を持ち合わせる一方で、人為性との対立関係については大きな変化を見ることができる。自然の対概念として一定の価値がおかれていた従来の形成概念は、『ヒュペーリオン』では徹底的な否定の対象となり、その意義を完全に剝奪される。その形成活動の実相をヘルダーリンは、主人公ヒュペーリオンのギリシア解放戦争参加に描く。

ヘルダーリンの『ヒュペーリオン』における「自然」については、「序」にも述べたとおり、ポルトの研究によってその思想的背景の詳細が検証されている。以下では若干視点を変更し、ヘルダーリンの教育論を中心に論を進める。というのもヘルダーリンの小説『ヒュペーリオン』決定稿には、「幼児期」Kindheit への頻繁な言及という際立った特徴があるものの、この「幼児」の存在性と「自然」との内的関連について充分な議論がされていないからである。[三九]「幼児」は、ヘルダーリンのフランクフルト期における実際的な活動と作品との緊密な連関を象徴する観念であり、同期の活動全般を概観するための適切な考察対象となりえよう。

「幼児期」Kindheit および「幼児」Kind の概念は、主としてヘルダーリンの家庭教師としての教育活動から派生し、彼独自の美学・詩学論の一部を形成するテーマへと発展していった。その形成過程には、ヘルダーリンの個人的体験のみならず、十八世紀ドイツの思想的、文学的潮流の痕跡をも認めることができる。この思想的背景の中でも、主としてルソーの教育思想とシラーの美学論の影響、フィヒテ哲学との対峙といった問題が挙げられる。ヘルダーリンは教育活動と並行して、これらの諸課題に取り組み、「幼児」のイメージを作り上げていった。そして「幼児」は、ヘルダーリン詩学の根本問題である「美」、「自然」とも密接な関連を持つに至り、彼の作品全般を規定する重要概念となるのである。

2　ヘルダーリンの教育思想

「家庭教師」（Hofmeister もしくは Hauslehrer）は、十八、十九世紀の主に知識階級に属する青年が定職を得るまでの生活の糧とした職業であり、当時のドイツ精神界を形成した中心人物の多くがこの職業を経験した。[四〇] しかし「家庭教師」という地位には、教師に多くの要求と制約が課され、必ずしも快適な境遇ではなかった。とりわけ自分と年齢の近い母親から好意と信頼を獲得し、なおかつ一定の距離を保つという状況は、青年教師にとっては微妙な問題を孕んでいた。この一種特異な状況を、同時代人のレンツが『家庭教師』（一七七四）において巧みに描いている。[四一]

ヘルダーリンは、テュービンゲン大学神学部を卒業後、一七九三年にシラーの仲介によってヴァルタースハウゼンのフォン・カルプ家の家庭教師となった。しかし教え子フリッツの性的悪癖への対処など、教育は困難を極めることとなる。そこで彼は、環境の変化を図って教え子と共にイェーナに向かった。当地で彼はフィヒテの講義を聞き、ゲーテと面識を得、シラーとの交流を深めるなど予想以上の充実した体験を得る。結局一七九五年にヘルダーリンはカルプ家の理解と承諾を得て家庭教師の職を辞した。翌一七九六年には知人ヨーハン・ゴットフリート・エーベルの仲介でフランクフルトのゴンタルト家の家庭教師となり、またここで後に小説『ヒュペーリオン』のディオティーマのモデルとなるゴンタルト夫人ズゼッテと過ごすこととなる。息子ヘンリーへの教育も成果を収め、幸福の日々が続いたものの、一七九八年にヘルダーリンはゴンタルト家を去ることになる。その理由を示す明確な証拠は残っていないが、ズゼッテとの仲を不審に思ったゴンタルトとの間に問題が生じたと推測される。その後一八〇一年にスイスのハウプトヴィルに向かい、ゴンツェンバッハ家の家庭教師となるが、三ヶ月ほどで解任される。この場合も理由は定かではないが、精神病の兆候が現れ始めたためと見ることもできよう。翌年の一八〇二年にはボルドーのマイヤー家の家庭教師に就任する。ここでも数ヶ月で職を辞し、徒歩でパリ、シュトットガルト、ニュルティンゲンへと向う。その時の尋常ならぬ風貌は、精神異常の兆候をはっきりと示していたと言われる[四二]。

以上の家庭教師としての略歴の中でも、『ヒュペーリオン』を中心とする作品の形成に重要な意味を持ったのは、ヴァルタースハウゼンとフランクフルトでの教育活動であった。カルプ家の家庭教師を辞した後、故郷ニュルティンゲンで書かれたエーベル宛の書簡は、ヘルダーリンの教育観を集約した内容となっている。同書簡で述べられたヘルダーリンの教育原則は、ほぼ以下のように要約できる[四三]。

(1) 教育は、成長段階にある子供の扱いには充分配慮しなければならない。教師が癇癪を起こすようなことは決してあってはならない。

（２）授業を実践する際には、一般的な教育理論の原則に従うのではなく、個別的にそれぞれの子供に応じた方針にもとづいて行わなければならない。
（３）教育者は、子供たちの注意を喚起し、子供たち自らが関心を持って学ぶような環境を用意しなければならない。
（４）教育者は傍観者であってはならない。子供の発達を積極的に促進しなければならない。すなわち子供たちに倫理的規範が確立し、この規範が拘束力を持つようにならなければならない。
（５）教育とは、自己教育、自己形成という教育の本来の目的に達するまでのプロセスである。自己教育、自己形成は、文化、精神、道徳の意識を呼び起こすことによって可能となる。
（６）授業は知識の伝達を目的としてはならない。目標とすべきは、知的、道徳的作用が自発的に生じるようにすることである。

これらの教育観に共通する要素は、ルソーを引用して主張されるように、「教育を受けるにふさわしい状況に子供をおくことである」(四四)。ただしヘルダーリンはルソーの教育思想を基本的には賞賛しつつも、その一方で『エミール』に見られる一種傍観主義的な姿勢には反対し、道徳心を向上させる積極的な教材提供の必要性を説いている。そこにはカルプ家での苦難の時代に築いた、カントの道徳哲学を支柱とする教育思想の痕跡を認めることができる。しかしその目的はあくまで自発性を高める学習環境の構築であり、知識習得の強制に関しては、ヘルダーリンはこれを明確に否定している。

ヘルダーリンのこのような教育理論が実際どのように実践され、どのような成果をもたらしたかを示す直接的な資料は残っていない。しかしフランクフルトのゴンタルト家との別離後に書かれた教え子ヘンリーとズゼッテの書簡は、彼が最高の尊敬と信頼を得、また彼が理想とした教育を施すのに成功した事実を示している。

親愛なホルダー！

先生が行ってしまって、僕はもう我慢できません。今日はヘーゲルさんのところにいました。ヘーゲルさんは、先生がもう以前から出発することを考えていたとおっしゃっていました。〔……〕お母様はぼくのベッドをバルコニーにおいて、先生が僕たちに教えてくださったことを全部、一緒におさらいしようと言っています。はやくまた僕たちのところに帰ってきてください、僕のホルダー。先生がいなかったら、だれに勉強を見てもらったらいいのでしょう。いっしょにタバコも送ります。ヘーゲルさんからのポッセルトの年代記第六巻もここに送ります。

さようなら、親愛なホルダー

フランクフルト・アム・マイン　　ぼくは　あなたのヘンリー[四五]

このような純真さを育んだヘルダーリンの教育は、全くと言ってよいほど名声を勝ち得ることができなかった彼が、人生において打ち立てた唯一の、ささやかな金字塔であった。

フランクフルト滞在期の前半にあたる一七九六年の終わりから一七九七年全般にわたって、ヘルダーリンの書簡には、「純粋無垢」unschuldig[四六]、「子供の無邪気さ」Kindereinfalt[四七]、「子供のように朗らかで美しい平和」fröhlicher schöner Frieden, wie ein Kind[四八]、「子供どうしで戯れる」das Kind spielt mit dem Kind[四九]など、幼児にまつわる表現がさまざまな文脈で頻出するようになる。書簡が書かれた時期から察して、この現象がゴンタルト家でのズゼッテおよびヘンリーとの交流に起因することは疑いない。そしてヘルダーリンは、これらの表現を小説『ヒュペーリオン』決定稿において忠実に再現している。『ヒュペーリオン』における「幼児」の豊かな形象性は、彼のフランクフルトにおける教育活動に具体的根拠を持っているのである。

3　ヘルダーリンとルソー

ヘルダーリンの幼児論の根底には自然と人為の対立という問題がある。このテーマ自体は、西洋形而上学の歴史において実に五世紀前後のギリシア思想にまでさかのぼることができる。十七世紀以降の近代においては、ルソーの「新旧論争」からドイツ古典主義、およびロマン主義へと波及した自然概念をめぐる一連の議論において、この問題は引き継がれてきた。[五〇]ヘルダーリンもこの論争史の一部に組み込まれる存在であるといってよい。当然のことながらルソーは、ヘルダーリンの教育活動と詩作の両面において重要な位置を占めた。

すでにテュービンゲン大学時代の作品『人類に寄せる讃歌』（一七九一）では、詩の表題としてルソーの『社会契約論』からの引用が掲げられており、道徳界の可能性が強調されている。[五一]先のエーベル宛の書簡に見たように教育実践における『エミール』の存在の他にも、『ヒュペーリオン』における『新エロイーズ』の影響なども指摘されており、[五二]事実『ルソーに寄せる』（一八〇〇）などルソーに関連する作品が数多く存在する。ヘルダーリンのルソーへの関心は、初期のテュービンゲン讃歌群から後期の祖国讃歌群に至るまで、彼の詩作活動のほぼ全域にわたっているといってよい。

ヘルダーリンとルソーとの関係に関しては詳細な考察が必要であるが、本論の関心にもとづきここでは敢えてルソーの『人間不平等起源論』との関連の指摘に留めておく。ヘルダーリンがこの書にどれ程精通していたかは不明ではあるが、ルソーの民族論と『ヒュペーリオン』における民族論との間には深い関連性を認めることができるからである。

ルソーは『人間不平等起源論』において「自然状態」を理想化し、「もはや存在せず、恐らくは存在したことがなく、多分これからも存在しそうにもない一つの状態」と定義している。[五三]さらに膨大な歴史書や見聞録を駆使して、この仮説条件的定義の証明を展開している。その例がカライブ族を中心とした初期文化形成段階に位置する民族の考察である。『ヒュペーリオン』では古代アテネがこの段階に相当し(五四)、ルソーの場合と同じく近代批判の根拠となっている。

ルソーに相応して、ヘルダーリンの教育思想は、『ヒュペーリオン』において民族および共同体の比較論へと展開していく。その際主人公ヒュペーリオンが特に強調しているのは、アテネの優越である。アテネ人が他の民族と比べて優れている理由は、「他民族の干渉や戦争などの力に支配されることなく、自由のうちに成長してきたこと(五五)」にある。これによってアテネは、芸術、宗教の精髄である「美への愛」を保持することになり、他の民族よりも優れた国家を築いた、と主人公は主張する。ここには、自然状態から自由な自己形成へと向かうヘルダーリンの教育の理想が明確に示されている。アテネと正反対の例として挙げられる共同体が、近代的教育理念によって成長したスパルタである。スパルタは同じ古代ギリシアに属するものの、明らかに近代的特質をもった共同体として提示されている。スパルタは勤勉と自発的な努力によって、強引にアテネを追い越したが、そこには幼児のような純粋さはなかったとヒュペーリオンは主張する(五六)。つまりスパルタにおいては、規律と技巧への志向があまりにも早熟の段階で始まり、「生まれながらの素質」、「全き姿」が損なわれ、「学校の規律の世界」から「自然への完全な回帰」への道が閉ざされてしまったのである(五七)。その結果「スパルタ人たちは、永遠に断片の域を出なかった。というのも完全な幼児でなかったものは、完全な成人となることはないからである(五八)」。その他「恣意の専制を苦痛なしに耐えることができる」エジプト人、「法や法則に迷信的に心を傾ける」北方民族などの諸民族への言及が、スパルタと同様に否定的なニュアンスを帯びてなされている。

ルソーの『人間不平等起源論』には、『ヒュペーリオン』におけるこのような民族比較論と類似した箇所がある。ルソーは、諸民族の動物的状態からの発展に関する論及の中で、ギリシア人、エジプト人、北方民族の例を挙げている。彼の意見によれば、自然は北方民族に肥沃な土地を与えることを拒んだ。そのため北方民族は、土地の肥沃さを精神において獲得するために、南方の諸民族よりもいっそう勤勉にならざるをえなかった。（五九）ヒュペーリオン、すなわちヘルダーリンの北方民族批判も、風土の作用によるあまりに早期の教養と自己形成の開始に根拠をおいている。しかも批判の具体的表現が、「無邪気さが美しい終わりを告げる前に、すべての責任を自分に負う」（六〇）や「子供になる以前に、賢い男子にならなければならない（六一）」など、スパルタの場合と同じく、教育論的な比喩によってなされている点が注目に値する。

『ヒュペーリオン』で論じられている北方民族が、ヘルダーリンの母国ドイツを含むことは容易に推察できよう。この北方民族への批判は、小説の終結部において有名なドイツ人罵倒の句となって姿を現す。異邦人ヒュペーリオンの目に映ったドイツ人は、細分化された職業カテゴリーの中で人々が人間的な結びつきを失い、野蛮人の巣窟と化した集団であった。彼は、ドイツ人がこのような悲劇的な状況に陥った理由の一つとして、古代の「子供のような、美しい精神」を理解できない彼らの浅薄な精神性を挙げており、ここでも幼児のイメージが付随している。このようにヘルダーリンの近代批判は、それが個人の問題にせよ、民族・共同体の問題にせよ、常に幼児性の喪失を基点としているのである。

4　『素朴文学と情感文学について』における幼児

ヘルダーリンの幼児観を考察する場合、ルソーと並んで重要な意味を持つのがシラーの美学論である。『ヒュペーリオン』決定稿とシラーの『人間の美的教育』（一七九五）や『素朴文学と情感文学について』（一七九五―一七九六）などは、執筆時期がほぼ重なっており、ヘルダーリンが当時シラーの美学論を強く意識していたことも書簡から窺い知ることができる。（六二）当時ヘルダーリンは、イェーナでのシラーとの交流のもとでフィヒテ哲学の影響から脱却しつつあり、関心の対象も哲学から美的感性論へと移行している。

ヘルダーリンの幼児観の骨格は、シラーの美学論の中でも、とりわけ『素朴文学と情感文学について』に見ることができる。シラーは、この論の中で幼児を人類の出発点である「自然」と同一視するのと同時に、理性と自由によって陶冶段階を経た最高の完成ともみなしている。弁証法的三段階の始めと終わり、出発点と最終段階に幼児がおかれていることになる。この中間段階が、悟性を有し、「規定と固く結びついた局限された状態（六三）」である。具体的には大人であり、歴史的観点から言えば、シラーにとっての現代、つまり細分化された社会構造を持つ近代と言える。

シラーは現実世界としての近代を、自然と同義である幼児にはるかに劣るものと規定している。彼にとって幼児とは、「理念の大きさによっていかなる経験の大きさをも滅ぼしてしまう対象であり、悟性の判断において何を失っても、理性の判断において再び豊かに取り戻すような対象（六四）」である。「文明化した人類の中で見出すことのできる唯一損なわれていない自然（六五）」としての幼児は、同論文の主要概念である「素朴」の概念と密接に関連しており、「自然」と「素朴」はほぼ同一視されている。シラーの主張では、「自然」は「素朴」であり、「人為と対照をなし、人為を恥じ入らせる（六六）」。このような自然は「自発的で自立的なものの存在、また普遍固有の法則に従う存在（六七）」であり、幼児の言動や行為に顕れる。幼児の純粋性は「人為」すなわち大人を恥じ入らせる状態において認識可能となり、ここにシラーは素朴概念の完成を見るのである。この論理は、さらに古代ギリシアと近代との関係、また両者のそれぞれに属する詩人の特性への考察へと発展していく。

ヘルダーリンにとってこのような幼児論は極めて啓発的であったと想像できる。「道徳的で感受性を備えた人間にとって子供は神聖な対象である（六八）」という文言にヘルダーリンが敏感に反応したことも、『ヒュペーリオン』などの幼児への頻繁な言及と神格化を見れば想像に難くない。シラーの美学論に見られる自然の顕現としての幼児は、近代において失われた自然という観念を前提としている。そしてこの自然の喪失という主題の立て方は、ヘルダーリンの詩作における根本志向と本質的に一致している。このように思想レヴェルでのヘルダーリンの幼児観は、ルソーと並んでシラーの美学論を契機としているのである。

5　自然、幼児と美の親和性

ヘルダーリンが小説『ヒュペーリオン』において幼児の存在形態に常に「美しい」という表現を与えている事実は、彼の幼児観を知るうえで重要な手がかりとなる。彼は小説の実質的な始まり、すなわち主人公ヒュペーリオンが「生の行路」を語り始める箇所において、幼児の定義を行っている。

否、幼児は神的な存在なのだ。人間のカメレオンの色に染められぬ限りは。
幼児は全くあるがままの存在である。故にあれほど美しい。
法と運命の強制が幼児に触れることはない。幼児にあるのは自由のみである。
幼児には平和がある。幼児はまだ自分に嫌気がさすようなことはない。富は幼児にある。幼児は自分の心を知っているが、生の乏しさは知らない。幼児は不死である。なぜなら死については何も知らないからである。

（引用1、StA 3, S. 10.）

この幼児への言及は、主人公の幼年期の回想によって生じたものである。しかしこれらの表現は一個人の回想を超越し、詩的情調を帯びつつ普遍的領域へと昇華している。

人為性の圏外に想定されている幼児の形象は、ルソーの近代社会の対峙物としての幼児、もしくはシラーの素朴概念の表徴としての幼児像と基本的には一致している。しかしヘルダーリンの抱く幼児像は、自然美を体現する存在として常に神格化されるという際立った特徴を持っている。テュービンゲン時代以来、ヘルダーリンが描く自然は、ピュタゴラス・エムペドクレス思想を基調とした四大元素を構成要素として持つようになるが、「この高貴な元素は子供たちと最も美しく戯れていた[六九]」と述べられるように、自然と幼児は「美」の空間で調和するものとして捉えられている。

ヘルダーリンにおける「美」の問題は、諸作品全般を規定する根本要素であるが、その全貌についてここで論じる余裕はない。ただし小説『ヒュペーリオン』執筆時までの一つの傾向として、彼の抱く「美」の本質がプラトン哲学の刻印を帯びている点を指摘するにとどめる。イェーナ滞在期の直前、『ヒュペーリオン』タリーア断片稿執筆時期にあたる一七九四年十一月の時点で、ヘルダーリンは「美学的諸理念」に関する論文を構想していた。(七〇)この美学論文はプラトンの『パイドロス』注釈を実質としており、ヘルダーリンの「美」の構想がプラトンのイデア論を基盤としている事実を示している。『ヒュペーリオン』執筆時のフランクフルト滞在期に展開された美学思想については、デュージングによって「美的プラトン主義」という定義がなされている。(七一)ヘルダーリンの抱いたこの美学思想はスピノザ研究の過程で形成されたものであり、新プラトン主義の思想を色濃く反映している。とりわけ重要な意味を持つ要素は、プラトンの『饗宴』で扱われる「富」と「欠乏」の結合によるエロス誕生の逸話である。(七二)上掲の引用個所においてヘルダーリンは、「自由」と「法と運命の強制」、「平和」と自己嫌悪、「富」と「生の乏しさ」、「不死」と「死」というかたちで二項対立を忠実に再現している。このいわば自然と人為の融合という主題に対する問題意識は、『ヒュペーリオン』諸稿から哲学論文全般にわたって顕著に認められる。

しかしヘルダーリンの美学論の本質は、二項対立の解消という図式で説明できるほど単純ではなく、事実『ヒュペーリオン』では、この二項対立の解消は挫折という結果に終わっている。主人公のギリシア解放戦争を通しての「美の神権政治」(七三)の確立への試みが、部下の蛮行によって挫折し、主人公自らが隠者となる展開がそれである。その一方で幼児と自然は、独自の美を内包したまま人間の営為から乖離し、その圏外に存するものとして描写される。(七四)

すなわち、ヘルダーリンの抱く「美」のイメージは、自然と人為に統一をもたらす機能的「美」(七五)と、存在様式の「美」、換言すれば動と静という二つの側面を持ち合わせている。幼児の「美」は後者に属し、かつ自然の持つ「美」とほぼ等置されている。戦争での負傷から回復に向かい、落ち着きを取り戻したヒュペーリオンが、秋の日の情景を前にして語ることばはその例である。

　長いあいだ私は、純粋な魂をもって、子供のようなこの世界の生命を享受していなかった。今私の眼は、再会の喜びにあふれて開いた。そして至福に満ちた自然は、変わることなくその美しさをとどめていた。

(引用2、StA 3, S. 126.)

このように幼児および自然が発散する美は、静的でありまた持続的である。「永遠の美」あるいは「不変の美」[七六]に具わる持続性は、自然美の不可変性として『ヒュペーリオン』においてライトモティーフのごとく頻繁に言及される。この「美」の永続性は、可視的な形象の最深部に秘匿されたイデア的性質を本質としている。[七七]しかし同時にイデアとしての「美」が持つ静寂、持続という特質は、幼児と自然の生成発展という外的現象も規定することになる[七八]。

　またヘルダーリンは、幼児に対し美の性質を付与する根拠を、「全くあるがままの存在」という純粋な存在形式そのものにおいている。この一種無意識の状態にある幼児の存在形式は、フィヒテ哲学が打ち立てた絶対的自我に対する反動の刻印を帯びている。ヘルダーリンは一七九四年のイェーナ滞在時に、フィヒテの講義を熱狂のうちに聞き始めたが、徐々にその強引な論法に疑問を持ち始め、これに対抗する独自の認識理論を構築していった。この道程でヘルダーリンが導き出した確信は、絶対自我の無制約な運動は結局のところ動物的な膨張に他ならず、客体としての非我(=自然)を抹殺する行為であるというものであった。第一章でも言及したとおり、彼はこのことを「自然に対し、不正にまた専制的にした」とも表現している。[七九]

ヘルダーリンがフィヒテに対抗して構築した認識論の骨子は、一七九五年初め頃に書かれたとされる『判断と存在』において端的に示されている。そこでは「客体と主体の根源的な分離」とされる「判断」に対して、「存在」は「主体と客体の結びつき」、すなわち「主体と客体そのものが、部分的に合一されるだけではなく、分離されるべきものの本質を傷つけることなく、いかなる分割も起こりえないほど統一される」(八〇)状態と言い表されている。フィヒテとの明確な相違は、主体としての自我の運動だけでなく、客体としての非我による制約にも存在の基盤が与えられている点にある。ヘルダーリンはこの相違を、韻文稿『ヒュペーリオン』において「自らを解放し、高貴にし、無限へ進んでいこうとする衝動」に対する「制限され、受容することへの衝動」(八一)という表現で示している。論文「エムペドクレスの基底」において、エムペドクレスを「客体的性質、受動的性質の中に、意図的な秩序付けや、思索や形成を試みなくても、自ら秩序づけ、思索し、形成するような天性がある」(八二)詩人として規定している点にもそれは示されている。ヘルダーリンにとって受動への衝動は、単に認識論の範囲に留まらず、詩作という芸術行為の基本原理であるとも言えよう。

主体と客体の根本的合一状態は、幼児の存在様式そのものにも当てはまる。ヘルダーリンの弁証法的思考から言えば、幼児は自我の分裂以前の状態にあり、客体としての外的自然と調和状態にある。他方で詩人は、自我の分裂を経た後の主体と客体の再統一を感受する完成段階に位置する。幼児と詩人は、段階こそ違うが主体と客体の合一状態という点では同質の存在として捉えられている。

こうして私はますます至福の自然に身をゆだね、そしてそれはほとんど終わりがなかった。より自然の近くにいるために、私は喜んで子供になりたかった。もっと自然の近くにいるために、私は喜んで知識を捨て、純粋な日の光になりたかった。おお、一瞬でも自然の平和の中に、自然の美の中に自分がいると感じることは、思想に満ちた年月よりも、全て試みずにはいられない人間のいかなる試みよりも、どれほど私にとって重要なことであっただろう。（……）

（引用3、StA 3, S. 158.）

「自然の平和の中に、自然の美の中に自分がいる」状態とは主体と客体の一致の状態であり、それは自然と融合した「子供」としての存在様式でもある。上記の引用からは、「自然」、「美」、「幼児」の緊密な関係ばかりでなく、これらの統合的空間が「人間のあらゆる試み」よりも重要であるということばが示すとおり、人為との際だった対照性が明確に示されている点も特徴として挙げられよう。

6　幼児と詩作

これまで考察してきたように、ヘルダーリンの幼児観は、教育学、社会思想、哲学、美学など様々なカテゴリーからの複眼的視点によって構築されている。さらに彼は、この統合概念としての「幼児」を独自の詩論へと展開している。『ヒュペーリオン』発表後のホンブルク期に構想された論文「詩的精神の振舞い方について」が、その例証として挙げられる。この論文においてヘルダーリンは、「詩的精神」der poetische Geist の働きによって詩人の自我の内部に生じる「調和的対立」harmonisch entgegengesetzt の状態について論じている。この「調和的対立」とは、始原的調和世界を「感情」Empfindung によって感覚的に捉えている状態と、具象的「表現」へと向う芸術技巧的状態という性質を異にする二つの精神運動が、詩人の内部において最大の緊張度をもって共存している状態である。この調和的対立の状態にある詩人が日常の生に接する時、日常に属する様々な事象は詩的言語として客体化される。詩的文学作品が生み出されるのは、まさにこの瞬間である。

調和的に対立する二つの要素には「自然」と「人為」を始めとして、様々な用語が用いられているが、注目に値するのは「幼児性」Kindheit と「成熟した人間性」reife Humanität[八三] である。すなわち詩人自身の内部には、大人としての技巧的成熟と並んで幼児の本質が存在するということになる。この「幼児性」は「純粋に詩的な生」das rein poetische Leben[八四]とも呼ばれ、詩作行為の本質の一部を担っている。

一七九六年十一月二十日の日付を持つ母宛ての書簡において、ヘルダーリンは母に対して初めて自分が詩人を天職と考えている旨を告白するが、その際彼は詩作を「本性」Naturによって不可欠な欲求となった「喜ばしく、少なくとも純粋無垢な取り組み[八五]」と述べている。この書簡は、フランクフルトのゴンタルト家での家庭教師の日々に書かれたものであり、先に述べたように「幼児」という語が頻出する時期に位置する。この点を考え合わせれば、ヘルダーリンにとってフランクフルト滞在期の教育活動とは、幼児の純粋性を保護育成する場であっただけでなく、それによって自らの詩作行為の純粋性を確認する場でもあったと言える。『ヒュペーリオン』に描かれる「幼児」は、対象となる幼児と対象を描く詩人の双方が内包する無垢の領域が共鳴することによって生じた詩的形成物なのである。

ヘルダーリンはフランクフルト期よりも前に、『ヒュペーリオン断片』（いわゆる『タリーア断片』）において、「全くの純真の状態」ein Zustand der höchsten Einfalt[八六]という「幼児」に類するイメージをすでに抱いていた。しかしこの概念自体は、「幼児」としての具象性を持つには至っておらず、仮説・条件的な理想状態に留まっている。この『タリーア断片』は、彼がヴァルタースハウゼンのカルプ家での家庭教師を務めていた一七九四年に書いた作品である。教育活動が不成功に終わったこの苦難の時期に、「全くの純真の状態」という理想が「幼児」として概念的広がりを持つのは不可能であったと考えられる。そのためには、数年後のフランクフルトにおけるズゼッテとヘンリーとの邂逅を待たなければならなかったのである。

第三章　自然と人為

ヘルダーリンが構想した自然と人為の関係は、主に哲学の分野において考察の対象となってきた。特にホンブルク期の哲学論文で論じられる主体と客体との関係が考察の中心的位置を占め、初期ヘーゲル哲学への影響などが指摘されている。(八七) ヘルダーリンの主体と客体に関する思考の特性はすでに一七九五年の論文「判断と存在」において明確に顕れており、ヘンリッヒなどによって「合一哲学」という哲学上のカテゴリー化がなされている。(八八)「詩的精神の振舞い方について」や「エムペドクレスの基底」における「調和的対立」の概念が示すように、ヘルダーリンは緊張を孕んだ主体と客体の融合関係を詩的創造物の形成の主要原理として扱った。

ヘルダーリンが論じた主体と客体の統合へのプロセスは、両者が「エムペドクレスの基底」において自然と人為、もしくは自然と人間と言い換えられていることからも判るように、自然と人為の統合へのプロセスと実質的に同一である。しかもここで留意すべき点は、自然と人為の両方にほぼ同等の比重がおかれている事実である。このような両概念の等価的位置づけは後期詩作において鮮明となる現象である。テュービンゲン期からフランクフルト期までは自然と人為は必ずしも同等ではなく、むしろ自然が圧倒的に優位な地位におかれていた。つまり、ヘルダーリンの思考の内部において絶対的な自然優位という基本姿勢に変化が生じ、人為性の価値が相対的に向上したことになる。

このような二元論の比重の変化が詩作という行為と何らかのかたちで連動し、顕在化している可能性は容易に推察できる。この章では従来の観念論的視点とは別に、詩的様式の観点からこの問題を考察する。散文作品および哲学論文のみならず、詩における韻律形式や言語使用そのものにも自然と人為の二元論的思考が表れているにもかかわらず、この点については従来のヘルダーリン研究ではほとんど論じられてこなかった。そこで本章では、作品内部で展開する思考形態が韻律形式にも影響を及ぼしていると推察し、フランクフルト期からホンブルク期への移行期におけるヘルダーリンの思考の展開に相応して、詩作様式も変化するという仮説を立てる。この仮定を検証することによってヘルダーリンの自然志向とその変容が、彼の本来の活動領域である詩作の領域において輪郭を浮かび上がらせることを目的とする。

1　詩的様式の形成期

ヘルダーリンの文体的特質が形成された初期段階には、複数の要素が存在する。第一の要素は、デンケンドルフ・マウルブロンの僧院学校時代に学んだ説教者としての語りの技術である。とりわけクリストフ・カルデンバッハの教科書がその模範となった。(八九) 主に教会での説教法について述べているこのテクストは、熟考を重ねた文章によって説教をし、牧師としての威厳を保つことを目的としている。尊厳性を求めるヘルダーリンの文体は、この書の影響によると推定される。僧院学校時代ではこの他にも、クロップシュトックやシラーの文体からも影響を受けたと考えられる。僧院学校を出た後には、さらにホラティウスやピンダロスの影響も加わる。これらの文体に関する複合的要素は、ヘルダーリンの作品の中で特に讃歌、オーデ、エレギーといった形式において具現化した。これらの詩的形式に共通する語りの性質は、呼びかけ、問い、答え、要求、懇願、賞賛、非難などである。クルツはヘルダーリンのこの言語使用を称して「オラトリオ的なるもの」と呼んでいる。(九〇) ただしクルツの言うオラトリオ風な様式とは宗教的説法という意味ではなく、抑揚の効果を用いた文体原理を指している。テュービンゲン期の『美に寄せる讃歌』は、このオラトリオ的文体の典型的な例と言えよう。

微笑みかけよ！　あなたの頬の優美さよ！
純粋で柔和な神々の眼よ！
歌が生命を帯びて光り輝くように、
あなたの高貴さを与えよ！
私の愛の像である歌に――
母よ！　息子たちの果敢な愛は、
遠くに近くにあなたを見出す。
すでに柔らかなヴェールの中に私は見た
すでに愛の美の中で
私はあなたを知ったのだ、ウラーニアよ！

（引用4、StA 1, S. 154.）

語りかけの主体は、大抵の場合、詩人自身を示す「私」、あるいは詩的空間の場を共有する「我々」である。また語りかけの対象となるのは神々、英雄、神聖化された人物、自然形象などである。詩における「私」は、これらの対象に対し讃美や要求、嘆きや懇願といった語りかけを行う。この詩的形式は、各々の詩作時期における内容的変化は別として、ヘルダーリンの詩作全般に見られる傾向である。

さらに韻律に関しても、同様のことが言える。ヘルダーリンは、ホラティウスが生み出した一二のオーデの詩形に関する知識を有していた。ただし彼は、一二の形式の全てを直接自らの詩に採用したわけではない。ヘルダーリンが、詩作を本格的に開始した時期にはすでに、クロップシュトックがホラティウスのオーデから六つの形式をドイツに応用していた。ヘルダーリンは、クロップシュトックの試みからさらに二つの韻律形式に絞り、アルカイオス調とアスクレピアデス調のみを用いているのである。(九一) しかもこの二つの韻律形式のうち、ヘルダーリンは前者の方をより多く用いている。彼が二つの韻律形式に絞った理由は、彼の思想上の根本問題と関連があるように思われる。それはすなわち、自然と人為、古代と近代、歓喜と苦悩といった二元論への傾向である。
アルカイオス調は、六つの音節からなる二つの詩行、九つと一一の音節からなる詩行が各一行、計四つの詩行で詩連を形成する。

∪—∪—∪|—∪∪—∪—
∪—∪—∪|—∪∪—∪—
∪—∪—∪—∪—∪
—∪∪—∪∪—∪—∪

In seiner Fülle ruhet der Herbsttag nun,
Geläutert ist die Traub und der Hain ist rot
Vom Obst, wenn schon der holden Blüten
Manche der Erde zum Danke fielen.(九二)

豊かに満ちて、秋の日は今、安らっている。
葡萄の房は澄み、林苑は果実の

赤に染まっている。やさしき花々の
　多くが、感謝のために地に落ちていたにせよ。

アルカイオス調と同じく、アスクレピアデス調も同じ韻律の二つの詩行と、独立した韻律を持つ二つの詩行から成る。

—∪—∪∪—|—∪∪—∪—
—∪—∪∪—|—∪∪—∪—
　—∪—∪∪—$\bar{\cup}$
　　—∪—∪∪—∪—

O vergiß es, vergib! gleich dem Gewölke dort
　Vor dem friedlichen Mond, geh ich dahin, und du
　　Ruhst und glänzest in deiner
　　Schöne wieder, du süßes Licht!(九三)

ああ、忘れよ、許せよ、穏やかな月の前にかかる
　あの雲のように、私は走り去る。そしてあなたは
　　やすらい、自らが醸し出す美に包まれて
　　再び輝くのだ、汝、甘美の光よ！

（∪は抑格、－は揚格、—は中間休止を表す。）

両タイプの韻律形式とも、図に示しているとおり、前半の二行に中間休止を持っている。アルカイオス調では、この休止部を抑格、揚格、すなわち韻律の最小構成である弱強のリズムで跨ぎ、休止部そのものの意味合いを薄めている。また韻律が変わる第二詩行と第三詩行の境界線も、強弱のリズムで経過し、休止は生じない。すなわちアルカイオス調では、詩連全体が停滞なきリズムの進行よって構成されていると言えよう。引用で示した『我が物』においても、詩連の最後の単語「落ちていた」に向かって、淀みなくリズムが進行する。この自然性が作為的な印象を減じさせ、詩の自然描写に効果的に機能する。

これに対しアスクレピアデス調では、中間休止部において強・強のアクセントが衝突する。このいわゆる「揚格衝突」（九四）によってリズムは分断され、休止が明確に現れる。リズムの休止は多くの場合、主文・複文、関係代名詞など文構造の切れ目によって生じる。この切れ目が、対比構造や論理構造を強調することになる。つまりアスクレピアデス調では、アルカイオス調とは対照的に、思考や意図といった詩人の主観的側面が際立つ。この論理的対比構造は、引用の『赦し』において詩人である「私」と光である「汝」の対称が詩連全体を規定しているように、詩連全体の性質をも規定することになる。

2　韻律における自然と人為

ヘルダーリンがオーデにおいて用いた二つの韻律形式の特徴を端的に示すとすれば、アルカイオス調は自然的、アスクレピアデス調は人為的と言える。無論、この規定に矛盾する場合もあり、全てをこのように単純化することはできない。しかしヘルダーリンが両韻律を多用したのは、『ヒュペーリオン』執筆時のフランクフルト期であり、自然と人為の関係性が根本問題となっていた時期と重なる。『ディオティーマ』、『運命の女神に寄せる』、『静寂に寄せる』、『男子の歓呼』といったアルカイオス調のオーデは、讃美を基調とし、調和志向が強い。これに対して、アスクレピアデス調は、『赦し』、『短さ』、『赦しがたいもの』、『よき信仰』のように、大まかな傾向として自己と世界との間の亀裂をモティーフとしており、厭世的色調を強く帯びている。韻律形式がもたらすこれらの内容的傾向が、『ヒュペーリオン』における自然的調和志向と近代的主観性への言及の内容と基本的に一致していることは言うまでもない。

また自然と人為が言及される割合についても共通性が見出される。二つのカテゴリーに対するヘルダーリンの関心度は、アルカオイス調の使用回数がアスクレピアデス調の三倍にも及んでいることからも明らかなように、必ずしも均等ではない。すなわち当時ヘルダーリンにとっては、近代的人為世界の厭世的描写よりも古代的自然世界の詩的再現が優先課題であったと言えよう。この傾向もまた、基本的に『ヒュペーリオン』と一致している。無論自然志向は、人為世界に対する否定の感情を基盤とするものであり、人為世界そのものが必要不可欠な素材であったことは確かである。しかし量的傾向としては、『ヒュペーリオン』では自然世界の描写が圧倒的に多く、これとは対照的に人為世界への言及は少ない。すなわち『ヒュペーリオン』における自然と人為に関するヘルダーリンの根本情緒が、同時期の詩作の韻律形式にも反映されていると考えられるのである。

フランクフルト期まで顕著であった自然と人為の関係は、ホンブルク期以降では微妙に変化していく。まず自然・人為の二項対立が、古代ギリシアと祖国という文明論のレヴェルで論じられるようになる。さらにその際のヘルダーリンの態度が、従来の圧倒的古代優位の立場から、中立的な態度へと変化を見せ始める。この変化は、必然的に自然と人為の対立形式の構図の変化と連動している。すなわち、自然の絶対的優位性は薄れ、自然と人為は、いわば対等な関係となる。ここで特徴的なことは、自然が人為の特質を一部帯び、人為も自然の特性を摂取することによって、両者が調和的関係になるという構図である。このヘルダーリン独自の思考は、とりわけ論文「エムペドクレスの基底」に見ることができる。さらにこの中立的な態度は、言語表現の形式に対しても変化をもたらした。この時、自然調和的アルカイオス調と人為的アスクレピアデス調の併用から、古代的自然言語と近代的明晰性を重視する言語使用が一つの作品の中に混在するようになる。

このような変化は、一八〇〇年以降の詩作で顕著となる。一八〇〇年以降の彼の主な文学上の取り組みは、ヒュムネー、自由韻律詩であるが、ヘルダーリンはそこで厳格な規範にしたがって詩作する姿勢を放棄している。規模の大きいヒュムネーの韻律は厳格には規定されず、散文的な色調を帯びるようになる。またホンブルク期以降も、ヘルダーリンはオーデを書き続けるものの、そこにも韻律の破綻は明確に表れている。例えば『ガニュメート』や『ディオスクロイ』などには揚格が二重にも三重にも連続する箇所があり、もはやアルカイオス調の韻律形式とは言えない形式となっている。(九五) この変化は、ヘルダーリンの試作品においてギリシア詩形の影響が弱体化していることを示し、新たな詩作様式を模索する彼の姿勢を示すものと言えよう。

3　後期詩作におけるピンダロスの影響

ヘルダーリンの後期詩作における様式を決定づけているのは、ピンダロスの詩作様式である。ヘルダーリンのヒュムネーは、大抵の場合、三つの詩連を一つのまとまりとするトリアーデの形式を取っているが、これはピンダロスを規範としている。同様にことばの選択および配列にもピンダロスの影響を認めることができる。この場合、語の配列はドイツ語固有の統語法を逸脱しており、一つ一つの単語が、元素的・カオス的世界を形成しているかのような印象を与える。同時に詩に描かれるギリシアの神々が固有名詞を持たず、各々の神が持つ性質のみが示される点も注目に値する。それは、固有名詞が持つ本来の意味を把握できない近代において、その属性を示すことによって神々の実質を示そうとする、いわば説明的態度の表れである。この明晰さを重視する態度は、ピンダーも主張しているように、祖国、すなわち近代の思考にもとづいていると言える。(九六) つまり、ヘルダーリンの後期詩作の言語使用は、自然元素的な語の配列と、説明的態度による固有名詞の言い換えという相反する要素によって成り立っている。この二つの要素の共存は、作品の中における古代志向と近代志向の共存とも言える。この詩作様式は、無論ピンダロス自身の意図によるものではない。むしろヘルダーリンが、自己の価値基準に照らし合わせてピンダロスの様式を解釈し、自らの詩作に取り入れたと見るべきであろう。

ヘルダーリンの文体的傾向については、すでに二十世紀の初頭においてヘリングラートが一定の評価を与えており、これが現在のヘルダーリン研究の指標となっている。(九七) ヘリングラートの考察対象は、主として後期ヘルダーリンのピンダロス翻訳である。ヘリングラートは、当時のさまざまなピンダロス翻訳と比較して、ヘルダーリンの翻訳の文体がピンダロスの文体を最も忠実に再現していると主張し、その文体を「硬い接続」harte Fügung と呼んでいる。

ヘリングラートが掲げるこの用語は、修辞学者デュオジーニウスがピンダロスの文体を称して付けた「無愛想な文体」der herbe Stil という用語にもとづいている。ヘルダーリンが所有していたヨーハン・ゴットロープ・シュナイダーの論文「ピンダロスの生涯と作品」(九八) の中でシュナイダーは、ピンダロスの文体に関するデュオジーニウスの論考を取り上げている。ピンダロスの文体を特徴づける要素は、大胆で極端な比喩表現、抽象的で無駄を省いた簡潔性、数連にまたがる巨大な文、そしてその巨大な文と対照的な簡潔で短い文であり、(九九) これらの特徴はそのままヘルダーリンの後期抒情詩の文体に当てはまる。一七九九年から一八〇二年の間に成立したと思われるヒュムネー、具体的には『あたかも祝いの日に……』、『ドナウの源で』、『さすらい』、『平和の祝い』、『パトモス』といった讃歌群では、文体や構成においてピンダロスの影響を認めることができる。例えば『あたかも祝いの日に……』の三七―四九詩行は以下のようになっている。

君はその諸力が何かと問うのか。歌の中にその精霊は吹きかう、

歌が日の光と暖かい大地から、
生じるときに、そして、大気の中の、雷雨から、またその他のものから、
すなわち時代の深淵によりいっそう準備され、
より意味深く、私たちによりはっきりと聞こえるように、
天と地の間を、そして諸民族のもとを渡っていくものから歌が生じるときに、
皆に共通する精霊の思考は、
詩人の魂の中で静かに終着点を見出す、

そうして古くから無限なものに知られている詩人の魂は、
すばやく捉えられ、記憶によって
揺り動かされる、そして聖なる光線によって火をともされて、
愛の中に生み出された果実、神々と人間の産物、
歌が、両者の証として、成就するのだ。

(引用5、StA 2, S. 119)

二連にまたがるこの巨大な文は、ヘルダーリンの後期ヒュムネーの典型的な様式を示している。三九行の「大気の中」は関係文であるが、散文形式などでは「大気の中にある」といったかたちで述語動詞が付されるべきところである。このような述語動詞を持たない副文が、後期の詩作ではしばしば現れる。また冠詞を省略した名詞の多用なども、後期作品の特徴として挙げられる。

ヘルダーリンの「堅い接続」は複数の解釈を生じさせる要因となり、テクスト・クリティークの問題にも影響

を及ぼしている。例えば四二行の「諸民族のもとを」の後には、上に訳出したバイスナーのシュトゥットガルト版全集では句点が付されているものの、シュミットの全集ではそれが省かれている(一〇〇)。その理由をシュミットは、ヘルダーリン自身の手稿に忠実に沿った結果と主張している。彼の解釈に従えば、「天と地の間と諸民族のもとを」の箇所は、句点が無いために、直前の「その他のもの」と直後の「皆に共通する精霊の思考」の両方にかかる。シュミットはこれを「共有構文」と分析している。この構文に従えば、「天と地の間と諸民族のもとをわたり歩き、そこに皆に共通する精霊の思考はある」という意味になり、バイスナーの解釈とは微妙なずれが生じる。シュミットは、バイスナー以上に「堅い接続」の特徴を重視していると言えよう。

　このように「硬い接続」とは、粗野で非理性的であり、一種謎めいた言語様式である。「硬い接続」はしかし同時に、大規模な文構造とは正反対の極端に切り詰められた箴言的なの文も特徴として持っている。この箴言風の言い回しもピンダロスに由来する。

純粋に生じたものは、一つの謎である。　『ライン』(46行)

神は
近くにあって捉えがたい
しかし危険のあるところ
救いもまた育つ　『パトモス』(1-4行)

そしていつも
拘束されないものへと憧れは進んでいく　『多島海』(13行)

しかし留まるものを詩人はうち建てる。　　『追憶』(59行)

精神世界に生きる詩人もまた
現実的でなければならない。　　『唯一者』(第一稿、104-105行)

これらの簡潔な表現の前後には、時には数連にまたがる巨大な文があり、それ故にいっそう簡潔さが際立つことになる。先に述べた共有構文の例のように、長大な文には複数の解釈の可能性がつきまとうが、このような一種の曖昧さについては箴言風の短文においても生じる。補足的表現を廃し、極度に抽象化することによって秘教的な響きが生じ、意味の多様性が生じるからである。例えばバイスナーは、例に挙げた『唯一者』第一稿の結語に関する注釈で、「精神的」geistig を「宗教的」geistlich と解釈し、「現実的」weltlich を「異教的」heidnisch としている。[一〇一] 彼の解釈に従えば、この詩の結部で言われていることは、キリスト教文化圏に属する詩人であっても、異教的なもの、すなわちギリシア世界との結びつきを失ってはならない、ということになる。これに対してシュミットは、バイスナーのような文明の対比という解釈はせず、「現実的」、「精神的」を文字通りに取り、上に訳出したような解釈をしている。[一〇二] 彼の解釈に従えば、詩の結部の意味は、精神世界に生きる詩人もまた現実性への感覚を失ってはならない、ということになる。

　このような一種謎めいた詩作態度は、「暗い詩作」poeta obscurus[一〇三] に属する。どの程度ヘルダーリンがこの様式を意識的に取り入れたかについては、明確な証拠はない。しかし彼の同時代人たちとの対話の中には、大衆性を拒否し、自己の詩作様式に固執する態度を見出すことができる。この傾向はすでにフランクフルト時代に始まっていたと考えられる。

ゲーテは一七九七年、シラーに宛てた書簡の中で、ヘルダーリンの文体を批判した上で、「小さな詩を作るよう心掛け、どんなに些細なことであっても人が興味を持つような対象を選び取るように勧めるべきだ」と主張している。[一〇四] ゲーテは、ヘルダーリンに対し機会詩のような軽快かつ日常生活に根ざした詩を要求したと言えよう。シラーも同様に、熱狂の中でも冷静さを失わず、冗漫を避けるように勧めている。[一〇五] このような要求に対し、ヘルダーリンは弁明しつつ「形而上学的気分と素材に対する恐れは、人生のある時点においては、全く自然なことであり、また有益でもあります。なぜならそういった感情は、浪費的な若き生をつつましいものにするからです」と答えている。[一〇六]

ヘルダーリンは、大衆に媚を売る文学的態度、そしてその軽薄な態度によって生じた大衆文学に対して、強い拒否感を抱いていた。『世の喝采』、『記述するポエジー』、『誤った大衆性』、『偽善の詩人』といったフランクフルト期の短いオーデ群にその傾向をはっきりと見てとることができる。一八〇三年十二月のヴィルマンス宛の書簡においてもヘルダーリンは、大衆文学的恋愛歌について距離をおく発言を行っている。彼にとって「恋愛歌とは常に力のない飛翔」であり、「祖国の歌の崇高で純粋な歓呼」はそれとは異なっているものとされる。[一〇七]

しかしとりわけフランクフルト期以降のヘルダーリンの作品は、同時代人たちにとって理解を超えたものであり、受け入れがたいものであった。彼自身も、自分が時代の文学的慣習から逸脱していることを理解していた。だからこそ彼は『平和の祝い』の序文において、自らの詩を「伝統的形式」に由来するものではなく、「自然」に由来するものと規定しているのである。[一〇八] 一八〇〇年頃にはクロップシュトックはほとんど忘れ去られ、フォス、ゲスナー、ヘルティ、マティソンなどの洗練されて抑制の効いた、わかりやすい詩作が高く評価された。ヘルダーリンの一見不可解で、粗野なリズムの詩作は、この時代的傾向に全く反するようなものであるといってよい。

しかしヘルダーリンの後期の詩作には、非理性的な詩作態度とは正反対の要素もある。ゲルハルト・クルツはその一つとして口語的要素を指摘している。(一〇九)主文と複文の指示代名詞による連結、「ハインリヒを歌う」den Heinrich singen(一一〇)のような固有名詞における定冠詞の使用、副詞「すなわち」や並列の接続詞「そして」の多用といったホンブルク期以降の作品全般にみられる特徴は、全て話し言葉に属するとクルツは主張する。この口語的文体は、晦渋な文体を基礎とする作品に組み込まれる。その結果、同一作品内に著しい対照性を帯びた二つの文体が共存することになる。この相反する要素の混在は、一作品内における自然志向と近代志向の混在へと通じる要素でもある。

ヘルダーリンは、一八〇一年のベーレンドルフ宛の書簡において、西欧文化の本質である「冷静さ」について言及している。これに対応するギリシアの根源的本質を「熱情」や「パトス」と表現している。「冷静さ」について具体的な記述はないが、後期詩作の特性である神話的形象の言い換えがこれに相応すると考えられる。つまり詩の装飾として神々の固有名詞を羅列するのではなく、その本性を普通名詞で提示することによって、西欧世界に把握可能にするための客観性をもたらそうとする態度である。彼は「アンティゴネーの注解」の中で、「ツォイス」(ゼウス)を単に神話に属する形象として提示するのではなく、近代に理解可能となる性質を強調すべきだと主張する。

彼女(ダナエー)は時の父のために
黄金の、時を告げる金の音を数えた

「金色に流れる生成を、ゼウスにために司った」の代わりにこう訳したのである。それは我々の表象のやり方に近づけるためである。状況が明確なとき、あるいはより明確でないときはツォイスと言われなければならない。しかし厳粛に言うならばむしろ、「時の父」あるいは「大地の父」と言わなければならない。なぜならツォイスの性格は、永遠の傾向に反して、この世からあの世への衝動を、あの世からこの世へと変えさせることにあるからである。

(引用6、StA 5, S. 268.)

さらにヘルダーリンは、この引用部の直後に「我々は神話をより具体的なものとして表出しなければならない」とも述べている。ツォイスの例以外にも、後期詩作において神話的形象の言い換えがしばしば見られる。ゼウスは「大地の父」や「時の父」、アーレスは「戦闘の霊」、エロスは「平和の霊」、アポロンは「太陽神」、ディオニュソスは「普遍の神」といった具合である。(一二)そこでは、「硬い接続」としての元素的性質を帯びた文体と神話的形象の機能を提示した明晰性が共存している。無論この場合の明晰性とは、大衆性や通俗性、内容的な理解のし易さを意味するものではなく、ヘルダーリンが独自に理解する近代西洋の精神的方向性を意味する。ヘルダーリンは、このように一つの作品内に性質を異にする二つの要素を共存させるようになる。これはホンブルク期以降の詩作様式に関する最大の特徴と言うことができる。

4 「エムペドクレスの基底」における自然と人為

フランクフルト期からホンブルク期への移行期におけるヘルダーリンの主な詩作活動は、『エムペドクレスの死』執筆である。しかし、フランクフルト期より構想されたこの悲劇は、三つの断片を残すに留まり、完成には至らなかった。彼は、第二稿から第三稿へと改稿する際に、錯綜する作品の理念的支柱を再構築するために、論文「エムペドクレスの基底」を執筆する。同論文は、『ヒュペーリオン』決定稿出版のわずか二年後の一七九九年に書かれているが、ヘルダーリンの思考形態にかなりの変化が生じていることを窺い知ることができる。ここでは小説『ヒュペーリオン』とは異なり、徹底的な人為否定は影を潜め、自然と人為の交換的合一のプロセスが考察される。

まずヘルダーリンは、詩人エムペドクレスの精神状態を「親密性」Innigkeit ということばで示す。この「親密性」とは、自然と技巧が本性を異にしながらも調和状態にある状況である。「自然と技巧は、純粋な生においては、調和的にのみ対立する」、「互いに補い合うとき、そこに完成が生じ、神的なものが両者の間に生まれてくる」[一二]と彼は述べる。ヘルダーリンは論を進めるにしたがって「技巧」Kunst を活動の主体そのもの、すなわち「人間」der Mensch ということばに言い換えていく。この時彼は、自然を「非組織的」、人間を「組織的」と規定する。これらの特性が融合する時、完成がもたらされる[一三]。

しかしヘルダーリンは、この調和状態は詩人の「感情」の内部においてのみ成立し、「認識」としては存在しない、と述べる。換言すれば、この調和的対立は詩情の産物であり、現実に依拠するものではないということになろう。そこで彼は、「この生が認識可能となるためには、この生が、相対立するものの交錯と分裂をもたらす親密性の過度の中で、自己を表現することが必要である[一四]」と主張する。この「自己を表現すること」は、言語化、すなわち詩の形成という詩人本来の営為を指すように思われるが、そうではない。それは悲劇の重要な題材であるエムペドクレスの投身自殺を指すのであり、詩作の放棄とも取れる直接的な行動である。

ヘルダーリンはその理由として、詩人として個人の内部に自然と技巧が調和しているエムペドクレスの存在形式が「彼の時代には受け入れられなかった」ことと、封建主義的社会形態のもとに混乱するアグリゲント社会を「詩的表現によって、より普遍的な情調に変え、同時に、彼の民衆の運命たらしめることができなかった」点を挙げている[一五]。彼はさらに、端的にエムペドクレスの時代が「歌を求めていなかった」とも説明する。「時代がエムペドクレスに求めていたのは犠牲である。運命の結果をいち早く先取りするため、自己を現実的に止揚するために現実の領域を超える。よって個体の解体、犠牲、死が生じることとなる[一六]」。以上のような論の展開によってヘルダーリンは、エムペドクレスのエトナ山投身自殺を根拠づける。理想郷としての「自然」と、現在を生の基盤とし、技巧を労して詩作する人間との不調和が解消されるためには、目に見える直接的行為としての「死」が要請される。

ヘルダーリンが提示するこのような詩人の存在形式が、彼自身の境遇およびポエジー観と関係しているのは容易に想像できよう。彼が詩の存在意義に懐疑的になり、直接的行動を求める背景には、ドイツ国内における共和国設立運動が頓挫したという経緯がある。一七九七年より開催されたラーシュタットの講和会議に赴いた際、彼は、革命の士シンクレーアと知己を得た。その後、ヘルダーリンはヴュルテンベルク公国における革命運動に期待を寄せる。[一一七]しかしフランス側はドイツにおける革命運動を援助するのではなく、領主との結びつきを維持し政治的に平定する方策を採った。一七九九年のドイツ南部における第二次同盟戦争の際、フランス側はジャコンバン派の援助要請を拒否し、その結果多くの革命運動参加者が逮捕される事態となる。[一一八]自然と人間の調和の可視的な認識とは、このような直接的・時事的問題を背景としている。

つまりエムペドクレスに投影される死は、ドイツ国内における革命理念の死であり、自らの詩作様式の死を意味した。これによって、テュービンゲン期以来、革命の理念を神話的自然世界に投影する様式を取り続けたヘルダーリンのポエジー観は、現実世界に何の根拠も見出せない状況に陥った。

しかしながら「エムペドクレスの基底」は、主人公の死を最終地点としていない。自然と人為は「より高次の統一へと導かれる」。この両概念の止揚は、独特な形態をもたらす。ヘルダーリンが構想する自然と人為の融合は、融合というよりも本質を異にする二つの要素の交換的並存と言うべき状態である。「ここで自然は、形成し、文化を創る人間により、つまり形成衝動と形成する力によって、組織化しているし、これに対して人間は、非組織化し、普遍化し、無限化している」。[一一九]この構図は、後に時事的・政治的要素を排し、詩的・文明論のレヴェルでの省察の基本理念となる。この点については、第四章以下で論じることとする。

第四章　祖国論をめぐる自然観

1　「祖国」についての問題性

本章では、前の章で扱った自然と人為という二項対立の構図が、いかにして文芸論の領域で展開されたかについて考察する。フランクフルト期までの主たるテーマであった自然と人為という形而上学的課題は、ホンブルク期以降ではギリシア古典と「祖国」との関係へと展開する。「祖国」という概念をヘルダーリンが持ち出した背景には、クロップシュトックの愛国的詩作やフィヒテの国民教育論など時代的要因も考えられる。しかしヘルダーリンの祖国論は、極めて強い独自性を帯びており、他の要因との影響関係から安易に比較検討できる性質のものではない。また「エムペドクレスの基底」における交換理論と古代・近代に関する交換理論の同質性への着目は、意外なことに従来のヘルダーリン研究ではなおざりにされてきた。以下では、前章で分析した自然と人為の融合理論の延長として、後期ヘルダーリンの文芸観を考察する。

「祖国」の概念は、ゲルマン民族の称揚という内容を有しているが故に、戦後のヘルダーリン解釈にも微妙な影を落とした。本論に入る前にまずこの点について触れておこう。

ヘルダーリンの「祖国」をめぐる議論自体は、ナチズムとの思想的関連も含めて様々な視点から議論されてきた。しかしガイアーが述べるとおり、これらの論争は、昨今「沈静化したものの、未だ解決を見ていない」問題

でもある。[一一〇]

第一次、第二次世界大戦下における「祖国」を巡るヘルダーリン解釈は、民族主義的傾向を強く帯びていた。ミッヒェル、コメレルなどの往年のヘルダーリン研究者たち、またゴッベルの支配下にあった当時のヘルダーリン協会までも、こぞってヘルダーリンをゲルマン民族を称揚した民族主義的詩人に祭り上げた。[一一一]第二次世界大戦中の一九四三年に、ＮＳＤＡＰ（国家社会主義ドイツ労働者党）とヘルダーリン協会の委託によって、現在のシュトットガルト版全集の編集者として知られるバイスナーが編纂した『ヘルダーリン選集』もまた、当時の状況を色濃く反映している。[一一二]バイスナーは、『ホンブルクのアウグステ公女に寄せる』、『ドイツ人に寄せる』、『祖国のための死』、『ハイデルベルク』、『ゲルマーニエン』、『ライン』など、ドイツ及びゲルマン民族をテーマとした作品を選んでいる一方で、小説『ヒュペーリオン』の抜粋については、ドイツ人罵倒の句など、この小説の最も特徴的な要素の一つであるドイツ批判の下りを慎重に避けている。この選択にバイスナーの特定の意図があった事実を否定することはできないだろう。

このような一方的な詩人像の構築には、ヘルダーリン自身の思考態度が関係しているのも事実である。ヘルダーリンのドイツ像は、徹底的な擁護、賛美と批判精神という両極的態度が一体化したものである。それ故、戦時中のヘルダーリン解釈のように一方の要素だけを抽出し、特定の観念に沿った像を作り上げる可能性が常に付きまとうのである。[一一三]

戦後のヘルダーリン研究における「祖国」を巡る議論は、民族主義を排し、文芸学、人類学などさまざまな観点から論じられるようになった。フランスのヘルダーリン研究者ピエール・ベルトーは、ドイツ人研究者がフランス革命のジャコバン主義をタブー視し、ヘルダーリンと革命との関係を意図的に絶ってきた事実を糾弾し、ヘルダーリン作品の全てをジャコバン主義・フランス革命に還元する革命的詩人像を展開した。[一一四]これに対し、シュトットガルト版全集編集者の一人であるドイツ人研究者アドルフ・ベックが、ベルトーの文献学上の不備を徹底

的に取り上げ、正統派ドイツ文献学を基礎とした祖国像の変遷過程を検証している。[一二五]

ヘルダーリンの祖国観を彼の詩作期全般から論じた考察は、主にその発展過程に重点をおいている。ドレーヴィッツは、ヘルダーリンの祖国像を時系列的に三つの段階に分けている。第一にジャコバン主義の影響受けた「祖国」、第二に宗教的色彩を帯びた「理想郷」、第三に自由な人間の国としての「ユートピア」[一二六]である。ビンダーも、『ヒュペーリオン』決定稿完成及び詩『祖国のための死』執筆時の一七九九年頃にヘルダーリンの「ドイツへの道」は終わり、それ以降は「ドイツの中にいた」時代と規定している。[一二七]後期においては、ドイツを含む西洋とギリシアとの境界線が明確になるとビンダーは言う。

ドレーヴィッツやビンダーの個々の分析内容に相違点があるとしても、ヘルダーリンの祖国像が時代を追うごとに変化しているという前提は共通している。同時に、先に述べたように「祖国」と「自然」とが緊密な関係にある以上、「祖国」に関するこの傾向は、「自然」の傾向とも無関係ではない。つまり祖国像の変遷が、自然観にも変化をもたらしているという仮説が成り立つ。しかしながら従来の考察では、詩作期全般を通じての両概念の関係に関してはさほど注目していない。正確を期して言うならば、テュービンゲン期からフランクフルト期までの多分にギリシアの文化的特性を帯びた「自然」と、後期の西洋―ドイツ的「自然」との関連については十分な検証がなされていないのである。

後期ヘルダーリンの自然観について、注目に値するのはガイアーの研究であろう。彼は、ドイツの民族・国家という単一的共同体論を超えた人類学の見地からヘルダーリンの「祖国」像を論じている。彼の意見によれば、ヘルダーリンの「祖国」とは領土によって規定された国家を指すものではなく、人間と自然が特定の関係を構築する一つの「領域」である。この「領域」において祖国的精神が、統一を形成するもの、文化的、共同体的生、もしくはヒューマニズムを促進させる生として顕現する。[一二八]ガイアーが主張する祖国とは、個々の気候風土と歴史によって形成された文化的地域であり、具体像には、ギリシア的精神文化圏やドイツが属する西洋的精神文化圏などが挙げられる。ガイアーは、ヘルダーリンの祖国像には国家的領土という概念は存在せず、この点を見落としているのが戦時下のヘルダーリン解釈であったと主張する。

ガイアーの見解は、ヘルダーの人類史哲学とヘルダーリンの詩作との関連を指摘するものであり、極めて示唆に富む。後期ヘルダーリンの自然概念が持つ一つの重要な要素を指摘している点は、評価すべきである。しかし本論の「序」で触れたように、ガイアーの考察は、フランクフルト期から後期詩作への過程における自然概念の質的変化については着目していない。後期自然概念と東方志向との関連についても然りである。これはガイアーに限ったことではなく、ヘルダーリン研究全般に言えることである。そもそもヘルダーリンの後期詩作における自然思想への着目それ自体が稀である。

以下ではヘルダーリン研究の以上のような不足を踏まえ、主に祖国的詩作への移行期におけるヘルダーリンの自然観の変化について論じる。ヘルダーリンの文体的、思考的特質上、概説的考察は多くの矛盾と非整合性をもたらす危険性があり、個々の当該箇所における詳細な検討が必要とする。この点を考慮し、比較的直接的に「自然」に言及している諸論文、作品注解、書簡の解釈を中心にヘルダーリンの思考の変遷を追う。

2　ギリシアからの離反

一七九九年六月までのヘルダーリンの関心の対象は、自然と人工の対立の解消と宥和という極めて形而上学的問題であった。これに対し、同年の七月以降は、主にギリシア文学と近代文学の形式の相違に関する見解へとテーマが変化していく。この変化の直接的な要因は、文芸雑誌「イドゥーナ」の発刊準備やイェーナ大学の古典学の教授シュッツが主催する「文学総合新聞」への寄稿準備など、文芸学への実際的な取り組みにあった。(一一九)しかし対象となるジャンルの変更が、たぶんに外的要因によるものとはいえ、考察の実質的内容はほぼ同一である。むしろ、自然と人工の問題を文学ジャンルで論じることにより、問題性がより具体的な広がりを持ったとも言えるだろう。この点はヘルダーリンの後期自然論を知る上でも重要な意味を持つ。

ヘルダーリンが構想した自然と人工の二元論的構図は、文学論考においては、基本的にギリシア文学と近代文学との関連として扱われている。この点を踏まえれば、ヘルダーリンの基本構想においては、自然＝ギリシア、人工＝近代という図式が前提となっている事実を認めることができる。哲学と文学の二つの領域において見られる論旨の類似性は、前章で言及した一七九九年六月四日の弟宛の書簡と草稿「我々が古代を注視する際に取るべき視点」(二〇)との対応関係に現れている。両者はほぼ同時期に執筆され、自然と人工の二項対立の問題に関しても内容的に重複している。

ヘルダーリンがこの論文草案で扱っている主題は、古典文化に対する近代人の精神構造である。彼は、ここで「古代」を「確固たる形式」(二一)、「祖先が生み出した贅沢」、「ほとんど限り無き太古の世界」、「形成されていないもの」、「根源的なもの、自然なもの」、「加工されていないもの、非教養的なもの、幼児的なもの」と呼んでいる。「自然的」という言葉からも解るように、彼が古代を「自然」と捉えているのは明らかである。

その一方でヘルダーリンは、彼の同時代人が持つ「固有の本性」、すなわち近代人の特質を「形成衝動」と規定する。ヘルダーリンが論じているのは、「自然」としての古典古代と「形成衝動」を本質とする近代との対比構造であるが、彼は必ずしも両者を対等な関係として見ていない。彼の意見によれば、近代人がいくら独自性を主張し、新しいことを述べようとしても、それは古代精神の「隷従」に対する「復讐」に過ぎず、常に古代の圧力に屈するほかはない。つまりヘルダーリンは、依然として、古典古代の圧倒的優位性を認めている。しかしあくまでヘルダーリンの根本的な意図は、劣勢にある近代が、主体性を持って古代との調和の可能性を追求することにある。

この調和への道のりは、「エムペドクレスの基底」においても述べられているように決して平坦なものではなく、闘争という状態を経なければならない。また論文「古代を注視する際に取るべき視点」では、「現実的な相互補完的統一によって、死者の確固として存在した息吹に対抗すること」と述べている。この考えは、前章で論じたように「エムペドクレスの基底」において自然と技巧の交換理論というかたちで考察されている。後にヘルダーリンは、この交換理論をベーレンドルフ宛書簡において文芸的観点からも論じることになる。(一三二)

ホンブルク期以前の詩作においては、ヘルダーリンは必ずしも近代的「形成衝動」に対して肯定的ではなかった。フランクフルト期の『ヒュペーリオン』は、ギリシア解放戦争による新国家樹立という一種の「形成衝動」を描いていると見ることができよう。しかしこの衝動は、最終的に兵士の蛮行によって徹底的な糾弾の対象となった。またこの「形成衝動」否定と連動する形で現れる小説最終部の近代ドイツ罵倒の句は、ヘルダーリンの近代に対する全否定的態度を如実に示すものである。

その後ホンブルク期以降の書簡および論文においては、近代人の特徴的性向である「形成衝動」が、肯定的要素を帯びてくる。「我々が古代を注視する際に取るべき視点」において、ヘルダーリンは近代人が古代文化に制圧されることを「運命」と規定しながらも、自らの根源的性格である「形成衝動」を意識するにはこの抑圧状態が好都合だとも主張する。(一三三)

彼はこの「形成衝動」を弟宛書簡と同じく、自然の素材を「完全なものにする」欲求と述べ、「共同体的、根源的土壌」に根ざすものと主張する。「形成衝動」の進む方向性についてヘルダーリンは、抑制的な口調でありながらも、積極的な価値づけを行っている。「形成衝動」の取る本質的方向性は、古代によって決定的な影響を受けるが、古代の方向性をそのまま繰り返すことはない、と彼は述べる。そして「形成衝動」の取る方向は「行動すること」である、とする。この「行動すること」は、一七九九年六月の弟宛の書簡にある「現状に満足せず、目の前にあるものよりさらにより良い別のものを欲する人間の根源的欲求」(一三四)に対応すると考えられる。

ヘルダーリンは、一方で形成衝動がもたらす卑俗な負の側面も認めている。『ヒュペーリオン』に描かれた解放軍兵士の蛮行などもそれに当ろう。しかし彼はこの「形成衝動」を「全体としては正しい」と延べ、近代人の性格に対し寛容になっている。これは彼の詩作の基盤が古代ギリシアから近代へと移行しつつある事実を示すものである。古代の優位という前提条件はあるものの、隷属状態とも言えるギリシア偏向から近代の「共同体的、根源的土壌」に根ざした、ギリシアに対し一定の距離を保った冷静な態度が鮮明になっている。イェーナ大学における講義を申し出るために送られた一八〇一年六月二日のシラー宛書簡で彼はこう述べている。

私は数年来ほとんど中断することなく、ギリシア文学に取り組んできました。一度取り組んだからには、この研究を中断するなどということは不可能でした。そして遂に私は、研究の初期段階では簡単であろうと考えていたギリシア文学研究からの自由を、ようやく得ることができたのです。私は、ギリシア文学に興味を持つ若者たちをギリシア文字への奉仕から解放し、ギリシア人作家の偉大な明断さを精神の充溢の結果として理解させること、特にこのことによって、若者たちに役に立つと信じています。(一三五)

ヘルダーリンが引用箇所で述べている実質的内容は、ミクロ的な言語レヴェルでの緻密な解読作業からマクロ的・文明論的詩作活動に関する包括的思索への転換にある。「古代を注視する際に取るべき視点」の主体は、したがって近代人の視点であると同時に、パラダイム転換を経たヘルダーリン自身の視点でもある。転換後のヘルダーリンのギリシア観は、ますます独自性を帯びてくる。

3　後期詩作におけるギリシア観

先に述べたようにヘルダーリンの熱狂的ギリシア崇拝は、ホンブルク期以降は冷静で客観的な態度へと変化する。ヘルダーリンのギリシア―近代西欧の差別化は、近代人としての自己の意識を高め、彼に客観的な対象としてのギリシア文化把握をもたらした。彼は基本的に古代ギリシア文学を「自然」と捉えているが、それはルソー的な未開の民族による文化としてではない。ヘルダーリンの考えでは、ギリシア悲劇には技巧的構想力によって設定された法則があり、それ自体高度な様式を備えた詩文形式でもある。つまりギリシア文化には人工的要素も確固として存在するのであり、この要素が「自然」といかなる関係にあるのかが問題となる。

先に引用したシラー宛書簡から一年半ほど遡る一七九九年から一八〇〇年の冬にかけて書かれたと推測されるクリスティアーン・ゴットフリート・シュッツ宛書簡の草稿において、ヘルダーリンはギリシア文学の特性について独自の見解を述べている。シュッツは当時のイェーナ大学の古典学教授であり、この書簡は、彼の主催する「総合文学報知」への寄稿に関するやり取りを内容としていた。それ故、ヘルダーリンは極めて真摯な態度で自らの見解を表明している。

> （……）最も霊的なものは、彼ら（ギリシア人）にとって同時に最高度に性格的なものでなくてはならなかったのです。その表現にしても同様です。それ故にギリシア人たちの詩作における形式の厳格さと明確さがあるのであって、それ故に彼らが下位の詩体においてこの厳格さを守るのに用いた高貴な強制があるのであり、それ故に高位の詩体において主要な性格的なものを避けた繊細さがあるのです。なぜなら、最高度に性格的なものは、異質なもの、非本質的なものは一切含んでおらず、それ故、強制の痕跡を全く自らのうちに含んではいないのですから。（……）
>
> （引用7、StA 6, S. 381.）

このギリシア観は、当時の古典学の常識的見解を逸脱したものであり、この点については本人も自覚している。[一三六] 彼の意見によれば、ギリシア人は「最も霊的なもの」das Geistigste を「最高度に性格的なもの」das Karakteristische として表現した。この「最も霊的なもの」、「最高度に性格的なもの」とは、引用部の後半に見ることができるように、「異質なもの、非本質的なものを一切含まない」純粋存在であり、ヘルダーリンはそれを引用部に続く箇所において「神的なもの」あるいは、「神々」とも呼んでいる。(一三七)

引用部においてヘルダーリンは、「最高度に性格的なもの」と「主要な性格的なもの」の二つの「性格」を提示している。ヘルダーリンは、明らかに純粋存在である前者を上位概念に設定し、確固たる形式を内実とする後者を下位概念としている。両者に対応する詩作の性質がそれぞれ「高位の詩体」、「下位の詩体」である。(一三八)簡潔に言えば、ギリシア悲劇には、確固たる形式とそれを凌駕する神的な要素が共存しているということになろう。この点を具体的作品に則して語っているのが、「オイディプスの注解」と「アンティゴネーの注解」である。

「オイディプスの注解」では、「近代の詩文」に欠けているギリシア文学の「高等技術」、「職人性」について論じている。(一三九)ギリシアの詩人たちが持ち合わせていたこの「技術」は、「詩文を作成する方法を計測し、かつ教えるということ、そして教えられた者がそれを習得して、その上でそれを実地に用いてますます確実に繰り返すことができる」性質のものである。ヘルダーリンはこれを「法則的計算」と呼ぶ。

ヘルダーリンはオイディプス悲劇の構造を例に取り、この「法則的計算」を異なる二つの次元の平衡関係として説明する。

感覚組織、人間の全存在は、根源的作用の影響の下に自己を展開する。そして表象と感覚と理論的判断は、さまざまな継起においても常に確固たる一つの法則にしたがって生じる。その際の法則、計算、方法は、悲劇においては純粋な連続というよりも、むしろ平衡である。

悲劇の進行はすなわち、もともと空虚なものであり、全く拘束を受けないものである。

そのために、劇の進行が表されるリズミカルな表象の連鎖において、詩の韻律において中間休止と呼ばれるもの、純粋な言葉、反リズム的中断が必要となる。それは表象の激しい交錯にその頂点において遭遇する。

その結果、もはや表象の交錯ではなく、表象そのものが出現する。
それによって計算、すなわちリズムの連鎖は二分され、その分けられた二つが、平衡関係をとるように現れるといった関係になるのである。

（引用8、StA 5, S. 196.）

ヘルダーリンは、悲劇の構造の特質を「中間休止」を中心点とする平衡と捉えている。この中間休止とは本来、詩の韻律において、揚格衝突によるリズムの中断を指すものであるが、ヘルダーリンはこれを悲劇全体の構造に適用している。悲劇は冒頭部からさまざまな事項が展開し、その途中で神的発言が生じ、劇のリズムが中断される。そしてこの中断から悲劇は、全く別の次元へと展開する。つまり、人間と神の領域、地上的展開と天上的展開の二つの領域が、中間休止を挟んで共存する。このような流れがヘルダーリンの抱くギリシア悲劇の構造的イメージとして認識することができる。「計測されえない生きた意味が、計測可能な法則と関係を持つに至る」（一四〇）悲劇の構造は、ギリシア人（ここではソフォクレス）の固有の宗教的感情によってもたらされるとヘルダーリンは考えている。オイディプスが神託を無制限に解釈し、運命を自己の支配下におこうとした態度は、人間としての主人公が神の領域へと足を踏み入れようとした行為、すなわち神と人間の合一の試みである。しかしその寸前において悲劇は、中間休止によってこの驕慢の行為を回避しているとヘルダーリンは考える。このようなギリシア悲劇の特性について、彼は先のシュッツ宛の書簡における引用部の直後で以下のように述べている。

そうして彼らは（ギリシア人たちは）神的なものを人間的に提示しているのですが、常に人間固有の尺度を避けているのです。それは当然のことです。なぜなら詩文芸は、その全本質において、またその熱狂において、謙虚で冷静な態度の場合と同じく、晴れやかな神々への奉仕なのであって、決して人間を神々に、あるいは神々を人間に仕立て上げたり、「偶像崇拝」を行ったりしてはならず、神々と人間を互いに近づけることだけが許されるからです。悲劇はこのことをタイリツヲトオシテ示します。まず神と人間は一つに見え、その後運命が生じます。この運命は、人間のあらゆる恭順と誇りを刺激し、ついには一方で天上的なものへの尊敬、他方で人間の所有物としての浄化された情緒を後に残します。

（引用9、StA 6, S. 381f.)

中間休止によって人間の驕慢が戒められ、神性への純粋な感情が獲得される。悲劇のこの本質的内容は、引用部に見られるように「神々への奉仕」であり、古代ギリシア人の神性に対する宗教的感情にもとづいているとヘルダーリンは見ている。したがって、この古代悲劇の宗教的側面と自然とがいかなる関連にあるか以下に検討しなければならない。

一七九九年六月四日の弟宛書簡において、ヘルダーリンは、ひとつの帰結として「宗教」に言及している。そこで彼は、先の「オイディプスへの注解」の引用部における「神々への奉仕」と同様に、人間の「芸術衝動と文化衝動はそのどんな変形、どんな変種においても、人間が自然に示すところの本来の奉仕である」と述べている。(一四二)すなわち『オイディプス』及び『アンティゴネー』の注解でしばしば言及される「神」、「神々」、「神的なるもの」は、「自然」に置き換えることができることになる。さらに彼は、同書簡の中で人間の形成活動と自然の関係における宗教の役割について言及している。

哲学と芸術と宗教、これら自然の司祭たちは、したがってまず人間に働きかけ、人間のために存在するのだ。そしてそれらが、自然に働きかける人間の現実的活動に高貴な方向性と力と喜びを与えることによってのみ、それらもまた自然に働きかけ、しかも間接的に現実的に働きかけるのである。かの三つのもの、とりわけ宗教が次のように作用する。人間活動の素材を与えるために自然は人間に身を捧げ、また強力な動輪として、自らの無限の組織の中に人間を含み持つ。人間が自分を自然の師匠や主人と思ったりすることのないように、また自分の技術や活動のすべてにおいて謙虚であり、敬虔な態度で自然の霊の前に屈服するように宗教は作用するのである。人間は自然の霊を自己の内部と周囲に持ち、自然の霊は人間に素材と力を与える。というのも人間の技巧と活動は、それがいくら為し得たあるいは為し得るにしても、命あるものを生み出すことはできないのだ。人は原素材を変更し、加工することはできるが、それ自体を創造することはできない。創造的力を発展させることはできるが、その力自体は永遠であり、人間の手によるものではないのだ。

(引用10、StA 5, S. 329f.)

人間の形成活動は常に自然によって活動の場を与えられ、その存在意義を付与される。このあり方を常に認識させるのが宗教の役割だとヘルダーリンは捉えている。この基本認識が、『オイディプス』における主人公の運命に対する挑戦と敗北、神性に対する敬虔的態度と魂の浄化というヘルダーリンの悲劇解釈の基盤となっている。注解における「神々への奉仕」と弟宛書簡における「自然に対する本来的な奉仕」という二つのことばには、彼が想定する宗教の機能が提示されているのである。

自然に対する敬虔な態度の喚起は、哲学的思索や悲劇論だけではない。それは詩作の対象そのものにもなっている。『自然と技巧――あるいはサトゥルヌスとユピテル』(推定一八〇一年)では、タイトルそのものが示すように自然の象徴であるサトゥルヌス(クロノス)とその息子で人工の象徴とされるユピテルの歴史的関係が主題となっている。原初時代を司った「黄金の神」サトゥルヌスを追放した支配者ユピテルに対し、詩人は「その高い御位から降りよ、そうでなければ感謝を恥とせぬがいい!/もしその座に留まりたいのなら、年長者に仕えよ/そして歌い手が、すべての神々と人間たちを前にして/この年長者の名を挙げることをよしとするがいい!」(一四二)

と述べる。これは自然に対して人工世界が取るべき敬虔的態度の要請を神話化したものであり、ホンブルク期以降に見られるヘルダーリンの思考パターンの一例である。

ここで取り上げたヘルダーリンの宗教観は、近代的思考に反省作用を促す機能面のみが示されている。しかしこれはまだ外面的な要素であり、宗教そのものの根源的性質を表すものではない。彼は宗教と古代ギリシア、詩文芸との関係についてホンブルク期の論文草稿「宗教について」において考察している。この未完の草稿における宗教観は、分野は異なるものの悲劇論と同一の思考基盤にもとづいている点が特徴として挙げられる。

ヘルダーリンはこの論文の冒頭部において、人間と神性の日常の生を超えた「より高度な関連」という宗教の本質に言及している。[一四三] 彼は、この高度な関係を「人間の活動の場である元素との普遍的な関係」とも述べている。この「元素」das Element という表現は、自然との関係を容易に想起させる。事実ヘルダーリンは、「オイティプスの注解」及び「アンティゴネーの注解」において「元素」を「自然の威力」または「神」の同義語として用いている。「エムペドクレスの基底」の中の悲劇論では、この「元素」は「自然」と同義語の「非組織的なもの」ということばで表現されている。[一四四] つまり「自然」、「元素」、「神」といった要素が、ヘルダーリンの思考では同一次元のものとして扱われている。「宗教について」の中で彼は、人間と元素の高次の関係を「オイディプスの注解」における中間休止的と同じく、「現実的な生の瞬間的な停止」において生じる、と述べている。現世的生から神的領域への休止を伴う移行という点で、ヘルダーリンが悲劇と宗教の本質を同一のものとして捉えている事実が窺える。

「宗教について」における宗教とポエジーへの言及も注目に値する。ただしそこでは悲劇という作品形態ではなく、神話との関連において論が展開する。ヘルダーリンは、「かくして、全ての宗教は、その本質から言って詩的である」[一四五]と断定する。彼の宗教と神話との本質的同一性に関する考察は、その重要箇所が欠落しており、全貌を詳細に知ることはできない。また読者は、著者の極めて独特な思考および語法を完全に咀嚼した上で、論全体の構造の再構築を求められる。このため以下では彼の主張する宗教とポエジー、神話の同一性に関する大まかな見取り図を提示するにとどめたい。

4　宗教とポエジーと神話の同一性

ヘルダーリンは、人間もしくは人類の生の存在形式を精神と肉体の二つの要素からなるものとして捉えている。彼は、この二つの要素のそれぞれについて、様々な用語を用いている。精神に関連する語としては、「精神的」、「知的」、「法的」、「理念」、「概念」が挙げられる。この精神性に対立する物質性を示す用語としては、「物質・肉体的」、「機械論的」、「歴史的」、「所与」、「不可分性」、「事件」、「事実」といった具合である。（一四八）

ヘルダーリンの主張によると、宗教的関係は上に提示した二つの領域のうちどちらか一方にのみ、つまり精神領域一辺倒、もしくは物質領域一辺倒という形式を取るのではない。そうではなく、宗教は二つの要素を、宗教という一つの領域に同時的に持つ。ヘルダーリンはこれを「知的・歴史的」と呼ぶ。そしてこの宗教的性質こそが「神話的」であるとする。

ヘルダーリンは、神話の特性をさらに細分化するが、その論は若干複雑な要素を含み持つのでここで整理しよう。彼は神話の特性を「素材」と「朗読」の二つに区分している。これは一見、宗教及び神話の根源的特性である合一を前提とした精神性と現実性に相応しているように見えるが、そうではない。彼は、「素材」と「朗読」のそれぞれに精神と現実の合一が含まれていると考えている。彼のことばを再現すれば、「素材」において主人公の精神性が大きな要素を占める場合、外面的実質は歴史的なものとなり、「叙事的な神話」となる。また現実的な事件性が主要な部分を占める場合は、神話の実質は人格的なものとなり、「劇的な神話」になる。つまり主題が人格的・精神的なものである場合、カテゴリー的性質はその反対の叙事性を帯び、主題が外的・現実的なものの場合、カテゴリーは同様に反対の人格的劇性を帯びるということになる。このパラドックスの論理的整合性に関する詳細な記述は無く、具体的にどの神話について述べているのかも不明である。しかし神話の性質が叙事的であれ、劇的であれ、内面性と外面性が、緊密なかたちで一つになっているという彼の主張は把握できよう。

神話における「朗読」の問題についてもヘルダーリンは、内的・外的実質の合一性を主張している。「朗読」が意味するものは、神話の語り、あるいは上演、演奏など何らかのかたちで感覚的に表出させる行為と考えられる。神話の諸場面は整然とした関連の中にあり、この関連を表出させる神話の語りは本来極めて知的な行為であると彼は理解する。同時に神話の諸場面の幾つかが突出したかたちで表出する場合があり、これが神話の語りに抑揚を与える。さらに抑揚に反応する感覚的な場が生じ、語りに現実的空間が広がる。彼はこのことを「不可分性」の獲得と呼んでいる。(一四七) ヘルダーリンは、このように神話の表出においても精神性と現実的感覚との一体化を主張するのである。

さらに神話に関する議論において注目すべき点は、「叙情神話的なもの」への言及である。「素材」に関する議論の中で「叙事的な神話」及び「劇的な神話」で主要な部分を占めたところの人格性と歴史性は、ヘルダーリンにとってはあくまでも副次的要素であり、「本来の主要要素」としての「神話の神」が上位概念として存在する。ただし彼は自ら付した脚注において、神話の神が主要要素となる叙情的神話の考察を検討課題として挙げるに止めており、その詳細を知ることはできない。「叙情的神話」、「叙事的神話」、「劇的神話」の関係は、以下の関係にあると推測できる。すなわち、「叙事的神話」と「劇的神話」においては、宗教的特質であるところの精神と客体の一致が存在する。しかし「叙事的神話」では登場人物の人格性、「劇的神話」では歴史性といった風に、主体と客体のどちらか一方に比重が多くおかれ、その意味では完全に神的領域に属するものではない。「叙情的神話」は、精神と物質との究極の一致とさらにそれを超越した神の領域を主題とする神話であり、「叙事的神話」、「劇的神話」の上位に位置するべきカテゴリーである。ヘルダーリンのこのようなカテゴリー化は、極めて特徴的であると言える。

叙情的神話の形成は、ヘルダーリン自身の詩作方針でもあったことは容易に推測することができよう。単なる歴史上の人物の人格性を主体とした詩、あるいは単なる歴史的事実をモティーフとした詩作を廃し、神性の本質へと接近しようとするヘルダーリンの詩作全般に見られる傾向は、まさに叙情的神話の詩的再構築の様相を呈する。

　ポエジーの最上位に位置する叙情的神話への言及の中に、ヘルダーリン特有の思考パターンを見ることもできる。「オイディプスの注解」における中間休止において、彼は人間的生の範疇にある人格性、現実性を超えた神的発話を想定した。そこでは神的発話そのものを分析するのではなく、悲劇という一作品における全体的構造的特質からその重要性を照らし出す手法が取られたが、「宗教について」ではより広く神話という範疇において議論が展開している。つまり「叙事的神話」、「劇的神話」などの人間的生の要素を含むカテゴリーを超える「叙情的神話」の設定がそれである。

　ヘルダーリンの言う叙情的神話を「宗教について」における個々の議論との照応関係に見るとすれば、古代ギリシア人の宗教感覚に関する件《くだり》が第一に対応する。そこでまず彼は、古代ギリシアと近代の知的傾向の相違について、「より高度な啓蒙」という観点から論じる。近代的な「我々」は、「繊細で無限な生の諸関連を、傲慢な道徳や空虚な礼儀作法、あじけない趣味の法則にし」、自分らを古代人より啓蒙された存在と見る。近代人の驕慢な思考態度とは反対に、古代人たちは繊細な生の諸関連を宗教的なものとみなした。この宗教的なものをヘルダーリンは言い換えて、「かの（繊細な生の）諸関係が生じる領域を支配する『精神』から」考察しなければならないものと述べている。つまり生の領域を支配する根源的神性を基盤とする知的活動が「より高度な啓蒙」であり、それが近代人に全く欠如しているとヘルダーリンは断罪する。（一四八）彼は、さらに自ら付した注釈の中で古代ギリシア人の宗教性を正当化する。

どの程度彼らは正しかったのだろうか。すでに見たように、まさに諸関連が物質的、精神的に必要なものを超越する程度に応じて、形式と方法において特定の根本体験が絶対的に考えられるような行動様式とその要素が、これもまた同様に分かちがたく結びついているが故に、彼らは正しかったのである。

(引用11、StA 4, S. 277.)

ヘルダーリンがここで述べていることは、以下のように言い換えることができよう。すなわち、物質と精神によって成り立つ現実的生を神性が超越する。この神的現象をギリシア人たちは特定の形式と方法、つまりヘルダーリンが別の箇所で述べる神話という詩的領域において考えた。ギリシア人たちは、精神性と物質性を統合し昇華するという神の性質を、神話という素材の使用と上演とにおける精神と物質の究極的合一という形で体現した。ここにヘルダーリンが主張する宗教とポエジーの同質性があると考えられる。

ヘルダーリンの宗教的文学論には、このように精神と物質の統合による超越的空間の出現という基本構図がある。この神的空間は、人間の日常生活において単純に認識できるような性質のものではない。究極の融合状態は「想起する」、あるいは「より普遍的に感受する」性質のものであって、物理的に可視的なものではない。しかもそれは聴覚、視覚といった日常的感覚を超えた超感覚的次元の性質を帯びており、「特殊な領域」の根本体験であるとされる。(二四九)

調和的状態としての「領域」は、「宗教的について」では「元素との普遍的連関」とされ、「現実の生の瞬間的停止」によって生じる領域と規定される。これを「オイディプスの注解」に当てはめれば、中間休止による神的領域の出現に相応しよう。「宗教について」では、「元素」という語によって「自然」との関連がすでに暗示されているが、オイディプス論では、明確に「自然」との関連が示されている。

『オイディプス』、『アンティゴネー』の両作品において中間休止を形成しているのは、テイレシアスのことばであるとヘルダーリンは述べる。(一五〇) 両作品におけるこの老予言者の役割は、オイディプス及びクレオン王に対し、彼らの意志に反した運命を告げることである。テイレシアスが登場するまでの両作品における登場人物間のやり取りは、人間の生に基盤をおく「表象の連鎖」であり、この「リズミカルな」連鎖がテイレシアスの予言により中断され、悲劇は別の次元へと展開していく。その際注目すべき点は、ヘルダーリンが中間休止のイメージを強力に「自然」と強く結びつけている事実である。中間休止をもたらすものは「自然の威力」であり、この自然力に対する感受力を最も有しているのが老予言者テイレシアスである。

> 彼（テイレシアス）は、自然の偉力に対する監視者として運命の歩みの中へと入り込む。その自然の偉力というのは、人間を悲劇的にその生活圏から、すなわちその内的生活の中心点から引き離して、それとは別の世界、死者たちの住む離心的領域へ引きずり込もうとするものなのである。
>
> （引用12、StA 5, S. 197.）

盲目の預言者の発話によって悲劇の中で自然の力が顕在化する。自然がもたらすものは、引用部が示しているように、人間という個体の内的領域から死者の国という幻想領域への移行である。近代論争的視点から言えば、古代への視点の移行と解することもできよう。自然の機能は、このように思考形態の転換をもたらす作用として示される。『アンティゴネー』では、クレオンに向けられたことばにヘルダーリンは注視している。

汝はもはや
嫉妬深い太陽の日を浴びて照らすことは無いでしょう。

大地の上、人間の下では、太陽は相対的に物質的になるのと同じく、精神的なものにおいても現実的に相対的になりえるのである。

（引用13、StA 5, S. 267.）

引用前半のヘルダーリンの翻訳は、原文とはかなりかけ離れている。テイレシアスのこの場面における予言は、テーバイの王位を巡る戦いで死した敵方の将ポリュネイケスに関して、その亡骸の埋葬を禁じたクレオンに対する運命の復讐を語ったものである。もともとの文は、「ではよく心得るがいい、充分にな、これから、もう幾度も、太陽の速い車が廻って来ぬうち、御身の血を分けた者の一人を、死んだ骸の代償に、自分から骸となして代りに差し出すことになろう[二五二]」であり、クレオンの行状が自らの災いとなることへの予言である。ヘルダーリンの翻訳は、発言内容自体には変更を加えてはいないものの、表現は飛躍したものとなっている。ここで彼は、自然現象の一つである太陽光線の機能を強調し、これが物理的自然現象としてだけではなく、精神的領域の明暗にも相応すると主張する。つまりそれは、敵方の死体を野ざらしにするという非道徳的な行いに対し、「嫉妬深い」、すなわち復讐心を携えた自然光が、クレオン王を照らし出す機能を停止させることを意味している。「精神的なもの」とは、この場合、物理的自然現象としての形容詞「物理的な」の対極に位置する精神性を意味するとともに、行為の善悪に関連する道徳性をも意味として含んでいる。光線の停止によって、悲劇の場の次元が変容し、この世からあの世へと転換する。この展開部をヘルダーリンは中間休止と捉えるのである。中間休止をもたらすものは「自然の威力」であるが、ここではそれが物理的、精神的転換をもたらす光の機能として示されている。

「オイディプスの注解」第三章の冒頭部では、悲劇論の視点からの自然への言及がある。

悲劇的なるものの叙述が主に基礎とするものは、神と人間が一つになるという非常なこと、つまり自然の威力と人間の内奥とが怒りによって過度に一つとなることであり、これによって過度の合一が、過度の分離によって浄化されるという事実が理解されることである。自然ノ記述者ハ好意的ナペンヲ浸シテイタ。

（引用14、StA 5, S. 201.）

ヘルダーリンのこのことばは、『オイディプス』の内容に準じたものである。忌まわしき運命を避けようとしたオイディプスの行為、つまり運命を制御しようとした行為は神と人間の合一への挑戦と解することができる。彼はさらに「神」を「自然の威力」と言い換え、人間の内部と「怒り」において一つとなると述べている。シュミットの解釈ではこの「怒り」は、歴史的に「絶対的なものへの衝動」を意味する。[一五二]神聖への衝動によって生じた自然力と人間との合一状態は、両者の分離によって純粋なものとなる。この矛盾を孕んだ表現の中には、多くのことが省略されている。すでに見たように、ヘルダーリンの述べる自然と人間の合一はあくまで仮象であり、実体を持たない。悲劇に当てはめれば、それは「オイディプスの奇異な、怒りの好奇心」[一五三]によって生み出された幻影であり、次の高次の段階へ至る前の段階の事象である。ここで中間休止が生じ、オイディプスの能力を超えた運命の力が認識される。この中間休止ではさらに、自然と人間との深遠なる溝、すなわち「分離」が明らかとなり、敬虔的純粋感情による浄化作用が生じる。ヘルダーリンは、この点にギリシア悲劇の根源的特性を見ていると考えられる。

先の引用部の中でヘルダーリンが示しているギリシア語の引用は、スイダス辞典の中のアリストテレスについての記述であるが、ヘルダーリンはこれをソフォクレスに適応している。[一五四]悲劇『オイディプス』の構造は、「自然の記述者」たるソフォクレスによる自然力の描写にその基礎があり、この意味でギリシア悲劇における法則性は「自然」を基礎としていることになる。「好意的なペン」という表現における「好意的」euvoos という形容詞は、「神の恵み」もしくは「神の善意」としての「好意」eunoia と関連する語であり、ここにも神秘主義的な宗教感情の響きを聞き取ることができる。

これまで見てきたように、後期ヘルダーリンの「自然」の特質は、人間存在の現実的領域を超えたところに存在する神聖物という点に集約できよう。この「自然」は、彼岸の領域へと人間を引き込む機能を持ち、これがギリシア神話、悲劇全般の文芸領域の基本構造を規定する根本要素となる。ソフォクレスの悲劇は、中間休止による転回という確固たる形式の元にこの自然力を体現した。この自然崇拝に根ざした作品の構造規定こそ、ヘルダーリンがギリシア悲劇に見る「法則的計算」であり「技術」mekaneh である。(一五五) つまり古代ギリシアの芸術作品が持つ構造は、「自然」による運命規定の運動と究極のかたちで一致しており、このことがヘルダーリンが古代ギリシアを常に「自然」というイメージで捉える第一の要因と考えられる。

5　近代および祖国の抵抗

ギリシア悲劇の構造的特徴は、確固たる形式とその形式を凌駕する神的存在の顕在化にあった。この構造的特徴は、主にギリシア人の宗教的感情に依拠するものであり、この感情こそがヘルダーリンの言う「自然」の実質なのである。ホンブルク期以降もヘルダーリンは、古代ギリシアの芸術、すなわち「自然」を実質的に最上位のランクに位置づけていると言えよう。この点において彼の思考態度は、『ヒュペーリオン』成立時のフランクフルト期までと基本的に違いはない。しかし他方で、先に触れたようにホンブルク期以降の彼の思考には、自然的古代に対抗する近代の自意識という要素が大きな比重を占めてくる。この強い近代意識は、「祖国」という概念に輪郭を与え、大規模な展開をもたらす。ついには古代の象徴語である「自然」は「祖国」に対しても用いられるようになり、「祖国」の「自然」を主題とする讃歌群を形成していくことになる。

この二つの傾向に相応して、『オイディプス』及び『アンティゴネー』悲劇の考察にも、二つの支柱がある。一つは自然の威力に対するギリシア人の敬虔な態度へのまなざしであり、もう一つは自然の威力から個を守ろうとする意識へのまなざしである。これまで述べたようにヘルダーリンが主張する悲劇の本質は、生の領域から非現実的領域への移行にあるが、この過程でいかにして個の領域を守り、そこに留まるか、この点にも彼は留意する。そしてこの自己保持の姿勢の中に、ヘルダーリンは祖国的、西欧的要素を見出すことになる。自然の威力によるカタルシスを、ヘルダーリンはどちらかと言えば『オイディプス』に見ている。反対に自然の威力を前にした個の保存という一方の存在形式を『アンティゴネー』の中に見る。

日の経過もしくは芸術作品の最も敢為な瞬間は、時の霊と自然の霊、すなわち人間を捉える天上的なものと、人間が興味を抱く対象とが、もっとも激しく対峙するときである。なぜなら感覚的な対象は半分までしか至らず、残りの半分が始まるとき、霊が最も力強く目覚めるからである。この瞬間において、人間は最も自己を堅持しなければならない。それゆえに人間はそこでもまたまっさらな状態で自己の性格の中に留まるのである。

(引用15、StA 5, S. 266.)

中間休止は、人間と自然との対立が最高潮に達したときに生じる。自然と人間の二項対立自体は、ヘルダーリンの初期の詩作から持続的に見られる構図である。小説『ヒュペーリオン』では、圧倒的な自然の優位と近代的人工の絶望的な敗北が描かれた。その後間もなく彼が構想したエムペドクレス悲劇ではこの対立は中和され、自然と人工が持つ諸特性の交換による合一という新たな思想が提示される。つまりヘルダーリンは二つの概念に対してどちらに与することなく、いわば中立的な立場を取るようになる。しかしこの引用箇所では、彼は自然に対立する側、すなわち人間の側に重点をおいている。すでに言及した「我々が古代を見る際に取るべき視点」においても同様の思考形態を見ることができた。そこでは、圧倒的な優位にある古典古代を前にして、「形成衝動」の議論に見られるように近代精神をいかにして保持し、発展させるかに論の力点がある。

自然の威力を前にした人間の個の保持は、「アンティゴネーの注解」では常人のレヴェルでの問題としてではなく、天才論の問題としてヘルダーリンは扱っている。天才論に関して言えば、シュミットがこれを十八世紀ドイツ文学、哲学の根本要素として論じており、天才の基礎を「崇高」という概念とともに肥大化する主観として説明している。[一五六]この点から言えば、アンティゴネーは、西洋近代、さらに限定的に言えば、十八世紀のドイツ思想全般の要素を持ち合わせていることになる。

ヘルダーリン自身は、個の保持という天才性をアンティゴネーによるニオベへの言及に見、それを作品全体の中で最高の箇所と評している。[一五七]アンティゴネーのこの発言はヘルダーリンが中間休止として指定しているテイレシアス登場よりも前に位置するが、彼女の霊的な発言は、すでに中間休止部を形成していると言ってよい。タンタロスの娘ニオベは、シュピロス山の頂で常春藤《きづた》に絡まれて岩と化した人物であり、自然と一体化した人物である。その言及を行ったアンティゴネーは、自己の運命をニオベになぞらえているのであるが、ヘルダーリンは彼女の精神状態を「崇高のあざけり」、「聖なる狂気」と呼び、人間の意識の究極的状態として捉えている。[一五八]

ヘルダーリンが抱く自己保持のイメージは、自然と人間の永遠の分断を意味するのではない。そうではなく、論の力点は、苦悩を超えて歓喜に至る精神の変容過程にある。それは、人間存在に一般的に適応されるものではなく、英雄的、超人的生のあり方を述べたものであり、結果としてこの超人的生は自然との合一を最終地点に据えている。

> 高い意識の中では、それ（アンティゴネーの魂）は意識を持たないものの、その運命において意識の形式を身に付けるような対象に譬えられる。そのような意識は、荒れ果ててしまった土地であり、こういった土地は太古のままの豊かな実りの中で日光の作用をあまりにも強く受け、干からびてしまうのである。ピュル

ギアのニオベの運命とはこうである。すなわち、至る所にある無垢な自然の運命とおなじであり、より英雄的な諸関係やうごめく情緒の中で人間が非組織的なものへ向かうのと同じように、その自然は卓越性に応じて至る所で過度に組織的なものへ向かうのである。ニオベは、もともとまさに古代の天才の形姿でもあるのである。

（引用16、StA5, S. 267f.）

アンティゴネーが自己と同一視するニオベの性格は、運命に身を委ねるという点において自主性を欠いているように見える。しかしヘルダーリンの考えでは、運命への献身を客観的に把握していること、この自覚こそが個の保持をもたらすことになる。自己保持は、引用部にも見ることができるように、高度な意識の中に生じるものであり、彼はそこに「天才」という性質を当てはめているのである。

ヘルダーリンは、このようなアンティゴネーの性質に近代の特質を見ている。自然の威力を客体化した上でそれに従うこと、このことが個の保持であり、「祖国的形式」であるのである。

さらにヘルダーリンは、ニオベもしくはアンティゴネーの運命行路を二つの視点から見る。一つは原始的自然世界が人工的卓越性を身に纏う過程であり、もう一つは英雄的人格が非組織的自然状態へ向かう過程である。「エムペドクレスの基底」において論じられているように、この二つの過程は自然と人工がそれぞれの特性を交換し合って一つの理想郷となる道程であり、いわば表裏一体の関係にある。この交換理論は、さまざまな分野におけるヘルダーリンの論考において基本構図となっている。「詩的精神の振舞い方について」などの詩論では、それは詩の形成過程として捉えられ、文明論的観点では、後に示すように古代と近代の交換論的融合過程として把握される。

6　ギリシア悲劇におけるコロスの機能

ヘルダーリンの自然と人工の二項対立の構想には、明確に図式化し難い要素も含み持っている。この点について触れておこう。

まず、神と人間、自然と人工の融合は、必然的な論理の前提として、対立の構造を持つ。フランクフルト期の『ヒュペーリオン』辺りまでは、この対立の図式は、人為的営為の挫折を救済吸収する神的自然のもとで解消されていた。しかし後期の詩作においては、対立そのものが再び精鋭化し、これがヘルダーリンの古典理解に重要な位置を占めることになる。

さらに『オイディプス』及び『アンティゴネー』の注解に見られる二項対立への視線は、単に神と人間の対立に限定されるものではない。ヘルダーリンは、両作品における言語構造も二項対立に支配されていると見ている。彼の主張では、悲劇という作品を提示するためには、神と人間の対立が意識のレヴェルまで高められ、明確なかたちで把握されなければならない。そのためには対立的状況を生じせしめる演出的要素が必要である。「常に抗争し合う対話があるはそのためであり」、その結果オイディプス悲劇における全ての発話は、「発言に対抗する発言であり、それらが相互に止揚しあうのである[一五九]」。

言語レヴェルでの対立構造の主要な要素としてヘルダーリンが挙げているのが、コロス（合唱）である[一六〇]。運命に対抗しようとするオイディプスやクレオンの強欲に対し、常に反対の発言を行う役割をコロスは担っている。このコロスの言語形式そのものが一つの世界観を投影しているとヘルダーリンは主張する。

このようにオイディプス劇のコロスで歌われるものは、嘆き、平穏、宗教的なもの、敬虔なる虚偽（「もし私が予言者ならば、」等々）、怒りの感情の中で聞き手の魂を引き裂こうとする対話に向けられた、全身から沸き出でる同情などである。それらの場面では、おぞましいながらも荘厳な諸形式、異端審問のごとき劇が、一つの世界に対する言語として提示される。その世界では、ペストや感覚の混乱、また普遍的に燃え上がった預言者の精神のもとで、無為の時代において世界進行に空白が生じることがないように、そして天上の記憶が消え去らないように、不誠実という全てを忘却する形式において、神と人間が自己を開示するのだ。なぜなら神に対する不誠実がもっともよく保持されうるからである。

（引用17、StA5, S. 201f.）

天上の神々、太古の記憶を保持するために、ギリシア悲劇はあえて対立の構造を取ったというのがヘルダーリンの主張である。この対立は、異端審問の様相を帯びたコロスのことばによって精鋭化される。つまり悲劇における対話そのものが、対立を基調とした世界像を体現しているのである。オイディプス悲劇に関する彼の対立構造へのまなざしは、さらに詳細に「アンティゴネーの注解」の第三部で言語、政治、詩文芸などの領域において複眼的に論及される。

7 古代と近代、自然と祖国

古代と祖国に関する問題を、ヘルダーリンはとりわけ「アンティゴネーの注解」第三章で論じている。そこでまず両カテゴリーについて、それぞれの言語的特性が論じられ、その後議論は文明間の差異の問題へと転じていく。

彼は、まずギリシア文化（とりわけ悲劇について）の言語的特質を挙げる。彼によれば、ギリシア悲劇の言語は、「より間接的に現実的」、「殺害的に現実的」（一六一）である。この意味するところは、ことばによる物理的肉体的な殺害である。この「ことばから生じた現実の殺人」（一六二）は、オイディプス悲劇を指すと考えられる。ヘルダーリンのイメージでは、ギリシア人の言語使用は、現実的、可視的、物質的行為との結びつきが強く、悲劇では生物学的死をもたらす第一要素と認識されている。

これに対し、近代芸術の言語的特性については、「より精神的な主体をつかむことによって、より直接的に行為的になる」[一六三]と表現している。つまり、ギリシア悲劇がことばによって肉体を死滅させるのに対し、祖国的芸術形式はことばによって精神を殺す点にその特徴があると彼は考えている。ヘルダーリンは、祖国的言語のイメージをギリシア的肉体性よりも、不可視的な精神性に比重をおいている。

オイディプス悲劇では、中間休止によって異次元世界への場の移行が主題となったが、アンティゴネー劇では、すでに述べたように、その移行過程において自己の領域に踏みとどまろうとする精神が議論の焦点となる。そして自己を保持する精神性が、祖国的精神のあり方として提示されている。

> 我々はより本来的なツォイスのもとにいるのである。ツォイスは、この大地と死者の住む荒涼たる世界との間に留まるだけでなく、永遠に人間に敵対的な自然の歩みを、別の世界へ移行する途中で、より断固とした態度で大地へと引き戻すのである。そしてこのことは本質的で祖国的な表象群を大きく変えるのである。また私たちの詩文芸は祖国的でなければならないので、その素材は我々の世界観にしたがって選ばれ、諸観念も祖国的であるのである。このような私たちにとって（……）
>
> （引用18、StA 5, S. 270.）

ヘルダーリンはここで明確に「祖国的」という概念を持ち出してくる。引用部で強調されている第一の要素は自然の威力に抵抗する力であり、従来の自然至上主義の態度からの大きな変化が注目に値する。

彼はこの反作用をツォイスの能力とし、通常レヴェルの神話では見出し難い「より本来的な」ツォイス像を提示している。さらに彼は、自然を「死者の住む荒涼たる世界」、「永遠に人間に敵対的」といった表現で示す。これは悲劇における中間休止後の、彼岸的領域への引き込み作用に関連した表現と考えられる。ツォイスの大地への引き戻し、つまり自然の威力の前に個を保持する力への視点の移行が、「敵対的自然」というイメージをもたらしていると考えられる。『アンティゴネー』に即して言うならば、運命を制御しようとするクレオンが、テイレシアスの予言の後、自然の威力に屈していくのとは反対に、アンティゴネーが自らの運命をニオベのそれと同一化し、客体化する事実がこれに相応する。引用部では、思考の基盤が完全に「祖国」におかれていることから、従来の基本姿勢である自然至上主義が、大きく修正されている事実を認めることができる。この点はヘルダーリンの後期思想におけるパラダイム転換として注目されよう。この転換は文明論の視点においても拡大し、一方的な古典崇拝ではない自国の文化に根ざした詩作への欲求と結びつくことになる。

しかしヘルダーリンの「祖国」は、二重の意味を帯びている。この二重性が彼の歴史意識に一見錯綜した印象を与える要因となってくる。問題は、この「祖国」が誰に属するかという点にある。「アンティゴネーの注解」の終わりで、彼は「祖国」を「ソフォクレスの時代の運命であり、彼の祖国の形式」である、と述べている。[一六四] すなわち「祖国」は、ソフォクレスが生きた時代のギリシアを指すことになる。その一方で、ヘルダーリンは、引用部に見られるように、「祖国」と「我々の時代」を明確に関連させている。「祖国」はこの場合、近代西欧の意味を担うことになる。

詩『自然と人工、あるいはサトゥルヌスとユピテル』では、ツォイス（ゼウス、ユピテル）は「人工」の象徴である。また、この場合もヘルダーリンは、ツォイス、すなわち「人工」を自分が生きる時代の象徴として捉えている。『アンティゴネー』に即して言えば、自己の運命をニオベのそれになぞらえることによって客体化し、個を保持したアンティゴネーの思考形式が、この「人工」に相応することになろう。これがソフォクレスの抱いた「祖国的形式」である。さらにヘルダーリンは、この点においてソフォクレスが忠実に時代の精神を反映していたと考えている。時代精神の反映、これこそが近代がソフォクレスから学び取るべき態度であり、詩文芸とい

う限られた領域にせよ、近代は自らの祖国的形式を構築しなければならない。ヘルダーリンはこう締めくくる。（一六五）
　しかしすでに述べたように、ソフォクレスが示したツォイスの時代精神は、「我々」、すなわち「西欧的」（一六六）世界とも結びついている。ヘルダーリンのことばに従えば、『アンティゴネー』における事件の経過は反乱や革命と同じ性質のものであり、「愛国的」、「現代的」性質を帯びている。アンティゴネー悲劇で展開される「祖国的事件」は極めて「政治的」であり、「共和主義的」である。（一六七）これは明らかにフランス革命を志向する祖国ドイツをイメージしたものであり、極めて時事的な要素を含み持っている。これらの点を鑑みれば、ヘルダーリンがソフォクレスの描写する時代意識と自らの時代とを同一している点が理解されよう。
　これを世界史の進行という観点から見れば、ヘルダーリンの歴史観もまた二重構造を取っている事実が判明する。彼の思考全般においては、自然の象徴たるギリシアから人工的近代ヨーロッパへの進行が基本としてある。しかし同時に自然から人為への移行は、ギリシア史それ自身の内部においても存在する。例えば『自然と人工』においてギリシア古代は、自然的調和世界を構築していたサトゥルヌスの時代と、時間、秩序、人工を本質とする息子ツォイスの時代とに二分化されている。「アンティゴネーの注解」における「人間に永遠に敵対的な自然の歩み」と「祖国的形式」の二極化がそれに当たる。つまりヘルダーリンの歴史観には、「我々が古代を見る際に取るべき視点」やフランクフルト期までの詩作に見られるような、古代と「我々の時代」としての近代との対比という歴史像が第一にある。第二に、ギリシア文化それ自体に古代的自然性と近代的人為性が存在するという観念である。ヘルダーリンの歴史観は、一方で古代と近代との対比をしながら、他方でこの歴史的移行をギリシア文化の内部で自己完結的な雛型として捉えていると言うことができるだろう。
　無論、この二つの歴史構造は、論理的整合性を持っているとは言い難い。しかしこの入れ子構造的歴史観は、『ヒュペーリオン』において、主人公がアテネを自然的理想世界と捉え、スパルタを陶冶を基盤とする近代的・人工世界と捉えていたように、すでにその特性は後期以前にも見られていた。この思考形式は保持されつつ、さらに後期では自然至上主義から祖国重視へと思考態度が変化してゆくのである。

8　交換理論

ギリシア文化から近代への精神的移行は、ホンブルク期以降の彼の思想形式にも変化をもたらすことになった。この変化は、『ヒュペーリオン』完成直後のエムペドクレス悲劇への取り組みにおいてすでに表れていた。それを示しているのが「エムペドクレスの基底」における自然と人工の交換関係である。ホンブルク期以降の祖国論では、これが古代と近代との対比構造として論じられるのは、これまで述べてきたとおりである。ただし対立する二項目の弁証法的統合の構図は、ヘルダーリンの歴史観がそうであったように、複雑な要素も含んでいる。この点を踏まえて、古代と近代の交換関係を見ることにする。

ヘルダーリンの抱いた古代と近代の交換関係のイメージが、最も鮮明に表されているのが、一八〇一年十二月四日の日付を持つベーレンドルフ宛の書簡である。

(……)我々にとって学びの上で、国民的なものを自由に駆使することほど困難なものはない。そして私が思うに、ギリシア人にとっての天上の火がそうであったように、叙述の明快こそが、本来は我々にとって自然なものであるのだ。まさにそれ故に、ギリシア人がホメロスの客観性や叙述の才能というよりも、むしろ君が保持している美しい熱情において劣ることになるのである。

これは逆説に聞こえるかもしれない。しかし僕はもう一度そう主張し、君の検証と使用に委ねようと思う。もともとある国民的なものは、文化形成が進むにつれて、その優位性を失っていくことになる。それ故、ギリシア人は聖なるパトスを、それが生得のものであるが故に、意のままにし難いのだ。反対に彼らは、ホメロス以来、叙述の才に長けている。なぜなら、この卓越した人物が、西洋的なユーノーのような冷静さを自らが属するアポロンの国のために獲得し、異質なものをかくも真実味を帯びて習得するほどに魂が充実していたからなのだ。

我々の場合は逆である。それ故にギリシアの卓越性を唯一無二のものとし、そこから芸術の法則を抽出することは極めて危険なことでもある。私は長いことこの問題に取り組んできて、解っていることがある。それはギリシア人たちと我々のもとで最高のものでなければならないもの、すなわち生き生きとした諸関係と技能を除いては、我々はおそらくギリシア人と何か同じものを持つことは許されないということである。

（引用19、StA 6, S. 425f.）

ヘルダーリンがここで述べている論の趣旨は、ギリシアの文化的特質は本来的に備わっている特質ではなく、文化形成の過程において後天的に獲得されたものだということである。ギリシア人固有の特性は、本来は燃え上がる情熱的感情であった。しかしホメロスの出現によって、本来異質な西洋的明快さが文化的特質となった。また一見ギリシア的特質に見えるこの叙述の明快さは、実は元来西洋に備わっている性質であると彼は見ている。

この論はすでに、「エムペドクレスの基底」において自然と人工の交換的統合論として扱われおり、引用部はこの論文の延長上にあると言える。「アンティゴネーの注解」においても、同様の論が存在する。そこでヘルダーリンは、ギリシアの特質として「自己を把握すること」、という客観的態度を挙げている。彼は、その理由をやはり逆説的に「それが彼らの弱点であったから」と述べる。また「我々」の主要な傾向は「何かを打ち当てること、運命を持つということ」であり、その根拠もまた、「運命が無いこと」が「我々」の弱点だからとしている。[一六八] 近代西洋は、ギリシアのごとく運命（＝自然の進行）に従うという観念を持ち合わせていないが故に、それを獲得するために客体化するという特性を持つに至る。

しかし先に見た歴史進行に関する観念と同様に、この二項対立の交換関係も簡潔に図式化されない要素を含み持っている。問題は、対立する二つの要素が単純に自然と人工、あるいは古代と近代に必ずしも置き換えられない点にある。

本来異質である要素を文化の特質として持つ文明のあり方は、ギリシアと西欧それぞれに共通する要素としてヘルダーリンは捉えている。この異文化の内在化という文化形態をヘルダーリンは、他の論文においては「調和的対立」ということばで表現している。「自然と人工は、純粋な生においては、調和的にのみ対立する。（……）互いに補い合うとき、そこに完成が生じ、神的なものが両者の間に生まれてくる」（一六九）とは、「エムペドクレスの基底」における形而上学的論考の例であるが、一詩人の内部に生じる詩的形成物の成立過程においても同様の論が展開する。前章で論じた「詩的精神の振舞い方について」では、共同体レヴェルでの「共通精神」と詩的感受性を有した詩人の「詩的精神」が対立しつつ調和することによって詩が産出される過程が検証されている。この論証の際にもヘルダーリンは、「調和的対立」をキーワードとして論じている。

ここでもまた、彼の歴史像における矛盾点と同様に、古代との近代との関係に二重構造を見ることができる。すなわち自然と人工の対立関係は、必ずしも古代ギリシアと近代との対立直線的に結びつくものではなく、二項対立が古代および近代のそれぞれの内部にあり、完結しているのである。ギリシアの場合、本来的な特性である熱狂的自然感情と後天的明晰性との融合、また近代の場合は、生来の客観的明晰性と後発的な運命への従順との対立・融合である。この場合、ギリシアと西欧はそれぞれ自己完結している。二つの文化圏のそれぞれが独自の形成過程を持ち、それぞれの内部で自然と人工との独自の交換作用を行う。引用部にもあるとおり、両者の共通性はそれぞれの文化形成の頂点ある「生き生きとした諸関係」に限定され、両者はヘルダーリンの従来の思考法に見られたような、一義的に古代が近代を規定するような関係にはない。つまりヘルダーリンは、ホンブルク期において、ギリシアと祖国との間に根源的な相違を強く感じるようになったと見ることができる。

しかしベーレンドルフ宛の書簡に見られる二項対立の構想は、新たな次元への兆候とも見ることができる。この点について、フランクフルト版全集注釈のシュミットの指摘は示唆に富む。『ヒュペーリオン』においてギリシア文化は、エジプトやゴート族といったアジアと北方民族の中間に位置する文化として提示されていた。(一七〇)しかし、この書簡では、自らが属する文化圏を北方でなく、「西欧」と呼んでいる。その理由としてシュミットは、「西欧」に対峙する「東方」の観念が生じているためだとしている。(一七一)ベーレンドルフ宛の書簡が示すとおり、ヘルダーリンの論の方向性は、ギリシアと祖国との共通性を主張すると言うよりも、両者の差異性の強調に向いている。しかし次章で検討するように、ヘルダーリンはギリシアと西欧の本質的同一性という観念を完全に遺棄したわけではない。むしろ彼は、ギリシア―祖国の二項対立を概念的に拡大させ、さらに大きな歴史的継続から古代と近代西洋の連結を試みることになる。そこでは「自然」はもはや一義的にギリシア文化を示す用語としてではなく、アジアに発祥し近代西欧へと至る文化的共通精神という要素を帯びるようになる。

上に挙げた書簡の約一年後、一八〇二年十二月二日にヘルダーリンは再びベーレンドルフに書簡を送っている。この書簡は、ヘルダーリンの故郷の地に程近いニュルティンゲンにおいて書かれ、直前に滞在したフランスの地の印象を綴ったものである。ここでもヘルダーリンは、一八〇一年の書簡とほぼ同じ趣旨の文化対比を行っている。一八〇一年の書簡では、民族が固有に持つ文化的性質、すなわち「民族的なるもの」が「自然」とほぼ同義に扱われていた。一八〇二年の書簡では、これに風土的特質も加わる。ヘルダーリンの抱く「自然」のイメージが、文化的要素と風土的要素との不可分の一体性をもって進展している様子を見ることができる。

まずヘルダーリンは、自らの眼前に展開したフランスのヴァンデー地方の風景に古代の情景を見る。ここで現在の風景と過去の情景を結びつける第一の要素は、フランス南部の人間の「競技者的性質」であり、これがヘルダーリンをして「ギリシア人の本来の本質をより一層知らしめる」ことになった。(一七二)「私は知ったのだ、ギリシア人たちの本性(自然)と英知を、そして彼らの身体を、彼らが育った気候を、元素の威力から自らの精霊《ゲーニウス》を守る為に用いた法則を」(一七三)。ギリシア人が風土的条件のもとで得た身体性と「異邦的な諸天性を摂取する」ことによって得た「反省力」との総合によって独自の民族性を構築した点をヘルダーリンが強調する。注目すべきは、フランス南部の気候風土と古代のそれとが直接的に結びついている点であろう。ヘルダーリンの風土的自然への傾向が顕著になっている事実をここに見ることができる。彼はフランスの南国的風土から古代ギリシアを想起した後、一八〇一年の書簡と同じくギリシア文化の本質である「感じやすさ」と「我々の民族性」たる客観性との対照性に言及する。このように南国的気候風土とその文化的特質に言及した後、彼の視点は「祖国」の気候現象およびそれと一体化した民族的文化的特性へと向かう。

故郷の自然はまた、研究すればするほど、より一層強く僕を捉える。雷雨、単にその最高の現象としてのみならず、まさに先に述べた観点において、力および形態として。その他の天の諸形式については、天の活動において民族的に、また原理および運命的なものとして形成を行い、我々に何か神聖なるものをもたらす光。この光が行き交うときの衝動、森たちの性格、一地方における自然のさまざまな特性の邂逅、これによって大地の全ての神聖なる場所が一つの場所の周りに集まり、哲学的な光が私の窓の周りに集まる。これが今私の喜びだ。僕がここまで来た道のりをこれからも歩んで行きたいものだ。

（引用20、StA 6, S. 433.）

ヘルダーリンがここで述べている「故郷の自然」とは、彼の滞在の地、故郷ニュルティンゲンを指すと考えられる。彼が提示する祖国の気候的特性は、南国の晴天とは対極にある「雷雨」を象徴とする荒天にある。この陰的自然形象による祖国の運命性や民族性の性格づけと同時に、そこに投影される「光」の存在についても彼は言及している。この「光」が運命論と関連づけられていることから、古代的「明」との結びつきが意識されていることが理解できよう。この点については次章で詳説するが、夜の時代である近代に古代の幻影が飛来するといった詩的心象が、この運命論への言及に内包されている。すなわち、この書簡にはギリシアと祖国の対照性といった共時レヴェルにおける差異と、西洋文明の緩やかな歴史進行における文化的同一性という二つの要素が混在している。ホンブルク期の『エムペドクレスの死』以後は、「文化移動」というヘルダー的思考法を基礎とする後者に比重がおかれるようになる。ただしこの場合の同一性は、各々の異なった文化形態を結びつける根源的同一性であり、ギリシアと祖国の差異と同一性へのまなざしを同時的に含み持っている。故にヘルダーリンの思考の中では、論理的整合性は保たれていると考えられる。

上に挙げた引用の直後に、彼はさらに独特な表現で独自の詩作法についても述べている。

> 友よ、僕はこう考える。我々は、自分たちの時代に至るまでの詩人たちについて注釈を施すことはなく、歌い方は、総じて別の性格を帯びることになるだろうと。そして我々は、ギリシア人以来ふたたび祖国的に、自然的に、本来的に独自的に歌い始めるのだから、もはや世に出ることはないだろうと。
>
> (引用21、StA 6, S. 433.)

ヘルダーリンは、もはやギリシア以来の詩人の詩作法に固執することなく、西欧独自の様式において詩作する点を強調している。しかしながら、この書簡が書かれた一八〇二年前後の詩作品を概観すると、素材および形式において必ずしもギリシア的要素を完全に排除しているわけではない。むしろ、前章における修辞法の考察で言及したように、古典的要素をある程度踏襲したうえでの、神話的固有名詞の説明的言い換えなど、その詩作法は古代との関連を一定の割合で保持している。またヘルダーリンは、必ずしも祖国的詩作そのものについて詳細な分析とその具体像を提示しているわけではない。むしろ祖国讃歌群などに表れている特徴は、暗黒の時代に孤立する西洋近代に古代の光を投げかけるという基本構想と、その像の提示によって両文化を比較可能なものとして相対化する点にある。「祖国的」に歌うとは、このような歴史性の自覚とその詩的形象化いう要素を多分に含んでいるのである。

さらに「自然」ということばが、『ヒュペーリオン』執筆期までのギリシア的・汎神論的理想郷という実質をもはや有していない点も理解できる。「自然的」とは、ギリシア的文化形式に盲目に依拠しない、西洋独自の民族性という意味合いを強く帯びており、引用部の表現が示すとおり、「祖国的」と同義語として用いられる。しかしこの祖国的民族性としての「自然」もまた、必ずしも一回性のものではなく、歴史的継続の中で他の文化圏との共通性を有する。この点についても次章で論じることとする。

第五章　ゲーニウスの回帰

これまで論じてきたように、ヘルダーリンの後期自然思想には、民族精神とその歴史的展開という基本要素がある。しかしそれは観念的に論じられるだけではなく、詩作品そのものに描かれる自然の現象形態においても表現される。とりわけ彼がしばしば自然の属性として提示する「若々しい」という詩的形容にその本質を見ることができる。この形容詞は、後期の詩作のみならずヘルダーリンの詩作期全般を通して用いられており、彼の自然観を概観するのにも適している。彼は「自然」の持つこの所与的属性を、さらに「若返る」という動的イメージにおいても展開し、共同体の解体・再生といった歴史的次元にまで発展させている。同時にこの「若返り」は芸術的創造行為とも密接に関連しており、詩人の存在規定をも包括している。ヘルダーリンの後期詩作における自然像の変遷に関して、諸作品における相互関連に着目しつつ、以下に「若返り」論を考察する。

1　ヘルダーの『ティトーンとアウローラ』における再生論

ヘルダーリンのが「若返り」の観念に注目するようになるのは、ヴァルタースハウゼン・イェーナ・ニュルティンゲン滞在期（一七九三―一七九五）あたりからである。その背景には、ヘルダーの『ティトーンとアウローラ』Tithon und Aurora の影響がある。[一七四] ノイファー宛の書簡（一七九四年七月）の中でヘルダーリンは「精神の不毛性」に悩む友人を勇気づけるために、ヘルダーの『ティトーンとアウローラ』の一説を引用している。そしてこの引用部における再生のイメージが、後に展開を見る「若返り」の雛型と考えられる。

> 我々が自ら「老朽化」と呼ぶものは、より良き人々においては、新しい目覚めのためのまどろみに過ぎず、矢を放つ前の弓の弛緩に過ぎない。よりいっそう豊かな実りをもたらすために畑は休閑地となるのであり、木が冬に枯れるのは、春に新たに芽を出し、つぼみをつけるためなのだ。自分自身を見捨てず、いやしくも自らに絶望するようなことがない限り、善人は、運命に見捨てられることはない。離れてしまったように思えるゲーニウスは、しかるべき時に戻ってくる。そしてそのゲーニウスとともに新たな活動、幸福、喜びも戻ってくる。時に友人といったものがそのようなゲーニウスであるのだ！
>
> （引用22、StA 6, S. 125.）

このヘルダーリンによる引用部分に見られる中心思想は、飛躍のための停滞、再生のための死滅である。ヘルダーの『ティトーンとアウローラ』は、この書簡の約二年前に当たる一七九二年に出版されている。この引用部の直前の箇所において、ヘルダーは彼の歴史思想にとって重要な概念である「再生」、「輪廻」について言及している。「我々の中の古き人間は、新たな青春が萌え出るために、死すべきである。／『しかしそれはどのように行われることになるのですか。人間は母の胎内に戻り、生まれることができるのですか』。年老いたニコデモのこの疑問に与えられた答えはひとつであった。「再生」。それは革命（Revolution）ではなく、我々の内部でまどろみ、我々を新たに若返らせる力による進化（Evolution）である」[一七五]。ヘルダーはこのように「若返り」を、停滞をもたらす古き世代の死および解体を経て前進する「進化」とみなしている[一七六]。彼はまた、この「進化」をヘルダーリンの引用にも見られる「老朽化する」ということばを手がかりにして論じている。彼はこの「老朽化」を個人の存在形式のみならず、共同体における諸要素、すなわち「政治道徳的人間、制度、憲法、階級、団体」などにも適応する。[一七七] そして彼は、このような既存の存在物の衰退を「自然の大きな歩み」に譬えている。

ヘルダーが「進化」の特質を「革命ではなく」と逆説的に表現している点も注目に値する。当時のヘルダーリンの時代に対する心象もこれに呼応していたと考えられる。ヘルダーリンの進化志向の背景には、フランス革命に対する失望があるのは明らかである。上に言及した書簡と期を前後して、ヘルダーリンは弟宛の書簡において当時の政治状況に短く触れている。[一七八] 彼は、自らが支持していたジロンド派を弾圧した「巨悪の暴君」マラの死亡について報告し、「他に残っている民衆の冒瀆者」に対しても、「復讐の女神ネメシス」による報復を示唆している。[一七九] このようなフランス革命期の混乱は、革命に期待を寄せていたヘルダーリンを失望させるものだった。「革命」が常に政治的闘争による暴力、殺害をもたらす現実は、『ヒュペーリオン』の主要モティーフとなる。

ヘルダー自身も、彼が最も忌み嫌うことばとして「革命」を挙げている。[一八〇] その理由は、「革命」が持つ本来的な意味が近代において失われたからである。彼によれば、「革命」は本来天文学の領域において、天体による数学的、力学的法則を伴い、自己へ回帰する周期的運動を意味した。自転しつつ太陽の周囲を巡回する地球の運動が、昼と夜の交錯、季節の移り変りをもたらし、これがさらに目覚めと睡眠、活動と休息といったかたちで人間活動に周期性を与える。さらに地球の周囲を回る月の「革命」は、潮の干満、また天候、疾病、植物の生長に周期をもたらす。ヘルダーは「革命」を「事物の静かな発展、特定の諸現象による自己本性（Natur）への回帰の概念」と定義する。[一八一] この自己の本性への回帰は、ヘルダーによれば芸術および学問の歴史においても同じであり、これらは周期的回帰を繰り返している。「そのようにピュタゴラス派の思想家たちは、人間の魂の革命、すなわち魂の別の形態への周期的回帰について語ったのである[一八二]」。古代の思想家たちが行ったことは、人間の魂が「忘却から記憶へと、夢と欲望が、眠っていた活動と熱情」が回帰するという革命の法則を探求することであった。ヘルダーは「革命」が本来的に持つこのような自己回帰の法則を「隠れた、無言の自然秩序の法則」とも呼んでいる。彼がこの自然の法則を個々の人間、共同体、および歴史的現象にまで適応している事実は、「自然」概念の持つ広範囲な語義の射程を示していると言えよう。

ヘルダーリンは、ヘルダーの『ティトーンとアウローラ』が発表される以前のテュービンゲン期においてすでに、ヘルダーほど意識的、分析的ではないにせよ、「革命」の持つ根源的特性を把握していたと思われる。テュービンゲン期の讃歌群が示す像は、ウラーニアによる自然元素の統合という神話的調和形成を骨子とするが、その内実は、『人類に寄せる讃歌』が端的に示すように、フランス革命の共和思想によって解放される世界像を歌ったものである。すなわち、時代の影響を受けていたとはいえ[一八三]、ヘルダーリンにおいて「革命」と宇宙論的調和形成のイメージはすでに密接に結びついていた。ヘルダーリンのヘルダーへの接近は、思想的時代状況によるものだけでなく、両者の言語感覚の共通性にもあると言える。

2　ゲーニウスの「若返り」

ヘルダーのこのような没落と生成の構想は、先のヘルダーリンの書簡からの引用が示すように、「ゲーニウス」(霊魂、守護神)の回帰として示されている。このゲーニウスとはいかなるものなのであろうか。「若々しい」ということばとの関連を考慮しつつ、ここでヘルダーリンのゲーニウス観とその展開について触れておく。

上の引用した書簡の約一年前の一七九三年七月二十日に、同じく友人ノイファー宛てた書簡において、ヘルダーリンはノイファーの豊かな詩的感性を「ゲーニウス」と呼んでいる。[一八四] この書簡の中でヘルダーリンが「君の魂」と呼ぶ「ゲーニウス」の具体像は、「現在と未来、自然と人間」を見る際の「安らぎと美しい満足感」、「壮麗な目標を見つめる大胆な希望」、「ますます壮麗に輝く静かな炎」といったものである。「ゲーニウス」のこれらの諸性質は、ここではノイファー自身の芸術的態度を示している。同時にこれらの表現は、小説『ヒュペーリオン』における「静かに燃える火」、「力強い歩みと落ち着き」を持つ「自然の魂」[一八五]にも近似しており、両者は本質的に同等のものである。つまり、ヘルダーリンの抱く「ゲーニウス」像は、個人的領域と包括的世界の領域との二重性を帯びている。

ヘルダーリンは、テュービンゲン大学神学寮時に「精霊」(ゲーニウス)を表題に掲げる讃歌を残している。テュービンゲン期の最後期に位置する『青春の精霊に寄せる讃歌』(一七九二年、推定)では、荒廃した世界がゲーニウスの飛翔によって再び目覚める情景が歌われている。彼は青春の精霊を「眠りに落ちた自然」に生命と秩序を与え、詩人自身に対しても至福の喜びを与える存在として描く[一八六]。同じくテュービンゲン期の前半期の作『ギリシアの精霊に寄せる讃歌』(一七九〇年、推定)において彼は、「ギリシアの精霊」を「気高き自然の子」とし、さらに「民族を統制し」、「崇拝を受ける」ものと呼んでいる[一八七]。そしてその民族的ゲーニウスを体現した人物をホメロスとする。すなわちヘルダーリンが示すゲーニウスとは、「民族精神」[一八八]、すなわち共同体において自然発生的に生じた共通感覚である[一八九]。同時にこの民族精神が芸術(とりわけ詩文芸)において体現するという彼の思考も特徴として挙げられよう。

また西洋精神史全般におけるゲーニウスの伝統的形象として、「翼」が挙げられる[一九〇]。ヘルダーリンはこの特性を利用し、ゲーニウスを文化伝播の象徴として用いている。とりわけ第一次ホンブルク滞在期以降の後期詩作においてこの傾向は強くなる。例えば『ドイツの歌』(一七九九年、推定)において、彼はゲーニウスを国から国へと渡り歩く「春」に譬えている[一九一]。彼がしばしば「春」を人類の「黄金時代」である古代ギリシアの象徴として用いている事実から鑑みれば[一九二]、この春の移動は古代「民族精神」の西洋への移動を示す象徴表現と言えよう。さらにこの文化移動は、大河の奔流としてヘルダーリンの後期詩作の重要なモティーフとなる。『ドナウの源で』(一八〇一年、推定)では、『ドイツの歌』における「春」がさらに文化規定の様相を帯び、「人間を形成する声」

と表現される。ゲーニウスと性質を同じくするこの「声」は、アジアの「こだま」とされ、河を取り巻く断崖を反響しながら「東方」、すなわち「アジア」からギリシア・ローマを経由し、ついにはアルプスを超えドイツへと渡り来る。エムペドクレス悲劇執筆時のホンブルク期あたりまで、ヘルダーリンは西洋文化の根源をギリシアに見ていたが、ここではさらに根源志向を深化させ、アジアにまで視点を伸ばしている。[一九三] 詩人はこの「アジア」に「自然」という名を与え、また「若々しい」とも形容する。[一九四] これは先のノイファー宛の書簡に見られたゲーニウスの再来および「若返り」の詩的・歴史的形象化とも言える。

　さらに特徴的なことは、ヘルダーリンがこの「若々しい」原初世界から湧き出でる河流をもまた「若人」としている点である。これは根源領域とその体現者との同質性を示すものであり、ヘルダーリン作品にしばしば見られる思考的傾向でもある。『束縛された河流』（一八〇一年、推定）では、「オケアノスの息子」たる河流が「若人」として、自らの「出生」に目覚め、奔流を開始する様が描かれている。[一九五] また『ライン』（一八〇一年、推定）では、「アジア」へと向かおうとしたライン川の暴流が「解放を求めてうめく」「若人」とも表現されている。[一九六] 後期ヘルダーリンにおける河流のモティーフも「若さ」のイメージを含み持っている。

　シュミットは、ヘルダーリンの後期詩作における文化伝播への志向を簡潔にまとめている。すなわち、ヘルダーリンはフランス革命に対する失望の後、「革命」Revolution ではなく、ドイツにおける歴史の緩やかな「進化」Evolution に期待をかけた。その進化とは、歴史的完成への道である。そしてまさにこの進化論的歴史モデルは、全自然的構想と結びつく。ドイツはたしかに政治的には無力であったが、十八世紀において多くの実りをもたらす文学的、芸術的基盤を築いていった。同時代の他の人々と同様に、ヘルダーリンは広い意味でのドイツにおける文化的完成が可能であるとみなしていた。それを証明するのが一七九九年に成立したオーデ『ドイツの歌』である。ドイツにおいて展開される風土的自然に基礎づけられた文化に対する期待は、二年後の一八〇一年末に成立した讃歌『ゲルマーニエン』においても保たれている。[一九七]

3 「若人」としての詩人

西洋文化の若々しい根源領域を体現する形象は、河流だけではない。詩人もまた「若人」として機能する。その際詩人と自然を結びつけるものは、「日光」、「炎」といった自然現象から生じる「光」である。先の「束縛された河流」の目覚めは、天上の神から発せられた「光のことば」によってもたらされた。光という現象は、夜の時代に位置する西洋近代が朝を迎えるイメージと密接に結びついている。

あなたはどこにいる、若々しいものよ！ いつも私を
　朝の時に目覚めさせるものよ、あなたはどこにいるのか、光よ！
　　心は起きているが、常に夜が私を
　　　聖なる魔術で呪縛する。

（引用24、StA 2, S. 54.）

この『盲目の詩人』（一八〇一年、推定）の冒頭部で「若々しいもの」として表現される「光」は、同年に成立したと推測される『彼女の快癒』（一八〇一年、推定）においては、「朝日の泉」として現れる。同詩の最終連では、「炎」と「若返り」、そして詩作との関連が象徴的に示される。

私がいずれ年を取ったら、私を日々若返らせ、
　あらゆるものを変転させるあなたに、
　　あなたの炎に、燃えかすの身を捧げましょう、

そして私は別人のように生まれ変わるのです。

（引用24、StA 2, S. 23.）

この引用部に示される詩作のイメージは、世界を変転させる「自然」の作用、すなわち「若返り」によって詩人自身が若返るというものである。また炎に身をささげるという行為が示すとおり、ヘルダーリンが抱く詩作の基本姿勢は、神格化された自然との同化である。このような詩作対象への姿勢を詩人は、「親密性」とも呼ぶ。（一九八）芸術的創造行為と「若返り」の緊密な関連は、小説『ヒュペーリオン』における次のことばにも明確に示されている。

人間的な、神的な美の長子は、技巧である。技巧において神的な人間は若返り、自分自身を反復する。人間は自分自身を感じようと欲する。それ故人間は自分の美を自分の前において向き合うのだ。こうして人間は自分自身の神々を自分に与えたのだ。つまり初めは人間と神々は一つであったのだ。なぜならそのとき自分自身を意識せずに美が存在していたからだ。——私は神秘主義を語っているのかもしれない。しかし実際にそうなのだ。

神的な美の長子は技巧である。アテネ人の場合はそうであった。

（引用25、StA 3, S. 235.）

「自然」、「神々」といった高次元の対象と向き合うことによって、自己の内奥に存在する神性を感受し、自己の存在意義を再確認する。これがヘルダーリンの抱く「技巧」（「芸術」Kunst）、そして「若返り」の定義である。（一九九）

同時に彼は、この個人レヴェルでの定義を共同体の領域にも拡大する。ヘルダーリンが、芸術的態度を共同体の次元で実現したと考える都市は、引用に見られるようにアテネであり、『ヒュペーリオン』において唯一弾劾を受けていない人間の所業も、古代アテネの文化遺産である。「自然の手」から生まれたアテネの民は、極端を避け、美しい中庸にとどまっていた。[二〇〇] それゆえアテネ人の下では、自然と技巧の間に緊張関係が存在しない。アテネの芸術は第二の自然であると同時に、失われた自然でもある。アテネという理想郷は、近代にはもはや存在せず理想と化している。この喪失感によって小説全体が悲歌の様相を帯びることになる。

ヘルダーリンは、小説『ヒュペーリオン』において、近代ヨーロッパにおけるアテネ的共同体形成の試みを、「至福の自然」の「揺籃」から飛び出したヒュペーリオンの行為、[二〇一] 具体的にはギリシア解放戦争参加として描く。主人公ヒュペーリオンの究極の目的は、さまざまな職業カテゴリーに細分化し、個々人が孤立する近代社会の中において、政治、宗教、芸術が市民生活と調和的統一をなしていた古代アテネを模範とする共同体を再構築することにあった。主人公は、この社会モデルを芸術的カテゴリーに引き付けつつ、「美の神権政治」[二〇二]と呼ぶ。

ヘルダーリンが抱いたアテネ文化を規範とする「若返り」の観念には、このように芸術的志向に根ざした社会形態への強い意志がこめられている。彼の近代ドイツに対する否定的態度の根底には、大衆文芸の勃興とそれに平行して生じた古典文学の衰退および形骸化に対する危機感があった。ヘルダーリンは一七九九年元日の弟へ宛てた書簡において「ドイツの民族的性格」についてこう言及している。すなわち、「ドイツ人の最も一般的な美徳と欠点」は「非常に偏狭なやりくり」に集約される。彼らは「自らの土地に縛りつけられた」「農奴」であり、もっぱらの関心は儲けと遺産にある。近代の諸国民に一般的に見られる現象、すなわち「公共の名誉や公共の財産」に対する無関心は、とりわけドイツにおいてはなはだしい。思弁的哲学と政治的な読書がドイツ人の目を開かねばならない。特に「詩文」は、人々を教化できる。なぜなら詩は、人々を「ひとつの生きた、幾千もの分枝を持った親密な全体へと統一させる」からである。[二〇三] しかしながらヘルダーリンは、近代ドイツにおける詩文芸が

「単なる気晴らし」に甘んじていると見ていた。[二〇四] 一八〇三年のヴィルマンスに宛てた書簡において、彼は通俗的「恋愛歌」を発展性のないカテゴリーとして断罪し、「祖国の歌が持つ高貴で純粋な歓呼」の優位性を主張する。[二〇五] 通俗性を排した理想性への志向、これがヘルダーリンの後期詩作の様式を特徴づけるものとなる。[二〇六]

ヘルダーリンが抱くこのような時代意識のもと、「民衆の教育者」[二〇七] たる詩人像は常に「若人」のイメージを帯びる。「全てが若返らねばならない、根本から変わらなくてはならない。（……）愛も憎しみも、私たちの発するいかなる声も、卑俗な世界とは異質なものでなければならない。（……）」[二〇八] と考える詩人は、「悲しみに沈む若人」であり、「神々しい自然の司祭になるべき」人間とされる。[二〇九]「現代の趣味とかなり頑強に対立している」[二一〇] ヘルダーリンの若返り観は、必然的に時代迎合への拒否という側面をもたらした。彼の考えでは、「身を縛る鎖を断ち切ること」によってはじめて、人は「若さ」を得るのであり、「人間を救うには、自ら立ち上がり、美しい自然の全てが芽吹く時に毒を指す」この世紀を踏みにじるよりほかはないのである。[二一一]

ヘルダーリンの抱く独自の進歩主義的歴史思想とその過程に参与する詩人の行為は、どのような現実をもたらすのであろうか。ヘルダーリンが「若返り」ということばによって自然の循環と人為的世界の更新を想起するとはいっても、自然と人間との間には依然として深い溝がある。すなわち自然は常に若返りを繰り返し、循環することによって永遠の若さを保持する自足的な存在物であるのに対し、人間はこの自然の循環を逸脱する存在として描かれる。すなわち自然と人間は、必ずしも同一の歩調を取らないという事実がそこにある。この亀裂は、とりわけ『ヒュペーリオン』最終稿に顕著に見ることができる。同小説のほぼ導入部に位置する箇所において主人公は、自然の若返りと人間との関係について以下のように言及している。

冥府のもとで安らぐことのない霊のように、わたしは自分の人生の荒涼とした土地へと戻る。すべては老い、また若返る。どうして我々は自然のこの美しい循環から除外されているのだろう。そもそもこの循環は、我々にも当てはまるのだろうか。

(引用26、StA 3, S. 17.)

この引用部には、自然の特性としての循環的若返りと、それに関連する人間との関係が示されている。ヒュペーリオンは自然の若返りを美的なものとして捉え、この循環運動に人間存在が組み込まれることを理想としている。しかしこの理想の達成が極めて絶望的な状況にあることは、引用部が示すとおりである。この懐疑的態度は、先に言及したように、主人公のギリシア解放戦争への参加と部下の残虐行為による挫折によってもたらされた。理想国家建設という人為的若返りは、自然それ自体の若返りとは直接的な関連を持っていない。絶え間ない若返りによって循環する「自然」は、あくまでも人為的移行の枠外にある自律的な存在として捉えられる。

(……)君たちが辱めても、引き裂いても、辛抱強い自然は耐え忍ぶのだ。しかも自然は無限の若さを保ち、生き続ける。自然の秋を、その春を、君たちは追い払うことはできない。自然の大気を君たちは害することはできない。

おお、自然は神的なものであるに違いない。なぜなら、君たちが破壊しようとも自然が老いることはなく、君たちが何をしようともその美を保っているのだから。

(引用27、StA 3, S. 155.)

社会の欠如を美的なもので埋め合わせようとする主人公ヒュペーリオンの行為は、結果として自らを遁世へと導いた。このような詩人の姿は、『ヒュペーリオン』の正式な表題『ヒュペーリオン、あるいはギリシアの隠者』にも端的に示されている。フランクフルト期の『ヒュペーリオン』を経て、ホンブルク期に執筆したエムペドクレス悲劇においても「若返り」への志向は保たれる。(二二) しかしながら、古代シチリアの都市アグリゲントを改革しようとしたエムペドクレスは、結果としてエトナ山への投身自殺へと追い込まれた。『ヒュペーリオン』、『エムペドクレスの死』を経て、祖国讃歌群において展開を見る民族論を基調とした進歩主義思想も、結局のところ理想もしくは幻想領域において展開されるのであり、現実に依拠するものではない。歴史の「若返り」に詩人が参与する際、詩人は極度に内面的領域へと追いやられ、「幾年もの間、不確かな世界の奈落へと」(二三) 突き落とされるのである。

前述のとおり、ヘルダーリンは「自然」という語をテュービンゲン期より使い始め、ヴァルタースハウゼン・イェーナ・ニュルティンゲン滞在期にその数は飛躍的に増大し、フランクフルト・ホンブルク期において最高潮に達するものの、その後「自然」の使用数は急速に減少する。この傾向と並行するかたちで、作品の内容もギリシア世界からドイツ文化圏への志向性が顕著となる。すなわちヘルダーリンがフランクフルト期までに用いた「自然」は、多分にギリシア的色彩を帯びた調和的世界像を示すものであり、その特性は必ずしも近代ドイツには当てはまらない。しかしながら、この「自然」の属性として頻繁に用いられてきた「若々しい」、「若返り」という表現は、ホンブルク期以降の後期の詩作においてもなおしばしば用いられ、その効力を失っていない。後期詩作における「若返り」の歴史的意義は、「ゲーニウス」もしくは「自然」ということばで示される小アジア、オリエント、ギリシア地方一帯を起源とする文化的精髄が、近代ドイツにおいて伝承・再生するという点にある。またこの再生に携わる詩作行為は、詩人を「若返らせる」。すなわち「乏しき時代」に生きる詩人が、黄金時代の想起を詩作世界に体現することによって詩人自身の精神が蘇生する。さらに若返った詩人は、共同体の再生へと参与する。そこには芸術的創造行為のあり方が示されており、歴史的次元と並んで美的範疇の問題も展開されている。つまりヘルダーリン作品における「若返り」は、常に歴史哲学的レヴェルと芸術的レヴェルの二重構造において展開を見る。その背景には、祖国ドイツの封建主義的国家体制への失望、そして古典文学の衰退と形骸化に対する憤怒など時事的問題が背景にあることは先に述べたとおりである。

第六章　根源領域としてのアジア

1　東方志向への経緯

前章の第2節では、ヘルダーリンの「若返り」思想における根源志向の深化について論じ、「アジア」の問題に行き着いた。この「アジア」の実質をさらに掘り下げて考察することが、本章のねらいである。ヘルダーリンは、およそフランクフルト期の『ヒュペーリオン』までは、「自然」をギリシア文化を象徴することばとして古典主義的なイメージで捉えていた。しかし祖国讃歌群を中心とするホンブルク期以降の作品においては、古代ギリシアを核とする西洋文化の根源領域はさらに拡大し、「アジア」を含むようになる。それに相応して、「自然」もまた概念的広がりを持つことになった。一八〇一年六月二日のシラー宛の書簡において、ヘルダーリンはギリシア文学研究の呪縛からの解放、熱狂的憧憬から客観的態度への自覚を表明した後、さらにこう述べている。

私はまた、必然的に異なった諸原理の必然的な対等、純粋な相当数の方法について、特に考えねばと思っています。このことが全体の関連の中で、適切な境界線によって提示されれば、おそらくその形成圏とそこから締め出された諸地域にいくらかの光を当てることもできると考えるのです。

（引用28、StA 6, S. 422.）

「その形成圏」とは、引用部の前の箇所ではギリシア文化圏とされている。問題となるのは、「そこから排除された地域」である。約半年後の十二月四日のベーレンドルフに宛てた書簡でヘルダーリンはギリシアと近代西洋を対等のものとして論じているので（一一四）、この流れから言えば、「他の諸地域」が第一に指し示す領域はドイツを中心とした近代西洋であることが想定されよう。しかし「他の諸地域」はあくまでも複数形であり、単にギリシア、西欧の二項対立のみが語られているのではなく、両文化圏以外の地域も含まれていることになる。

　第四章で言及したように、ベーレンドルフ宛書簡の中でヘルダーリンは、ギリシア人に固有のものとして「天上の火」、「聖なるパトス」などを挙げ、ドイツ人に固有のものとしては「叙述の明快さ」、「西洋的なユーノーのような冷静さ」を挙げている。またホメロスが叙述の才能にすぐれていたのは、彼がギリシア人にとって本来異質なもの、すなわち西洋的冷静さを身につけるだけの魂の充実を有していたことに由来すると述べる。よって西洋本来的のものを学ぶためにはギリシアを学ぶ必要があると彼は主張する。

　ヘルダーリンのこのようなパラドクシカルな文明観は、ギリシア文化の技巧偏重という疑念を彼の内部に生じさせた。すなわちギリシアの叙事詩が持つ客観的描写性、また悲劇、詩に見られる厳格な法則は、結果としてギリシア文化の技巧面ばかりを強調する結果を生み、民族的自然を認識しづらいものにしていると彼は考えた。そこで彼は、歴史的連続性の中でギリシアを捉えなおそうとする。ここで視点が東方文化圏に向くことになる。一八〇三年九月二十八日に、後にヘルダーリンが詩を掲載することになった雑誌「愛と友情に捧げられた手帳」の主宰者ヴィルマンスに宛てた書簡の中でヘルダーリンはこう述べている。

　自ら工面した民族的作法と過ちによって、我々にとって異質なものとなっているギリシアの芸術を、それが否定する東洋的なものをより強調し、またその芸術的欠点を、それが表れるところでは、改良することによって、通常よりも生き生きと読者に提示することを望んでおります。

（引用29、StA 6, S. 434.）

ヘルダーリンは歴史的にギリシアよりも古いオリエントを強調することによってギリシア文化を相対化し、自然性をより強調しようとした。しかしこの書簡を書いた一八〇三年より早い時期に、東方志向はすでに詩作品において顕著に現れている。ただし、ホンブルク期以降においても依然としてギリシア志向は大きな要素を占め、東方志向が詩の内容全てを規定するわけではない。いわばギリシア志向と東方志向、さらには黙示録的終末志向が混在もしくは並存しているという複雑な思考構図となっている。さらにヘルダーリンの文明観の変化には、フランス革命への失望による人類発展論への移行という外的要因を含んでいる点も明記しておかなければならない。

このような不確定要素も存在するものの、前章でも指摘したように、ヘルダーリンは同じ一八〇一年に着手したと思われる『ドナウの源で』において、根源領域としての「自然」を「アジア」に由来するものと明確に規定している。つまりギリシア文化至上主義の脱却が「アジア」への注視という新たな根源志向を推し進めたという事実は、確固として存在する。

従来のヘルダーリン研究では、この「アジア」と「自然」との関係について、充分な議論がなされてこなかった。後期ヘルダーリン作品における「文化移動」に関する考察の中で、せいぜい補足的事項として取り扱われているに過ぎない。その原因の一つとして、ドイツのヘルダーリン研究がいまだヨーロッパ中心主義の傾向を強く帯びている点が挙げられ、さらにはヘルダーリンのテクストそのものに起因することも看過してはならない。十八世紀のドイツ思想界ではすでに、ヘルダーの歴史哲学、シュレーゲルのインド研究などにおいてアジア研究はその萌芽を見ていたが、情報量に関しては限界があり、「アジア」の地理規定そのものも明確ではない。ヘルダーリンの場合も同様であり、彼が「アジア」Asien、もしくは「東方」Orient, Ost と言う場合、そこには地中海周辺の諸島および小アジア、エジプト、コーカサス地方を境とする中東地域、さらにインドが含まれる。ただ中国、韓国、日本といった東アジアに関しては皆無である。これらの非ヨーロッパ地域が詩的に神格化され、西洋文明の根源領域として、もしくは「自然」としてヘルダーリンの後期作品に表れる。このようなヘルダーリンおよび十八世紀ドイツ思想界の「アジア」に関する地理規定の曖昧さと、現代のヘルダーリン研究者に潜在的に存在するのヨーロッパ中心主義によって「アジア」と「自然」に関する解釈が等閑に付されると想定される。

　しかしながら、後期ヘルダーリン作品における「自然」を考察する場合、「自然」を「アジア」と呼んでいる事実があることから、このアジア志向を検証することは必要不可欠である。以下では、ヘルダーリンのアジア志向に焦点を当て、「自然」の持つ意味の変遷過程を検証する。

2　フランクフルト期までのアジア

　先に述べたように、ヘルダーリンのアジア志向はホンブルク期以降に顕著に表れる。しかしその兆候は、フランクフルト期の『ヒュペーリオン』においてすでに認められる。

　フランクフルト期初期の一七九六年に成立したと推定される『見知らぬ人に捧ぐ』では、「東方」に視線を注ぐ船乗りの姿が描かれている。この場合の「東方」とは、ギリシアのイタカ地方を指している。[二一五] すなわち、この地点でヘルダーリンが抱いていた「東方」とは、ギリシアおよびその周辺に限定されている。

　ギリシア解放戦争を題材とする『ヒュペーリオン』の舞台背景もまた、ギリシア本土と小アジア一帯である。ギリシア滞在経験の無いヘルダーリンが主に参照したのは、リチャード・チャンドラーの『小アジアとギリシアの旅』であった。[二一六]『ヒュペーリオン』では、主人公ヒュペーリオンをギリシア解放戦争へと導いた人物としてアラバンダが登場するが、この登場人物の名前自体は古典には存在せず、チャンドラーの著作に記述がある小アジアの地名「アラバンダス」に由来する。[二一七] また、解放戦争の叙述に関しても、チャンドラーの書に詳細な記述があり、これが小説の題材となった点は明白である。（二一八）しかしバイスナーも指摘しているように、（二一九）ヘルダーリンにとってこの旅行記の重要性は、風土的光景や民衆の生活、戦争場面といった現実的側面に関する情報取得にあり、彼がこの書から何らかの形而上学的示唆を得た痕跡は無い。

『ヒュペーリオン』における「アジア」に関して最も重要な要素は、作品の始めに登場し、突如として「卓越した民族」を求めて「アジア」へと旅立ったアダマスである。（二二〇）神秘性を帯びたこの登場人物は、教育者として古代的・自然的世界へと主人公ヒュペーリオンを導く。ヘルダーリンはこの人物を汎神論的自然世界と近代的文明社会の中間に位置する人物として、そしてさらに近代論争を象徴する人物として設定している。アダマスが登場する箇所の前後では、ライトモティーフのごとく、陶冶教育の否定、自然との調和への讃美が繰り返し現れる。またアダマスによるヒュペーリオンの教育は、ルソーの教育論に近似した自然中心主義である。（二二一）

汎神論的調和世界と近代社会の分裂状況の象徴とし描かれるアラバンダが、現実世界を遺棄し、「アジアの奥地」（二二二）へと旅立った事実は、何を意味するのだろうか。この場合の「アジア」が後の戦争参加の舞台となる小アジアを意味するのか、また他の地域を想定しているのかは定かではない。「内部の」あるいはアジアの「奥底で」という表現を考慮に入れれば、少なくともキロス島といった作品内で頻出する地中海、あるいはエーゲ海沿岸部の地域を指しているとは考えにくい。

自然との調和を説く孤高の教育者アダマスのことばは、ヒュペーリオンの内部に「こだま」として反響する。（二二三）自らと内的に一体化したヒュペーリオンを前に、アダマスは「君は孤独になるだろう」と予言する。（二二四）果たして主人公は解放戦争挫折の後、「隠者」となるのだが、その理由は、アダマスを模倣して作った『運命の歌』の内容が示すとおり、（二二五）理想化された幻想世界と、絶望の闇へと際限なく落下する自我の運動との絶望的関係にある。

アダマスそしてヒュペーリオンのいわば遁世への移行は、作者自身の当時の精神状況とも半ば一致している。ギリシア解放戦争の実質的モデルであるフランス革命に失望したヘルダーリンは、ドイツにおける共和国樹立という現実的希望を絶ち、詩的、観念的領域での緩やかな歴史的進化に望みをかけた。[二二六] このとき文化伝播の起源としての「アジア」をイメージするようになる。しかしこの場合の「アジア」は、ギリシア周辺の小アジアではなく、インド・ゲルマン語族レヴェルでの「アジア」である。テクストの内容と作者の時事的状況に一致点があるとするならば、アラバンダが赴いた「アジア」とは中東、もしくはインドの可能性があると考えられる。

アダマスが赴いたアジアは、しかしながら結局のところ暗示的にしか示されず、明確な地域的規定はできない。他のアジアに関連する要素としては、「東方」というアジア的形容詞で言及されるエジプトがある。しかしこの場合エジプトは、反自然的暴君の文化圏として否定的に描かれており、それ自体は重要性を帯びていない。[二二七] むしろオリエントとしてのエジプトは、アテネ礼賛を正当化し、際立たせる要素としての価値を有しているに過ぎない。むしろ注目すべきは、イスラム文化に関する言及であろう。

『ヒュペーリオン』第一巻の終結部における主人公とディオティーマとの会話は、同小説においてもっとも詩的情緒に富む箇所である。彼女は主人公ヒュペーリオンをギリシアの再建に取り組む「民族の教育者」と規定する。彼女の発言をきっかけとして主人公は自己の未来像を展開させるが、そこに現れるイメージはマホメットであった。

> そうだ、アラブの商人が自らの説くコーランの種を撒き、その弟子からなる民が、無限に広がる森のように成長したのだ。古き真理が新たに生き生きとした青春の姿で再帰するところに、肥沃な耕地が生じないはずがあろうか。
>
> (引用30、StA 3, S. 89.)

ヒュペーリオンは自らの将来を「アラブの商人」マホメットによる共同体形成になぞらえて理想化する。彼は、この非西洋文化圏の形成過程をアテネの再興と同列に論じるのである。これは、後期讃歌群の内容的な主柱となるヘルダー的多文化共生の一モデルと解することができよう。ヘルダーリンは中東地域においても「古き真理」の再生、すなわち先に論じた「ゲーニウス」の再帰による若返りのイメージを見ている点も注目に値する。

『ヒュペーリオン』におけるアジア像は、作品全体の関連から言えば、必ずしも大きな重要度を占めるものではなく、概念的にも確定したものではない。しかしながら、後期讃歌群および諸論文に顕在化する東方志向の前兆は、すでに認識できると言えよう。

3　ホンブルク移行期における東方志向

フランクフルト滞在期（一七九六―一七九八）からホンブルク期（一七九八―一八〇〇）への移行期では、ギリシア中心主義からの変化がより顕在化してくる。この時期の詩作では、汎神論的世界像の描写を中心とした詩と、ドイツ民族を題材とした詩とが混在している。後期の祖国讃歌群では、後者の比重が一層増すようになる。しかしギリシア主義と近代主義との相克は、いわゆるキリスト讃歌群においても明確に認められ、古代から近代への移行が単純明快なかたちで行われているわけではない。この点については次章で論じることにする。

一七九九年の終わりに着手したと見られる未完の詩、『あたかも祝いの日に……』では、まどろみから目覚める「自然」の姿が描かれている。この「自然」は、汎神論的に「万物に遍在する」性質を帯びているのと同時に、人類の文化形成の原理としての側面も持ち合わせている。(二二八) ヘルダーリンは、この「自然」を「西洋と東洋の神々の上に立つ」自然と呼ぶ。「あらゆる時代よりも古い」この「自然」に「西洋」と「東洋」の概念が織り込まれている事実は、彼の歴史意識の中に新たな次元が生じていることを窺わせる。つまり人類の文化を形成するこの名状しがたい原理は、東洋と西洋では同根であり、継起的な側面から言えば歴史的文化移動のイメージを内包している。

『あたかも祝いの日に……』と期を前後して、一八〇〇年の初めに着手したと推察される大作『多島海』[二二九]は、汎神論世界を前面に押し出した最後の大作である。この詩で展開するエーゲ海周辺の自然形象は、スピノザ、キケロ、ストア派汎神論を哲学的背景として持ち[二三〇]、ヘルダーリンの汎神論的世界像の集大成とも言うべき規模を誇っている。詩の内容は、自然形象描写とともに、ペルシア戦争、サラミスの海戦によって没落したアテネの再生が中心テーマあり、いわばギリシア世界一色の世界が展開する。しかし詩の前半部に当たる第三連では、汎神論的世界に東方志向が目立たないかたちで融合している。詩の冒頭部から繰り広げられる多島海水域の守護神オケアノスへの呼びかけにおいて、「天上の者たち」、「高みの諸力」などの神的存在を夜の時代に視覚的に想起させる媒体として、「アジアの山々から差し込む」「聖なる月光」の名を詩人は挙げる[二三一]。さらに続く夜明けの情景にも「東方」のイメージが付随する。

そして全てを浄化する日の光、
すなわち、奇跡を行う東方の子が現れる時、
詩作する者たちがいつも朝に用意する
黄金の夢の中で、生きるもの全てが活動を始める。
悲しむ神に、あなたに日光はより大きな喜びの魔術を送るのだ。

(引用31、StA 2, S. 104.)

夜の時代に来るべき昼の時代を歌う詩人の使命は、ヘルダーリン作品に共通するモティーフであるが、この昼の時代の出発点が「アジア」もしくは「東方」と呼ばれる点は、『ヒュペーリオン』には見られない思考である。『多島海』において、この東方が具体的に何を指しているかについては明示されていない。「奇跡を行う者」とい

うことばが「東方の子供」に対応しているが、何らかのアジア的要素を孕んでいることは確実である。ここで暗示的に示される東方からの奇跡は、後述するように、エムペドクレス悲劇やキリスト讃歌群において複数のヴァリエーションをもって展開する。

『ヒュペーリオン』以降に顕在化するアジア・東方志向は、後期作品において一層重要度を増し、東方からドイツへと経由する文化的精髄としての「自然」の描写が主要な詩の題材となる。河流詩群に典型的に表れるこのモティーフは、シュミットやガイアーなどがしばしば指摘するところの「文化移動」と密接に関連している。そしてこの文化伝播の論理的基礎となっているのが、本論第五章における「若返り」論でも言及したヘルダーの歴史哲学である。以下では、ヘルダーの思想との関連を中心にヘルダーリンの後期自然思想を「アジア」との関連で概観する。

補説——精神の風土としての自然

ヘルダーリンの後期自然思想は、先に言及したように、ヘルダーの歴史哲学と緊密な関連を持っている。ここではさらに十八世紀ドイツ思想界の「自然」に言及している和辻哲郎の『風土』を補足として参照する。[三三] 和辻はドイツ観念論における自然概念との関連から、ヘルダーの風土論の本質を簡潔にまとめており、本章のテーマである後期ヘルダーリンの思想的背景を知る上で有益であると考えるからである。

和辻は、ヘルダーらの思想に欠如している東洋への考察を進め、日本や中国を中心とした東アジアに関して、モンスーン的風土というカテゴリーを提唱した。ただし彼は十八世紀のドイツ精神界がアジアに関して無知であるという前提に立っており、フィヒテ、シェリング、ヘーゲル、ヘルダーにおけるアジアの問題についてはほとんど触れていない。しかしながらヘルダーの「自然」の解釈が、民族の精神性との親和性という点においてドイツ観念論の自然解釈と本質的に一致しているという主張は示唆的である。筆者の意見では、和辻が論じていないヘルダーリンの自然解釈もその圏内にあると考える。以下では、『風土』の第五章「風土学の歴史的考察」を要約しつつ、ヘルダーリンの後期思想の時代的背景に焦点を当てる。

和辻が風土論に興味を持った契機は、一九二七年ベルリン滞在時に、ハイデッガーの『存在と時間』を手にした時であった。彼は、ハイデッガーが人間存在の構造に関して時間性への着目した点に啓発を受けつつも、その論の中で時間性と本来表裏一体であるべき空間性が欠如している事実を見出す。これがきっかけとなり、空間的「風土」の問題に没入することになる。和辻がその際、モデルとしたのがヘルダーの歴史哲学であった。ヘルダーの「生ける自然」の「解釈」によって成立する「人間の精神の風土学」が、彼の中心的着眼点になる。もっともヘルダーが取り組んだ風土学は、カントの批判が示すように、常に「詩人的創造の産物」に陥る危険性があるため、学術的姿勢を貫くことも彼は自覚していた。[二三三]

和辻は、『風土』の最終章である第五章「風土学の歴史的考察」において、ヘルダーおよび同時代のドイツ哲学者の風土論を論じている。[二三四]彼が主に扱っているヘルダーの書は、『人間形成のための歴史哲学異説』（一七七四）と『人類歴史哲学の諸理念』（一七八四）の二著である。和辻が強調するのは、ヘルダーが特定の気候条件とそこに形成される文化を統合して「風土の精神」を提唱した点である。これは気候風土と文化形成を一つにして「風土」と捉えている和辻の思考法と一致している。

「風土の精神」を論及するヘルダーの学問を、和辻は「生ける自然の解釈」と定義する。[二三五]ここでヘルダーの構想する「自然」概念が話題となる。ヘルダーの歴史哲学はこれまでも述べたように目的論を主な特徴としているが、その歴史を形成するものは「自然」とされている。『人類歴史哲学の諸理念』序文においてヘルダーは次のように「自然」の定義を行う。

> 自然は自立した存在ではない。神が数々の御業の中で全としての姿を現しているのである。それでも私な

ら、いかなる認識可能な被造物も深い畏敬の念なしには呼び得ないこの神聖な名を呼ぼうと思う。常に充分な神聖さを示すことができるわけではないが、少なくとも悪用はしえないような一般的用法で呼びたいのだ。我々の時代の相当数の書物によって「自然」という名を、意味の無い卑しいものと思う者は、その代わりにかの全能の力、善、英知を考えるが良い。そして地上のことばでは呼ぶことのできない不可視の存在を、自分のこころの中で呼ぶが良い。

（引用32）

ヘルダーの主張では、「自然」とは単なる可視的な形象物や動物的本性ではなく、神的精神や「精霊」Genius の現れであり、これを解釈することが風土にもとづく人類史を考察することになる。引用部に見られるように、この「自然」は本来は名づけ難いものであり、直感的にのみ把握可能な概念である。

和辻はヘルダーの精神風土学がドイツ観念論にも大きな影響を与えていると見ている。フィヒテにおける民族的個性の力説、シェリングにおける生ける自然の把握、ヘーゲルによる世界史の地理的根底の認識、これらは全てヘルダーと無関係ではなく、特にヘーゲルにいたっては同一の精神風土学の構想を示していると彼は考える。

フィヒテの場合、ヘルダーが構想したような風土の概念は持ち合わせていなかったものの、「神的なる物の特殊法則」としてヘルダーと類似した自然概念を提示している。フィヒテは『ドイツ国民に告ぐ』（一八〇八）において、個人や種々の民族が持つ「精神的自然」の存在を主張する。[二三六] この「精神的自然」もまた、目には見えない実体なきものであるが、「国民」と「根源的生の源泉」をつなぐ重要な役割を担っている。この精神性を帯びた「自然」のみが、国民の現在あるいは将来の「威厳、徳、功績」を保証し、同時に一民族が持つ国民性を徹底的に規定する。民族を構成する一個人は、このような「精神的自然」それ自体を概念的に把握することは無いが、支配者、土地、戦争によって形成される「歴史」を共有することによってこれを自覚するのである。共有すべき劇的「歴史」が無くとも、ドイツ民族のように形而上学的な「精神的自然」によって民族の統一の概念を持つ民族もある。

フィヒテの構想する自然は、国家や歴史などの価値体系の中で、いわば個人および共同体の自我の運動によって客体化される側面を持つ。これに対しシェリングは、自然を「生産されたもの」ではなく、「生産性」と捉えた。彼は、人間が自然を認識する以前に自然が存在している点を強調する。よって自然内にある個々の要素は、自然一般の理念によって初めから規定されている。この全体者としての自然が生において己を現す時、創造的な力、形成の原理として機能する。和辻は、シェリングが自然による生の形成のプロセスだけでなく、完成がいかなる時も出現しうる点を取り上げた点において、シェリングによる文化の並列存在を承認していた事実を見出す。これがヘルダーの「精神の風土学」と原理的な同一性を示していると彼は考えた（一二七）。

和辻は、このようなフィヒテ的価値の問題とシェリングの自然哲学との総合としてヘーゲルを捉えている（一二八）。ヘーゲルは『エンチクロペディー』（一八一七）において、「自然」とは、「精神」が観念として己れを自覚し、客体化したときに生じるものと主張している。ヘーゲルにおける「自然」とはつまり、「精神」の自己客体化である。さらに「精神」はこの自己客体化した「自然」を場として、文化形成へと発展する主体性も有している。「精神」は単なる思惟や観念ではなく、物質性を具えた現実にほかならないのである。

この場合「自然」は、「精神」の発展段階の初期において諸民族の生活、体格、倫理的傾向などの「地理的な部分世界」として顕現する。次にこの自然を場として、「精神」の客体化、すなわち「特殊な民族としての精神」が生じる。各々の民族が持つ特殊性を規定するのは地理的、風土的要因であり、ここに和辻はヘーゲルの精神現象学の中に風土的要素を見る。

『歴史哲学』序文における「世界史の地理的根底」においてもヘルダーは、同様の趣旨を述べている。個々の民族がもつ「特殊原理」の相違、すなわち「自然」の相違は、「精神」が自己を展開する特殊な可能性であり、

「地理的根底」を形成する。ヘーゲルはここで地理的要因を「外面的な地方」とは見ずに、民族の性格や類型と密接に関連した「地方の自然類型」として考察の対象とすべきだと主張する。和辻はヘーゲルのこのような自然類型を「精神の風土学」の典型と位置づけた。

無論和辻は、ドイツ観念論を中心としたこれらの風土論を盲目的に評価しているわけではない。ヘーゲルの中国やインドの記述に関しては、欧州人の東洋に関する無知を示すものとし、もしヘーゲルがアジアに関する知識を充分に取得していたならば、彼の示す自然類型は根本的な修正を施されなければならなかったはずだと主張している。(一三九)

また和辻はヘルダーの自然規定に関してもその矛盾を指摘している。ヘルダーの「生きた自然の解釈」とは本来、生理学的法則では説明しきれない因果関係の法則を、具体的な諸民族の生に即して抽出し、風土的構造の意義を把握することである。しかしヘルダーが自然科学的手法を否定したのは、原理的要請に根ざしたものではなく、単に当時それが学術的に未発達だからという消極的理由によるものだった。ヘルダーは実際には自らが提示する「生ける自然」が自然科学的に解明されうると捉えていたのである。その結果、和辻によれば、「空気」に関する論述などで取り入れている自然科学的観点は、将来的にさらなる解明が必要とされている点で不十分であり、事実、「精神の風土学」には何ら寄与していないのである。(一四〇)

和辻の考察に即して、ヘルダーリンの同時代の精神史における大まかな位置づけを補足してみよう。ヘルダーリンの自然観もフィヒテ、シェリング、ヘーゲルの場合と同じく、ヘルダーの自然思想と根本的な類似性を帯びている。つまりヘルダーリンの場合も、「自然」は単に植生や気候を示すだけでなく、一民族内で自然発生的に生じた精神性全般という側面を持っている。『ヒュペーリオン』に見られるように、ヘルダーリンは古代ギリシア、とりわけアテネの国家形態を「自然」と捉えた。この場合の「自然」は気候風土だけでなく、そこに生じた政治、宗教、芸術の有機的関連をも意味内容として含んでいる。

西洋形而上学一般では、精神と自然は対立概念として把握される傾向にある。しかしながらヘルダーリンやここに挙げた哲学者たちにおいては、必ずしもそうではない。それは「精神」の観念が民族レヴェルでの共通感覚として把握されるからである。これによって「精神」が気候風土と一体化した自然現象として捉える視点が生じる。フィヒテの「精神的自然」ということばもこの傾向を如実に示していよう。

民族の共通精神というヘルダーリンおよびヘルダー、そしてドイツ観念論の自然解釈の特質に加えて、「自然」はさらに文明間の移動という動的側面も持ち合わせている。第五章で論じたように、ヘルダーリンの抱く自然像には文明間を移動するゲーニウスという観念があり、歴史的継起の観念において自然像が把握されている。この自然のイメージは、ヘーゲルが構想した、様々な文明間を移動し自然において自己認識を行う「精神」のイメージとも類似性を認めることができる。この点を見ても「自然」と民族レヴェルでの「精神」がヘルダーの風土論の勢力圏内で同質のものと把握されていた事実が明らかとなる。

ヘルダーリンの後期詩作では、理想化された「自然」としてのアテネからさらに歴史的に遡り、根源領域としての「アジア」へと理想像が移る。先に述べたように、この変化の背景には、フランス革命に対する失望から民族的進化論へと移行していったヘルダーリンの当時の精神的状況があった。このことによってアテネの共和国的国家形態から、歴史的根源としての「アジア」へと理想像が移っていくことになる。

もっとも、ヘルダーリンの自然観が、単に当時の精神文化の影響下にとどまっていたわけではない。彼がヘルダーの風土論を始めとする当時の自然思想から際立っている点は、自然による文化形成において、詩作もしくは詩的形成物の機能に最大の比重をおいている点である。その際ヘルダーリンは、以下で後述するとおり、「アジア」に発する「自然」の伝播の担い手として、ディオニュソスなどの神話的形象を用いた。また彼は、神話的形象の「半神」としての性質を、不可視の絶対的存在と可視的、現実的世界とを結びつける能力として、詩人にも適応している。

ヘルダーリンにとって民族の共通精神としての自然は、詩人のことばにおいて体現されるものとして描かれる。しかしヘルダーリンの試みは、自らの詩作品において民族精神としての自然そのものを描くというよりは、その営為に携わる詩人の姿を描くことに力点があった。一民族の没落と生成、ならびに民族間の精神性の伝播という歴史的展開の中に詩人という存在を存立せしめること、このことを詩の題材として展開させることがヘルダーリンの後期詩作活動の中心となった。

4　人間形成と文化移動

ヘルダーリンの後期思想とヘルダーの関係は、すでにしばしば引用したように、ガイアーの人類学の観点から指摘されている。また、ヘルダーの多くの著作との関連も言及されており、先の「若返り」論で言及した「ティトーンとアウローラ」などもその一つである。しかしヘルダーリンにおける文化伝播思想の中核となるのは、やはり『人間形成のための歴史哲学異説』と『人類歴史哲学考』であろう。もっとも、ヘルダーリンのこの二書への本格的な取り組みを示す直接的証拠は残っていない。全ては推測にもとづくことになり、直接的影響関係は指摘しえないが、後期讃歌群における象徴的表現の解明の手がかりとして有効であると考えられる。

『人類歴史哲学の諸理念』は、『人間形成のための歴史哲学異説』を百科事典的に拡大発展させた論考である。しかし文化移動の骨子が端的に示されている『歴史哲学異説』の方であろう。『ヒュペーリオン』における民族比較論との類似性、(二四一) またヘルダーリンの詩作全般において『人類歴史哲学の諸理念』に見られるような詳細な民族規定が存在しない点などを考慮すれば、『歴史哲学異説』が考察の対象により適している。

ヘルダーは、『歴史哲学異説』の中で、人間の形成の概念について次のように主張する。すなわち、「人間性を形成すること」とは、「共に作用する諸原因、いわば全ての要素の結果」として、「人間を幸福にする性質を呼び覚まし、強めること」であると。(二四二) ヘルダーのこの主張の背景には、視野の狭い啓蒙主義の偽善的教化活動への批判がある。この批判から彼は、さらに広い視野から地球規模の民族形成について着目する必要性を説き、一個人の形成と民族の形成の本質を同一視する。

ヘルダーの言う個人とは、一定の歴史、風土、共同に属する個人である。その形成のイメージは、目的論的性格を強く帯びている。ヘルダーはこれを「前進」による形成と呼び、「時代、風土、必然性、世界、運命」などの様々な刺激によって呼び起こされるものと規定している。彼の意見では、この前進作用によって形成される「人間の完全さ」は、全て「国民的かつ時代的であり、よく見れば個性的である」(二四三)。さらに彼は人間の「年齢」と人類の「年代」とは対応関係にあると主張する。幼年期、青年期、壮年期などの個々の年代はそれぞれ独立したものではなく、緊密な継起的連関の中にある。したがって、エジプトはオリエントなしにはありえず、ギリシア人は彼らから多くの要素を引き継いだ。ヘルダーの規定する人類の「幼年期」は、東洋(=オリエント)であり、エジプトは「少年時代」、ギリシアは「青年時代」、ローマは「壮年時代」とされる。ローマの時代が終わると、新たな世界が展開し、「北方」の時代となる。これらの文化形成の系譜は、緊密な連関構造の中にあり、決して独立した存在ではないというが彼の主張である。

ヘルダーの人類発展論において強調すべき点は、彼がギリシア人を最初の国家形態を持った民族としていない点である。これはヘルダーリンの自然志向の内容と密接に関連する。ヘルダー的人類史観によって、フランクフルト期までのギリシア根源主義がホンブルク期以降のアジア起源説へと変容すると考えられるからである。これによってギリシア文化の代名詞であった「自然」が、「アジア」を示す象徴言語となる。

ヘルダーリンの文化発展論的思考の詩作化は、後期の河流詩群において明確に表れているが、ヘルダーが述べる河流の比喩はこれとほぼ完全に一致している。

しかし明らかな前進と発展が、一般に考えられているよりも高度な意味で存在することになるのではないか。君はこの河流が前に向かって流れるさまを見るだろうか。それは小さな源から発し、育ち、時には途切れ、時には流れを始め、常に蛇行し、より広くそして深く川底を押し広げる。しかし常に水でありつづけ、河流でありつづけるのだ。雫は常に、海に流れ込むまでは雫に過ぎない。人類も同じことではないか。

(引用33、Herder 4, S. 41.)

ヘルダーのこの河流の比喩には、人類の発展論における一定の留保が含まれている。彼は、十八世紀全般に見られる哲学的、博愛主義的思想における共通認識、すなわち人間の美徳と幸福はしだいに増大するという認識を徹底的に否認する。この否定が意味するのは、十八世紀という現代を進化の最高段階とし、古代を未発達段階とみなす思考態度に対する拒否の姿勢である。具体的には、イーゼリン(二四四)やヴォルテールなどの啓蒙主義的歴史観が否定の対象となる(二四五)。水は水、雫は雫であるとするヘルダーの主張は、人類の発展においてもそれを構成する根本的要素に優劣はないという考えにもとづいている。彼によれば、子供らしいオリエントの宗教を近代人は断罪する資格を持たず、未開人のことばは啓示の生きた解釈であり、聖書のことばを解き明かす(二四六)。

ここでヘルダーの抱く東洋観について見てみよう。彼の言う「東洋」は、「より長い生命、より静かな、より調和的な自然の営み」の時代であり、「英雄時代とも言うべき族長時代」である(二四七)。彼の提示する東方のイメージは、「自然」と「族長」を内実としている。

「族長」が支配するオリエントは父権社会であり、専制君主という政治形態を取っていた。啓蒙主義の歴史哲学では、この専制政治を野蛮なものとして卑下したが、ヘルダーは違う。オリエントの社会形態は、「最も自然な、最も強い、最も単純なものであり、人間形成を行う全ての世紀にとって永遠の基礎となるべきものだった(二四八)」。「神への畏敬」、「夫婦愛」、「子への愛」、「秩序ある生活」、「一家の統制と神への従順」などオリエント社会の基底は、後に続く文明における市民社会の原型であるとヘルダーは言う(二四九)。

オリエント社会における生活様式は、遊牧を主体とした営みの中で常に四大元素と融和し、勤勉と休息、学習と習得など「自然の祝福」の中で形成された。ただしこの自然的、融和的生は、「族長」という存在に集約的に顕現し、彼の叡智が一族を統制する規範となる。「宗教、法、秩序、幸福」に関する規範を「族長」が示し、これが父祖の教えとして続く世代に継承される。これらは人工の産物ではなく、「自然の中の全てが目指した」黄金の理想郷であった（二五〇）。

ヘルダーは、オリエントからエジプトへの人類の発展を、ユーフラテス、オクソス、ガンジスからナイルへの移動と表現している（二五一）。ヘルダーの東方の地理規定は、十八世紀のヨーロッパのオリエント概念に沿っていると推定されるが、『歴史哲学異説』において具体的な記述は無い。ヘルダーは人間形成の議論になると、比喩的、暗示的表現を多用する傾向があり、明確な歴史学的規定が困難である点は否定できない。ガンジス川という表現から、アーリア人が念頭にあると考えられ、彼がインド・ヨーロッパ語族の文化移動を視界に入れている点は明らかであろう。ヘルダーの想定する東方（＝オリエント）とは、メソポタミア地方、イラン高原、エジプト、小アジアを含めた広い地域が想定される。ヘルダーの念頭にあるのは紀元前十七世紀以降のイスラエルの族長時代、古バビロニア、アッシリア帝国、ヒッタイト王国、アーリア人の侵入といった歴史事項が混在していると考えられるだけに明確ではなく、「オリエント」とは単なる統合概念に過ぎない。

このようにヘルダーが提示する東方もしくはオリエント観に学術的根拠が欠けている点は否めないが、当時のヨーロッパにおけるアジア研究の水準を鑑みれば、必ずしもこれは批判の対象にはならない。むしろ重要な点は、ヘルダーが近代の優越を否定し、原初の文化に優位性を認めている点であろう。ヘルダーは、オリエントから近代西洋へと文化が伝播する経緯を幼年期から成人期へと至る人間形成に譬えつつ、さらに成人の幼児に対する優越観を否定する。同時に彼は、幼児と成人、すなわちオリエントと近代西洋との文化的不可分性を主張する。ヘルダーのこのような思考法は、ヘルダーリンの後期詩作の思想的支柱となった。文化移動の観念によってヘルダーリンは、古代と近代との結びつきを再確認し、「自然」としての古代を東方のイメージと結びつける。そして古代から近代へと至る文化伝播の詩的描写が、河流のモティーフによって描かれることになるのである。

5　『ドナウの源で』における文化移動とアジア

一八〇一年の作と推定される『ドナウの源で』は、アジアを根源とする文化移動が最も端的に現れている例である。一〇連からなる長大な詩であるが、最初の二連は断片的な表現が記された草稿しか残っていない。この草稿には、「アジア」、「東方」が根源領域として明確に規定されており、後期讃歌群の自然志向を見る上で重要な箇所である。ただし、同詩の冒頭部は未完で、複数の覚え書きのみが残っているだけである。シュミットは複数存在するこの冒頭部の手稿を、表現がまとまっている部分を連結させて提示している。そこには「アジア」、「東方」といった重要なキーワードが記されている。

あなた、母なるアジアよ。私は挨拶する（……）／そしてあなたは遠く古代の森の中で安らっている。そして自らの行いを／想い／力を想っている。その時、齢千年のあなたは、天上の炎に満ち、酔いしれて、無限の／歓喜の声を上げる。今もなお、我々の耳に声が、ああ千年の齢の声が鳴り響くほどに。／しかしあなたは今安らい、待っている。あなたの生き生きとした胸から出た／愛の反響が、またあなたに出会うかもしれないかと。／ドナウが／山頂から下って／東方に向かって進み、／世界を求め、そして喜んで／船を運ぶ時、私はドナウと共に力強い／波に乗ってあなたのもとへ来るのだ。

（引用34、SWB 1, S. 843.）

ドナウが本来の流れとは反対に、自らの出生の場である東方（＝オリエント）へ向かうさまが描かれている。

東方の最果てにあるのは「母なるアジア」であり、ヘルダーリンはこれを根源領域として提示している。「アジア」が活動状態になく、休止した状態として描かれている点、またその声が残響というかたちを取っている点などを考え合わせれば、この根源領域は現実に根拠を持つものではなく、幻想空間に生じる理想郷として描かれている。ドナウの流れに乗って詩人もまた「アジア」へ向かっている。これも現実的情景を描いているというよりも、根源的空間を希求する詩的自我の運動と見るべきであろう。時間の観点から言えば、現在から過去への視点の移動であり、歴史的想起という性質を帯びている。

草稿に続く本稿は、草稿とは逆の方向、すなわち「アジア」から西洋への文化移動を描いている。

なぜなら、壮麗な音に調律された、
聖堂のなかの高きオルガンから、
数限りなきパイプから清らかに湧き出つつ、
前奏曲が、目覚めをもたらしながら、朝に始まり、
あたり一面に、会堂から会堂へ、
いま生気をあたえる旋律の流れがほとばしり、
冷たい影の中まで家は
感動に満ちて、
そしていまや目覚め、そこに向かって、
祝祭の日の光に向かって声を届けつつ、信徒の合唱が
応えるのだ。そのように
言葉は東方から我々のもとに来たのだ、

そしてパルナソスの峡谷とキタイロンのふもとで私は聞く、
おおアジアよ、あなたの反響を。そしてこの反響は
カピトールで屈折し、急傾斜をなしてアルプスより下り、

異邦人として、
我々のもとにやって来る、目覚ます者、
人間を形成する声が。

（引用35、StA 2, S. 126.）

引用部の基調は、目覚め、覚醒であり、夜明けの領域としての「東方」の本質が示されている。覚醒をもたらす光の拡散が、パイプオルガンの響く会堂、また「神との合唱」のなどの宗教的色彩を帯びて表現されており、その拡散こそキリスト教文化の現代に東方の文化的精髄が融合する情景と解することができる。

東方から来た「ことば」、アジアの「反響」を詩人は、「パルナソスの峡谷とキタイロン」で聞いているが、パルナソスはデルフォイの神託の地であり、キタイロンはパルナソスから程近くにあるディオニュソス酒神祭の舞台となった山脈である。(一五二) これらギリシアの二大神託の地は、ギリシアの宗教的空間の象徴であると言えよう。さらに「反響」は、「カピトール」に当たり屈折する。この地はユピテル神殿のある古代ローマの神託の地である。(一五三) ここでは、「アジア」の精髄がギリシア・ローマを経由し、アルプスを下って詩人の位置する西洋世界へ移行する状況が典型的に現れていると言える。

ヘルダーリンが「アジア」の反響を「人間を形成する声」と表現しているのは、容易にヘルダーとの関連を想起させる。先に示したようにヘルダーの「人間性を形成すること」とは、個人および共同体の風土的・文化的形

成、さらには共同体から共同体への連続的歴史形成を意味している。この詩における人間形成もまた、「アジア」から西洋へ至る文化形成の意味合いを強く帯びている。

詩は、さらに光線の源である「アジア」について、具体的な地名を記す。

(……)我々もまたそうなのだ。というのも多くの者が
神に祝福された賜物を前に目が眩んだのだ。

その恵み深い賜物は、イオニアから、
またアラビアから我々のもとに来たのだ。

(引用36、StA 2, S. 127.)

ここで「アジア」の示す地域が、小アジア沿岸部のイオニア地方とアラビアであることが明示される。イオニアは、小アジア沿岸部の群島の領域であり、後に言及する『パトモス』との関連を想起させる。またアラブを西洋の根源とするのは、通常の歴史的感覚からすれば意外であろう。ヘルダーの歴史哲学にはこのような記述は無い。すでに『ヒュペーリオン』におけるアジア志向において示したように、ヘルダーリンはマホメットによるコーランの布教を、古代の再生、すなわち「若返り」として示していた。ただし続く引用部において示すように、詩人がここで示すアラビアとは、西洋とアジアの境界線であるコーカサス地方であり、アジアと西洋の境界線としての意味合いが強い。本詩と同時期の一八〇一年の作と見られる『さすらい』では、ドイツの地で苦境に喘ぐ詩人が、「ツバメのように自由な」詩人たちが今なお現存する「コーカサス」へ赴こうとする情景が描かれている。(二五四)この場合の「コーカサス」も一種の歴史的過去への幻想であり、イスラム教の文化的要素は希薄である。

『ドナウの源で』では引用部の後、ギリシア諸地域への憧憬をともなった呼びかけが続き、再びアジアへと視点が移る。

またあなた方のことも私たちは想う、あなたコーカサスの谷よ、
いかにあなた方が老いていようとも、そこの楽園を
あなたの族長たちを、あなたの預言者たちを

おお、アジアよ、あなたの強者たちを、母よ、私たちは想うのだ。
（……）彼らは今、安らっている。しかしあなたがたが、
このことは言われるべきだが、
あなたがた古人のすべてが、その由来を言わないにしても
私たちはあなたの名を呼ぶ、神性に駆られて、呼ぶのだ、
自然よ！　あなたを、そして新たに、沐浴からあがってくるように
神々の間に生まれたすべての者が、あなたの前に立つのだ。

（引用37、StA 2, S. 128.）

「コーカサス」の谷を楽園とし、「族長たち」や「預言者たち」など、オリエント志向を強く反映している。この「古き人々」は、休息の状態にあり、活動状態にはない。彼らもまた根源領域としての「アジア」と等しく、過去の事象に属する形象であり、古代オリエントの幻影を身に纏っている。

またこの古代人たちが、「アジア」の由来を明確に述べなかった点も詩人は指摘している。これによって東方

自体が明確に地理的・文化的規定をなされず、極度に詩的抽象性を帯びて提示されることになる。さらに、この名状しがたい神聖を言語化する試みとして、詩人は「アジア」に対し「自然」という名を与える。そしてこの名状の瞬間が、詩全体における感情の高揚の絶頂として描かれる。この時「自然」はもはやギリシア文化を象徴することばではなく、明確に「アジア」を示すことばとして発せられる。この「自然」への呼びかけこそ、ヘルダーリンの後期詩作における「自然」の実相を最もよく示している箇所と言えよう。

6　黙示録的アジア志向

『ドナウの源で』の「アジア」像は「自然」という象徴的表現によって抽象性を帯びたものになっているが、「コーカサス」といった地名が示すように、特定の文化領域を暗示する表現が存在するのも事実である。特に「族長たち」や「預言者たち」といった表現は、オリエントから古代イスラエルに至るの地域の文化的特性を示す響きを持っている。特に『ドナウの源で』の冒頭部の草案で描かれる「アジア」は「千年の齢の」という形容詞をともなっており、文字通り黙示録の「千年王国説」と関連を帯びているのは明白である。(二五五) 続く本稿における教会の情景描写、さらには光をモティーフとした黄金時代の再来といった幻影描写は、黙示録第二一、二二章の記述とも密接に関連している。ヘルダーリンの場合、ヒリアスムスは神の再来ではなく、自然の再来を骨子としており、(二五六)「自然」である「アジア」の再来という詩の本質とも一致している。(二五七) また、後のキリスト讃歌群では、シュミットの詳細な研究が示すように、(二五八)「千年王国説」を主論としたシュヴァーベン・ピエティスムスの黙示録志向がより顕在化してくる。福音史家ヨハネがネロ帝の迫害を逃れて逗留し、黙示録を書いたとされる島を表題とする一八〇三年作の『パトモス』などはその典型である。この詩においては、ヘルダーリンの抱く従来のギリシア的色彩を帯びていた「小アジア」という空間、終末論という時間的要因が加わることになる。

厭世的情緒を帯びた『パトモス』の冒頭部では、詩人が「精霊」Geist の導きによって飛翔し、遠方をさまよう様子が描かれる。そこで詩人が見出すのが「アジア」である。

(……)
しかし間もなく、新鮮な輝きに包まれて、
神秘に満ちて、
金色の靄の中に、咲き出でたのは
太陽の歩みと共に
香りたつ千の峰々と共に
速やかに育つ

アジアであった。(……)

(引用38、StA 2, S. 165f.)

引用部に続く箇所で詩人は、「アジア」についてトゥモルス山やパクトル川など小アジアのスミルナ地方の名を挙げている。「アジアの門の周辺」に浮かぶ島々の中で、詩人はさらに「うらさびれた島」パトモス島を見出し、強い魅惑に駆られる。やがて詩人はパトモス島に上陸し、黙示録的ヴィジョンを展開していくことになる。

ヘルダーリンの黙示録的志向の根幹にあるのは、来るべき黄金時代の待望である。この憧憬がオリエントから西洋近代、さらに未来の理想郷という三次元の時間軸の中で展開する。この時、未来の幻視は常に原初世界の再来という形態を取る。故に未来は歴史的過去の想起によってもたらされるものであり、幼年期の再来、すなわち「若返り」というイメージを伴う。

ところで、原初への回帰が発展論の根幹をなすというパラドキシカルな発想は、ヘルダーの黙示録観とも一致しており、ここにも人類形成との関連を見出すことができる。黙示録と文化移動との思想的緊密さは、特にヘルダーの『歴史哲学異説』において顕著である。ヘルダーは、現代を最高点とする啓蒙主義的歴史主義に対し、人類の発展過程を認識し、自らの時代を後に続く文明の出発点として位置づけることを要請する。その契機として黙示録的思考を推奨している。

(……)哲学者よ。君が自らの世紀の水準を称え、これを利用したいと言うのであれば、君の前に先史の書があるではないか。七つの封印で閉じられ、予言に満ちた奇跡の書だ。君に時代の終わりが来ると言っている。読みたまえ。

かの地、東洋よ。人類の、人間の性質の、そして全ての宗教の揺り籠よ。もし冷酷な世界全体の中で、宗教が軽蔑され、燃え尽きるとしても、そのことばは、火と炎の精神は、この地から生じているのだ。*東洋は父の威厳と純真さを持っている。特に純真さは、今なお「無邪気な幼児の心」を獲得するのだ。人類の幼年期は個人の幼年期にも影響を与えるだろう。最後の未成年者はいずれ原初の東洋で生まれるのだ。

(引用39、Herder 4, S. 152.)

＊ 軽蔑された書—聖書

ヘルダーが黙示録を比喩的に持ち出した理由には、啓蒙主義者を揶揄する意図が含まれている。黙示録はネロ帝による迫害によってもたらされた暗黒時代の描写と来るべきエルサレムへの幻視とからなる。この歴史意識を適用しつつヘルダーは、啓蒙主義者たちが自らの時代を暗黒時代と捉えるように勧めている。啓蒙主義者たちが聖書を軽蔑するならば、自然と一体化した人類の幼年期、すなわち「東洋」に注目するように彼は諭す。先のヘルダー自身による河流の譬えが示したように、聖書のことばは、オリエント世界においてすでにその本質が形成されていたからである。

ヘルダーリンの『ドナウの源で』は、以上の観点から見れば、キリスト教的思想背景が潜在的に含まれていると考えられる。もっとも「アジア」が「アラビア」に由来することも明言されており、不確定要素は依然として存在する。「預言者たち」の中にマホメットが含まれている可能性も否定できない。

しかしヘルダーリンのこのような文化規定の曖昧さは、別の観点から言えば、文化的相違を超えた普遍的原理により重点をおいている証左とも言えよう。それ故に同じ思考の雛型が、さまざまな文化的ヴァリエーションにおいて展開することになる。例えば、オリエントの想起による「若返り」、すなわち既存社会の再生の原理は、『ヒュペーリオン』におけるマホメットへの言及においても述べられ、エムペドクレス悲劇や第五章で論じたようにその他の作品においても展開している。ヘルダーリンの作品に見られる文化規定のある種の曖昧さは、特定の思考の多様性を伴った詩的表現と表裏一体の関係にあり、それに相応して文化移動の概念も多面的な要素を含み持っているのである。

7　東方志向と仲介者

『エムペドクレスの死』第一稿第二幕第四場におけるエムペドクレスとその弟子パウサニアスの対話は、東方志向と若返りの思想的融合を基礎としている。アクラガス社会から追放されたエムペドクレスは、東方の幻想を呼び起こすことによって調和的世界像を導き出そうとする。(二五九) エムペドクレスは、動植物は死して元素へと帰り、新たな青春へ向けて復活すると述べる。しかし彼の目には、これは非主体的な循環と映った。この生物学的循環作用と違って、「人間には自ら若返るという大きな楽しみが与えられている」のであり、「諸民族」は「自らがしかるべき時に選んだ清めの死から甦る」と彼は主張する。主人公のこの言説は、アクラガス社会の解体・再生を念頭においたものであるが、この発言の直前に自らの革命理念の吐露を詩的に表現した箇所がある。

そして喜びに満ち、耐えられなくなって、私はすでに
東方から、金色の朝雲を、
私の孤独な歌が汝らと共に喜びの合唱となるような
新たな祝祭へと呼び起こした。

(引用40、StA 4, S. 64.)

「東方」から呼び出される「金色の朝雲」がもたらすものは、権力が支配する硬直した社会形態において喚起される原初的調和の像である。この東方志向を呼び起こすエムペドクレスの本質は、人格神的特性を持たない神の本質を、言語、とりわけ詩作を通して伝達する仲介者としての機能にある。

ヘルダーリンは、古代の本性の伝達者に関して、しばしば「半神」という表現を用いている。『ヒュペーリオン』では、主人公を「自然」世界へと導きアジアへと旅立ったアダマスが「悲しみの半神」と名づけられている。[二六〇] 後期の詩作においては、『唯一者』を始めとする複数の作品において、主にヘラクレス、ディオニュソス、キリストが、神と人間を仲介する「半神」として登場する。ヘルダーリンは、これらの形象と同様の性質と使命を帯びたものとして「詩人」も同じカテゴリーにおいている。

ヘルダーの歴史哲学にもとづいてヘルダーリンが示す「半神」に近い存在は、緩やかな父権のもと社会秩序を基礎づけた「族長」であろう。すでに言及したように、ヘルダーの主張では、「族長」の意志は姿なき「神」もしくは「自然」の意志であり、仲介者としての機能を持ち合わせている。奇しくもヘルダーリンは、精神の薄命期に入る一八〇五年前後に、「そして半神や族長たちの生に／共感すること」という表現で始まる断片を残して

いる[二六一]。詩自体は、ほぼ解読不可能な内容となっているが、その冒頭部は「半神」と「族長」を同列に捉えていた事実を示している。

このように見ると、ヘルダーリンは神的自然の仲介という主要原理を、多文化共生的なイメージをもって展開していることが判る。列挙すれば、アダマス、エムペドクレス、ヘラクレス、ディオニュソス、キリスト、マホメット、族長を初めとする古代人、また半神半獣のキローンやサチュロスなども仲介者として詩の題材となっている[二六二]。仲介者に比重をおいている点で、ヘルダーとの若干の力点の相違を見ることもできよう。とりわけキリストと古代の神的形象を同列視することは、ヘルダー以上の独創的な発想と言うことができる。

もっともヘルダーリンのこのような多神教的世界把握は、文化伝播を正当化するために、敢えてキリスト教的「神」の様相を排除したヘルダーにも当てはまる。汎神論志向の強かったフランクフルト期の一七九八年にヘルダーリンは、異端審問で火刑に処せられた汎神論者を扱った『ヴァニーニ』を書いている。ヘルダーもその約一〇年前にこの汎神論者に関心を寄せており、両者の精神的同質性が読み取れる[二六三]。もっともヘルダーリンは、自らの視点の異教的側面を自覚していたと考えられる。『平和の祝い』（一八〇一、二年成立、推定）の前書きの中でヘルダーリンは、この点について言及している。同詩の前書きは、根源志向を「自然」との関連を見る上で極めて興味深いものである。

私は、この一編の詩がただただ寛大に読まれることをお願いする。そうすれば、きっとそれは理解し難いものではなくなり、ましてや感情を害するものではなくなるはずだ。しかしそれでもそのようなことばが、あまりにも習慣に反すると思う人がいるとするならば、その人たちに私はこう告白する以外にない。そうする以外にないのだと。美しき日には、ほとんどいかなる歌い方も聞くことができるのである。そしてその出所である自然もまた、このことを認めるのである。

起草者は、読者に同様の詩からなる詩集大全を提示しようと思っている。この詩はその見本のようなものとしてある。

(引用41、StA 3, S. 522.)

『平和の祝い』の冒頭部は、「気高い調べ」の「反響」など、その表現が『ドナウの源で』と酷似している。冒頭部に続く箇所では、「遠方から来る愛に満ちた客たち」が集う自然形象の描写が展開する。詩の冒頭部における太古の遠方からの移動という要素は、『ドナウ』に即して言えば「人間を形成する声」、すなわち「アジア」に相応しよう。異郷の客らとの集いの中で詩人は、やがてキリストの存在に目を留め、以下この人物を中心にした詩的描写が展開する。

詩の前文ではこのような、多文化的混合が一般常識からかけ離れている点を認めている。しかしヘルダーリンは、この詩作様式が「自然」に由来するものであり、この方法を取るより他はないと主張している。この場合の「自然」とは彼自身の本性とも取れよう。しかしキリストとその他の神々の融和をもたらす「自然」は、文化移動の観点からすれば、根源領域としての「自然」とも解することができる。

しかしこの根源領域もまた、仲介者が数多くのヴァリエーションを持っているように、局面に応じてその実相を替える。『平和の祝い』における根源領域は、「アジア」としての様相を『ドナウの源で』ほどには帯びていない。ここでは「万物に生命を吹き込むあの大いなる者」、「父」、「母なる自然」など、性や特性を変幻自在に換える。この点については、次章の『唯一者』考で触れる。

ヘルダーリンの後期詩作の大きな比重を占める基本要素は二つあり、一つは太古の根源領域から現在への神聖物の移動、二つ目はこの神的自然の移動を仲介し、顕在化させる仲介者の存在である。そしてこの二つの要素が様々なヴァリエーションをもって描かれるのは上に述べたとおりである。根源領域に関しても「東方」、「アジア」、「オリエント」などの複数の呼称とともに、緩やかな文化規定のもとに詩的抽象性を帯びていた。ヘルダーリンの抱くこの根源領域のイメージにはまた、「インド」という文化領域が存在する。この点について次節で考察する。

8　根源領域としてのインド

文化移動が前面に現れているヘルダーリンの後期の詩は、『ドナウの源で』の他にも、『ゲルマーニエン』、『イスター』、『鷲』などがある。上に述べたように、ヘルダーリンの示す根源領域としての「アジア」は、小アジアに近い群島領域、コーカサス地方といった地域が挙げられるが、さらにインドもこれに加わる。『ドナウの源で』の約二年後の一八〇三年に成立したと推定され、同様に文化移動の要素を含む『イスター』[二六四]（イスターはドナウのギリシア語）では、前者で「アジア」とされた根源領域が「インダス川」と表現されている。

ヘルダーリンの後期詩作期に当たる一八〇〇年代初期は、シュレーゲルおよびロマン派においてインド根源主義が始まった時期である。フリードリヒ・シュレーゲルの『インドの言語と英知について』がその代表例である。シュレーゲルによるインド研究の一つのきっかけとなったのもやはりヘルダーの東方志向であったが[二六五]、本格的なインド学を開始したのはシュレーゲルとするのが通説である[二六六]。しかしながら、記念碑一八〇二年は、シュレーゲルがパリにおいてサンスクリット語研究を開始した時期に過ぎない。無論、未発表の詩作品と本格的な学術研究との比較には無理があるが、少なくとも詩文芸の領域において根源領域としてインドを扱ったのは、ヘルダーリンの方が先である。よってヘルダーリンが、ロマン主義のインド志向の影響下にあったとは言えない。事実、シュレーゲルやその他のロマン主義者たちのインド学に関するヘルダーリンの言及は、作品、また書簡においても皆無である。ヘルダーリンのインドに関する知識は、基本的にはやはりヘルダーおよびその批判対象となったヴォルテールなどの歴史哲学などが基礎になっていると推察される。

ヘルダーリンのインドへの言及は、主にインダス川やガンジス川といった河流のイメージによってなされている。『ドナウの源で』と同じく、根源領域の精髄の伝播という基本構想のもとにこのイメージは展開する。一八〇一年に成立したと推定される『ゲルマーニエン』の第三連は、その典型である。

未開の時代の序曲が響く中、その時代にために育てられた
野は、すでに緑をなしている。祭壇のための
捧げ物は用意され、谷と河流は
予言を告げる山々をめぐって広く開かれ、
人が東方にまで目を遣り、
その地から発する多くの変遷がその心揺り動かすほどである。
しかしエーテルからは、
純真なる像と数知れぬ神のことばが
降り注ぎ、林苑の奥に響き渡る。
そしてインダス川から来た鷲は、
パルナソスの
切り立った峰々を超え、イタリアの
供物の丘の上を空高く飛び、父のために
喜びの獲物を探し求める。昔とは違ってより巧みに飛翔しながら
この老人は、喜びの声を上げながら
ついにはアルプスを越え、幾多の地域を見るのだ。

（引用42、StA 2, S. 150.）

最終行の「幾多の地域」とは、続く第四連において「神のもっとも静かな娘」、「司祭」などと表現されるドイツの諸州「ゲルマニア」を指す。この第三連は、インダス川より飛来する「鷲」が、ギリシア、ローマを経由してドイツの地に至る情景を描いていることになる。「若返り」論において言及したように、「民族精神」としてのゲーニウスの飛翔をヘルダーリンは、しばしば「鷲」の飛翔として描く。

　しかし『ドナウの源で』の前半部とは少々異なり、引用部では「エーテル」などのギリシア的要素も見出すことができる。「エーテル」は「父」とも表現されており、これが「鷲」の上位者としておかれている。つまり「鷲」は父なるエーテルを仲介する存在と見ることができよう。ヘルダーリンは、引用部の詩節をほぼ同様の内容で独立させた詩『鷲』を数年後に残しているが、ここでは、ドイツの地へ飛翔する「鷲」の「両親」の出生地としてインダス川流域を指定している。[二六七] 二つの詩の内容を連結させて父エーテルの出生地をインドとするのは思想的に無理があるようにも見える。しかし『平和の祝い』においてもそうであったように、絶対者の様態が詩の内部においても流動的に変化するのは、ヘルダーリンの作品における一つの特徴である。

　ヘルダーリンの歴史哲学においては、神的自然そのものよりも、その民族文化的顕現に比重があった。絶対者（自然）の多様性は、可視的な文化的現象において認識されるものであり、絶対者それ自体は不可視かつ不変の存在であるという前提がそこにはある。しかしヘルダーリンの場合、仲介者の文化的性質によってその上位者たる絶対者も変化する。しかもその場合、絶対者の特性は、ギリシア的仲介者にはギリシア的絶対者というかたちではなく、例えばキリストの父がエーテルやゼウスの形姿を持つように、文化的アイデンティティーの境界線は厳密ではない。人類形成という基本構想を保持しながら、ヘルダーリンほど相対主義的傾向を前面に押し出さず、緩やかな文化的融合を描く点にヘルダーリンの特徴があり、『ゲルマーニエン』におけるエーテルとインドの関係もその表れと言える。
根源領域としてのインドと並んで、インド的特性を帯びた仲介者も存在する。ヘルダーリンの場合、とりわけディオニュソス（バッカス）にその要素が表れる。さらにディオニュソスによる仲介作業は、「詩人」の存在規定とも結びついている点も無視することができない。この構想は、ホンブルクに移る直前の一七九八年後半にすでに始まっていた。二つの詩連からなる『我々の偉大なる詩人たちに寄せる』は、インドに由来するディオニュソスと詩人の本質的一致を主題とし、その根拠を諸民族の覚醒という共通の機能においている。ヘルダーリンはさらに二年後の一八〇〇年に、同詩を拡大発展させた『詩人の使命』に着手する。詩の冒頭部は、『偉大なる詩人』と同様に、ディオニュソスの描写から始まる。

聖なる葡萄酒で諸民族を眠りから覚まさせながら、
全てを制圧しつつ、インダス川より
若きバッカスが来たとき、ガンジス川の岸辺に、
喜びの神の勝鬨が聞こえた。

そしてあなた、昼の天使よ！　あなたは今なお
眠っている彼らを目覚めさせないのか。法則を与えよ、
我々に生を与えよ、勝利せよ、師匠よ、あなただけが
バッカスように征服する権利を持っている。

（引用43、StA 2, S. 46.）

第二連の「昼の天使」は、『偉大なる詩人』では「詩人」と表現されている。[二六八] また引用部の後の三四行以降では、「詩人よ！　あなたが東方の預言者とギリシアの歌と／先ごろでは雷を聞いたのは（……）」という下りがあり、「昼の天使」が文化移動の担い手としての詩人像にもとづいていることが判る。神と人間の仲介者としての「天使」に「昼」という要素が加わっている点も典型的なヘルダーリン特有の形容法である。『パンと葡萄酒』や『夜の歌』[二六九] の基本モティーフ、すなわち夜の時代に昼の黄金時代の再来を歌う詩人の行動様式は、常に「目覚めさせる」というイメージによって表現される。『ドナウの源で』において「アジア」から飛来した「人間を形成する声」が、「目覚めさせる者」と表現されていたのも同じ内容を示している。

　ヘルダーリンが、ディオニュソスとインドを結びつけるに至った典拠は明確ではない。彼のインドへの言及は、デンケンドルフ時代の一七八五年、彼が十五歳の時まで遡る。『イッソスでの兵士たちへのアレクサンダーの演説』において、年少の詩人はオリエントを制圧し、インドにまで達したアレクサンダー大王の遠征を描いている。[二七〇] この史実の典拠となった歴史書は、クルティウス・ルーフスの『マケドニアの大王アレクサンドロスの伝』である。[二七一] アレクサンダー大王の行程とディオニュソスとの関係については、五世紀にノンノスが『ディオニュソス譚』においてアレクサンダーの東方遠征を模したディオニュソスのインド制圧を描いている。[二七二] このモティーフはヘルダーリンの『唯一者』における「インダス河畔に至るまで」「葡萄の山を起こし／民衆の怒りをなだめた」ディオニュソスの描写に表れている。[二七三] またインドとディオニュソスに関する論考はヘルダーの歴史哲学には存在しないが、論破の対象となったヴォルテールの『歴史哲学』には、インドを制圧したディオニュソスに関する記述がある。[二七四]

　ヘルダーリンはインドにおけるディオニュソスの功績を「文化」の語源的意味合いでの「耕作」として捉え、文化形成の原初形態として把握した。ヘルダーリンの後期詩作は、この原初形態を心象領域で描くこと、すなわち「内面化」[二七五] Er-innerung することを基本姿勢としている。これが詩と「想起」Erinnerung との緊密な連関を与え、

神話的に刻印づけられた詩的空間を生じさせる。(二七六)

この根源志向と記憶との関係は、『追想』の最終連に最も顕著に表れている。この詩は一八〇二年にヘルダーリンが家庭教師として赴いたボルドーへの道程を歌ったものと推定される。ここではドイツの地に残した友人たちが『ヒュペーリオン』の語りかけの対象であった「ベラルミン」という名で表現される。詩で表される「海」は、富をもたらすボルドーの地であり、一人旅立つ詩人の寂寥感が描かれている。

しかし今やインドへと
男たちは行ってしまった。
彼らが去ったところ、葡萄の山が連なる
風吹く岬からは、
ドルゴーニュ川が下り、
壮麗なガロンヌ川と合流し、
海の広がりとなって
河流は出て行く。しかし海は
記憶を奪い、また記憶を返すのだ。
そして愛もまた熱心に視線を引き止める、
しかし留まるものを打ち立てるのは、詩人たちなのだ。

(引用44、StA 2, S. 189.)

「インド」へと向かった「男たち」は、前の箇所では「ベラルミン」を始めとする友人たちとして描かれている。

彼らは根源の地インドへと帰っていった。しかし詩人は富をもたらす「海」に留まる。「しかし海は／記憶を奪い、また記憶を返すのだ」ということばは、異国の地に留まることによって、一時的に故郷の記憶は薄れるものの、異国の地にいるが故に故郷の記憶を強めると解釈できよう。ヘルダーリンの当時の境遇から解釈すれば、生計を立てるためにボルドーの地に向かう際に抱いた、彼の故郷を想う個人的な心象風景が言語化されているのかもしれない。しかし故郷の地が「インド」となっている点、また「記憶」の対象も「インド」と解することができる点を考慮すれば、人類形成史こそが詩の核心であると考えられる。さらに「留まるものを打ち立てる」という詩行の「打ち立てる」stiftenという動詞は、『唯一者』において、ディオニュソスがインドの地にて葡萄畑を耕作する際にも用いられている動詞である。この視点から言えば、「留まるもの」の基本的性格は、根源領域から伝播する不可視の神性が仲介者を通して顕在化したものと解することができよう。仲介者が詩人であるとすれば、この顕在化したものとは根源領域への想起を促す詩それ自体と解釈することが必定である。

第七章　絶対者の諸相

1　二つの世界の融合作業としての『唯一者』

前章では根源領域としての「東方」、「アジア」、「インド」について言及した。また同章の第八、九節では「詩人」に代表される仲介者の問題、さらに仲介者の特性に対応して変化する根源領域の特性ついても若干触れた。この根源領域の属性に関する具体的検証として、以下に『唯一者』を中心に考察を進める。

ヘルダーリンが後期作品において構想した絶対的理念は、地理的・文化的イメージのみならず、「父」Vater といった人格性を帯びた形象としても現れる。特にキリスト讃歌[二七七]の一つ『唯一者』における絶対者としての「父」は、その典型的な例である。キリスト、ヘラクレス、ディオニュソスという異なった文化的背景を持つ三兄弟の「父」は、息子たちの文化的背景に相応して一つの詩の中でその性質を変容させる。作品の展開に即して言えば、古代ギリシアからキリスト教世界への場面の移行に相応して「父」の様相が変転する。

『唯一者』に見られる古代から祖国への移行には二つの問題がある。一つは、文化移動としての歴史的連続性である。神話的空間から聖書世界への文化的転換が「父」という一形象のもとに展開するプロセスは、異なる文化的領域の歴史的変遷を示す。さらに古代から祖国への移行は、地理的・文化的地平のみにおいて展開するのではなく、ヘルダーリン自身の詩作様式に関する心象の変化をも反映している。ヘルダーリンの後期讃歌群における祖国主義は、必然的要素としてギリシア世界からの脱却という側面をもたらした。しかしそれは必ずしも直線的な移行ではなく、事実、後期作品においてもギリシアへの憧憬が完全に払拭されているわけではない。議論の対象となる古代が、前章で論じた「東方」もしくは「アジア」のみに限定されず、引き続きギリシアも古代の範疇に加えられている。この点は、ヘルダーリンがギリシアに未だ固執している事実を示している。以下では、ギリシアに対する屈折した感情が詩の内容にもたらした大きな揺れを中心に、「父」の特性を検証していく。

バイスナーの推測によると、『唯一者』は一八〇一年秋に起草され、第一稿は一八〇二年秋にその最終形態をとり、第二稿、第三稿はそれぞれ一八〇三年の夏と秋に成立したと考えられる。(二七八) 成立期はこれまで論じてきた東方志向とほぼ同時期である。ヘルダーリンは自らが抱くギリシアの神々の世界を再構築し、そこにキリストをも加えようとする。そしてそのギリシア世界とキリスト教世界の壮大な融合作業の際に生じる詩人自身の苦悩が、『唯一者』において極めて直接的に表れている。

従来の研究では、兄弟として扱われているキリスト、ヘラクレス、エーヴィア(=バッカス、ディオニュソス)の分析が中心で、しかもこの三者の「父」については二次的に触れられている程度である。このような視点は、ヘルダーリンの詩的試みの特異性や論理の破綻の強調という帰結に陥りがちである。しかし「父」を視点の中心に据えることによりヘルダーリンの後期詩作の特質が鮮明になり、この作品に新たな価値を見出すことが可能となる。以下にその詳細を第一稿を中心に検討することにする。(二七九)

2 『唯一者』における父像

2—1 第一トリアーデ

『唯一者』は、ストロペー、アンティストロペー、エポードスの三つの詩連から成るトリアーデの形式を採っている。さらにこのトリアーデが三つ連なり、合計で九つの詩連を形成している。ただし第六連は完成しておらず、第七連は欠落しているので、完成度は落ちる。(二八〇) しかし後に論じるように、この欠落部には大きな意味が込められている。

第一トリアーデは、詩人を祖国以上に惹きつける古代ギリシア世界とは何かという自己への問いかけで始まっている。その憧憬のあり方が、第一連において「私を縛りつける」(V. 3)、「天上の世界の／囚われの中に身を売られたように」(V. 5, 6) と表現され、古代ギリシア世界への憧憬が強制的にもたらされた状況、つまり詩人の精神的な隷属状態が描かれる。第一連一二詩行にわたるこのギリシア崇拝に対する反省的な問いは、ツォイス (Zeus ＝ゼウス) の描写で終わる。さらに第二連の冒頭部においてもツォイスについての説明がなされている。

そして無垢な若者たちのもとへ
ツォイスは降り、そして神聖なやり方で、
この高貴な者が、人間たちのもとで、
息子や娘たちを生み出したのか。

すなわち高貴な思考の
多くが
この父の頭から生まれでて、
偉大な魂の数々が
そこから人間たちのもとへ来たのだ。

(引用45、StA 2, S. 153.)

第一連の最後の四行で述べられた内容が、第二連の冒頭で「すなわち」という語でさらに受け継がれる。「高貴な者」によって生み出された「息子や娘たち」とは、「父の頭」から生まれでた「高貴な思考の多く」と表現されている。この表現は、明らかにパラス・アテナの神話、すなわちゼウスの頭から、知恵の神アテナが生まれたという神話をふまえたものである。ただしここでは、ツォイス、アテナの固有名詞は用いられておらず、抽象的表現に留まっている。それに引き続いて「偉大な魂の数々が／そこから人間たちのもとへ来たのだ」とあるが、これらの表現は一体何を意味しているのだろうか。

　シュミットは、この「高貴な思考の多く」を「神のロゴス」の「個別化」と説明している。[二八一] つまりここで問題となっているのは、ツォイスという最高神の原理の具象化として個々の形象を持つ神々である。このような汎神論的思考を考慮に入れると、このパラス・アテナのモティーフが具体的な神話のモティーフとは異なってくることが判る。つまり「高貴な思考の多く」とは、アテナのみを指すものではなく、最高位の神的存在に由来する多様な形態を意味することになる。

　またヘルダーリンの後期の詩作におけるツォイス像は、通常の神話理解とは大きくかけ離れており、その全容を解明することは重要かつ困難な課題である。[二八二] ヘルダーリンの後期の詩作におけるツォイスの一般的特性として、「時の父」と呼ばれるように時間性を付与されている点が挙げられる。それゆえツォイスは時間に支配された人間世界を支配する神であり、天上世界への志向を地上世界への志向に転換させる機能を持つ「大地の父」でもある。[二八三] 第二連から第三連にかけて「人間たちのもとで」、「人間たちのもとに」とあるように、ツォイスの人間世界での営為が二度繰り返されている点にもこの特質を認めることができる。いずれにしても第一トリアーデにおけるツォイスは、第一トリアーデのギリシア世界の叙述のみにおいて描かれていることから、ギリシア世界の枠内にあると言える。

五三行までの前半部が、後の改稿作業においてほとんど修正が加えられていないことから、このギリシア世界の叙述は、ヘルダーリンの構想においてほぼ確定されていたと推測できる。第一トリアーデに描かれた汎神論的世界が、いわばヘルダーリンのこれまでの世界観の回想として描かれていると解することもできよう。ただしギリシア世界の呪縛は、依然として詩人の内面に根ざしており、続く詩の展開に大きな揺れをもたらすことになる。

2―2 第二トリアーデ

第一トリアーデのエポードスにあたる第三連において、詩人は神々の中に一人の者を探し求めていることを表明し、その一者は、神々の種族の「最後の者」、「一族の宝」と述べられる（V. 33, 34）。続く第二トリアーデにおいて、その一者がキリストであることが明らかにされる。しかし詩人は自らの愛の方向性を強力に推し進めることができない。ギリシアの神々の妬みを買うほどにキリストに思いを寄せていることを詩人は自らの罪とし（V. 48, 49）、神々に配慮する。しかも、そのことばは神々に対する配慮を超えて、いわば弁明と化す。さらにキリストがヘラクレスとエーヴィア（バッカス、デュオニュソス）の兄弟であることも言明される（V. 50-53）。この前代未聞の兄弟論を展開させるために、詩人は「葡萄の山を切り開き」、「民衆の怒りを鎮めた」エーヴィアの地上での業績を持ち出す（V. 53-59）。これはキリストとの同質性を強調するためのものであり、その同質性の根拠を詩人は神と人間の仲介者という役割に見る。しかしこの比較論も続く第六連で、突然詩人の内部に生じた「恥じらい」（V. 60）によって中断される。[二八四] この「恥じらい」によって兄弟論は視点の変更を迫られる。次に詩人は、この三人の「父」が同一であることを根拠に自己の主張の正当性を証明しようとする。

（……）そしてもちろん私は知っている、
あなたを生んだ父が、

同じ父であることを、

というのも彼は決して一人で支配することはないからだ。

（引用46、StA 2, S. 153.）

「父」の同一性の証明がいかに困難であるかは、この詩連の六行にわたる空白部が示している。しかも続く第七連も欠落し、詩の進行自体が中断を余儀なくされる。神話的事実から言えば、ヘラクレスはツォイスとアルクメーネの間に誕生した息子、デュオニュソスはツォイスとセメレの息子、キリストはキリスト教の神とマリアの間に生まれた子である。共通点としては、三人とも神と人間の間に生まれた半神であることが挙げられる。またテクストに則していえば、「決して一人で支配することはないからだ」という一節に窺い知ることができるように、「父」が仲介者を必要とする点、すなわち三者が神と人間の仲介者であるという点に三者の同質性の根拠を認めることができる。

この三人の「父」を同一視することは、ツォイスとキリスト教の神を同一視することになる。ここに神話におけるツォイスともキリスト教の神とも異なった絶対者としての「父」が浮かび上がってくる。しかし上述のとおり、その実体は謎に包まれている。第二稿では「父」の同一性についての考察そのものが遺棄され、「父」は詩の終わりまで「大地の父」としてツォイスの様相を帯びている。バイスナーが第三稿に組み入れている別の草稿においても、「父」が同じであることが述べられるだけで、それ以上踏み込んだ言及はなされていない。ただし第一稿ではこの中断の後再び「父」が登場し、その特性が新たな相において展開されることになる。

2―3 第三トリアーデ

第三トリアーデはストロペーにあたる第七連が欠落し、第八、九連の二つの詩連で構成されている。詩人は再びキリストへの愛を表明することで詩を再開している。しかしここでも詩人の主張はへりくだったものであり、「今度は」と前置きし、どうしようもなく自らの心から歌がほとばしりでたと釈明している。しかもそれを詩人は「過ち」とし、別の機会にこの過ちを正そうとも述べている（V. 84-88)。

第八連から第九連にかけて、人間の姿をとって地上をさまよったキリストが、「囚われの身の鷲」にたとえられる。そこに「父」の姿も重ねて描かれている。

（……）
そしてわが師は
囚われの鷲のように
地上をさすらった、

そして彼を見た者の多くは、
恐れおののいた、
なぜなら父が最善を尽くし、
彼の最上のものが
人間たちのもとで実際に作用したからだ、
（……）

（引用47、StA 2, S. 156.）

ここに掲げた引用箇所は、聖書を基調とする。キリストの奇跡の行いに恐れ戦《おのの》く民衆の姿は、「ルカ伝」四章三六節を始め聖書に数多くみられるモティーフである。(二八五)「父」の「最上のもの」が「実際に作用した」という表現について、シュミットは第一トリアーデにおける古代の神々の可視的な形象との関連から、キリストの地上の活動によって神的なものが地上に仲介される様としている。さらにキリスト教世界の思想的背景として敬虔主義《ピエティスムス》との関連も指摘している。(二八六)

事実、ヘルダーリンの後期讃歌群においては、個々の語句の用法から、詩に描かれる世界観までピエティスムスの影響が顕著に認められる。本論の第一章第1節で言及したように、ヘルダーリンはシュヴァーベン・ピエティスムスの精神圏内で幼年期を過ごした。その後、聖書世界はテュービンゲン期からフランクフルト期までのギリシア志向の陰に隠れ、詩作のモティーフとして用いられることはなくなった。そしてホンブルク期以降、再びキリスト教世界が作品に現れるようになる。後期の詩作におけるキリスト教世界のモティーフに関して、その思想的支柱となっているのがベンゲルやエーティンガーのヒリアスムス（千年王国説）である。ピエティスムスのヒリアスムスは、地上で理想郷は実現しないと考える古典的ユートピア思想とは異なり、時代の終わりに実際に理想郷が実現すると考える終末思想にほかならない。(二八七)またその理想郷の形態は、中世のフィオーレのヨアキム以来、「平和の国」というイメージを伴ってきた。(二八八)このヒリアスムスの世界観が投影されているのが、詩『平和の祝い』である。そこに描かれている父なる神は、神々が集う平和の祝宴を催す神である。この終局的秩序の完成をヘルダーリンは、作品を作り上げ工房から出ていく巨匠の姿に譬え、これを「最上のもの」と呼んでいる。(二八九)

このような神の業績は、『唯一者』では、「最上のもの」が「実際に」wirklich に作用したという表現で表されている。『平和の祝い』執筆の契機となったフランスとオーストリアの停戦協定リュネヴィルの和議が一八〇一年二月であり、この『唯一者』起草が一八〇一年の秋頃と時期的にも接近していることから、ヒリアスムスの思考がこの箇所にも反映されていると充分に考えられる。このように第三トリアーデにおける「父」は、キリスト教の精神世界を背景にして描かれている。

以上の考察から明らかなように、『唯一者』における「父」はギリシア的ツォイスからキリスト教的神へと性質を変えている。キリスト讃歌における「父」も、程度の差はあるが、この二極性を有している。この絶対的存在への憧憬それ自体は、ヘルダーリンの詩作の生涯を貫く基本姿勢である。しかしこのような絶対者のイメージは、『唯一者』を始めとする後期讃歌において形作られたものである。つまり、本論の一結論として述べれば、ヘルダーリンは後期の詩作において、それ以前の絶対的理念であった「自然」ということばをこれがしばしば「父」という表現に置き換えて用いたのである。この点については、次節でさらに検討を進めたい。

3　「自然」から「父」への移行

これまでの考察をもう一度まとめておこう。ヘルダーリンはシュヴァーベン・ピエティスムスの環境のもとで幼年期を過ごした後、テュービンゲン神学校時代にヘーゲル、シェリングとの交友、またスピノザ哲学の影響などをとおして汎神論世界へと移行していく[二九〇]。同時に古代ギリシア世界に規範的世界を見出し、それに没頭し、しだいに現前する自然世界の中に古代ギリシアの神々の世界を投影し、個々の自然形象を神格化するようになった。その結果、個々の自然形象を統括する絶対者としての「自然」が、頻繁に作品に登場するようになる。特に小説『ヒュペーリオン』では、自然への憧憬が類まれな詩情を伴って描かれている。しかし戯曲『エムペドクレスの死』では、自然と詩人自身との宥和的関係の枠内にとどまらず、自然と親密な詩人とその詩人が生きる世界との関係が意識されるようになる。そして後期の詩作では、この意識変化に相応して「自然」という言葉も「父」あるいは「最高者」に取って代わられるのである。

以上のような転換が最も顕著に表れるのが、『メノーンのディオティーマ哀悼歌』における改訂作業である。(二九一)この詩の第一稿にあたる『エレギー』に次のような詩句がある。

Und sie selbst, die Natur und ihre melodischen Musen
Sangen aus heimischen Höhn Wiegengesänge dir zu.(二九二)

そして自然が自ら、また旋律豊かな自然のムーサイたちが
自ら住まう高みからあなたに子守唄を送ってきた。

この「そして自然が自ら」という表現は、以下のように「そして父が自ら」と言い換えられている。

Und der Vater, er selbst, durch sanftumatmende Musen
Sendet die zärtlichen Wiegengesänge dir zu.(二九三)

そして父が自ら、柔らかに息づくムーサイを通して
あなたにやさしい子守唄を送る。

前者はフランクフルト期からホンブルク期への移行期の一七九九年秋に成立したと推定され、自然志向がまだ強く反映されている。後者は一八〇〇年夏の成立であり、汎神論への傾向に変化が見られるのが判る。「ピンダロス断章」においてヘルダーリンは、神々と人間の出会いを可能にするものとして、「間接性」

Mittelbarkeit、「法則」Gesetz、「規律」Zucht、「形姿」Gestalt を挙げている。[二九四] これはヘルダーリンの後期詩作の根本原理である。この原理が「自然」という包括的抽象概念に「父」という形姿を与えていると言えよう。しかし上の引用に挙げた例では、「父」はまだ宥和的自然の様相が濃い。『パンと葡萄酒』における「父」も汎神論的色彩を強く帯びており、ほぼ「自然」と同列に扱うことができる。しかしキリスト讃歌における「父」は、『唯一者』においてツォイスの名が挙げられているように、具体的形象の度合いをさら深めている。

自然とツォイスとの関係は、『自然と技巧――あるいはサトゥルヌスとユピテル』Natur und Kunst oder Saturn und Jupiter に見ることができる。[二九五] 題名が示す通り自然は、ユピテル（ツォイス）の父である「黄金時代の神」サトゥルヌスとされている。サトゥルヌスの時代は、ヘシオドスの『仕事と日々』に見られるように、[二九六] 人間が神々とともに暮らしていた調和の世界である。これは主に『ヒュペーリオン』執筆期までの汎神論的自然像の典型である。しかしここでは、黄金時代は回顧的に描かれており、明確に過去のものとして捉えられている。そして詩人は、自らが生きる現在をユピテルの時代と理解する。

ユピテルは技巧を司る神であり、「空高く真昼に統治し」、「運命を分け与え」、「不死の支配術の名声」のなかに憩い安らう神である。それはサトゥルヌスの時代とは異なり、天上の神々と地上の人間との調和的関係が解消し、ユピテルが「法」によって世界を統治する時代である。ヘルダーリンの後期の詩作には、過去の黄金時代に逃避することなく自らが生きるユピテルの時代と対峙しようとする姿勢が窺える。古代の黄金時代から詩人自らが位置する時代への視点の変化もまた、「自然」から「父」への移行の要因の一つと言える。

しかしこれらの思考の変化は、ギリシア世界の枠内で捉えられている。ヘルダーリンの詩的世界が、徐々に天上の世界から地上の世界へと基盤を移していくにしたがって、西洋や祖国といったものが強く意識されるようになる。それに比例してキリスト教世界の要素が強まってくる。そしてそのキリスト教世界は、先に述べたように、ピエティスムスの終末思想を土台としたものである。しかしながらギリシアとキリスト教世界との直接的な結びつきは、「父」の直接描写に大きな空白が生じていることからも解るように、明確な帰結には至っていない。

『唯一者』第一稿でヘルダーリンは、キリスト、ヘラクレス、エーヴィアを三兄弟としているものの、バイスナーが第三稿に組み入れた第六手稿では「おそらく彼（キリスト）は、本性を異にするのだろう」と述べており、(二九七)ギリシア世界とキリスト教世界の融合は依然として成就していない。むしろシュミットが『平和の祝い』論の中で指摘しているように、(二九八)ギリシア世界とキリスト教世界が融合しているというよりも、それぞれの要素が混在する「混合主義」Synkretismus の形態をとっているようにも見える。また「唯一者」としてのキリストへの憧憬によって展開される詩自体が、「詩人は、／精神的な者であっても現実的であらねばならない」(V. 104, 105) と、いわば詩人論で締めくくられており、タイトルの『唯一者』との関連が曖昧なかたちで終わっている。つまり、古代ギリシアとキリスト教世界の詩的融合は、論理的視点から言えば必ずしも成功しているとは言えないのである。

しかし本論考の第四章以下で検討したように、ヘルダーリンの後期詩作には文明の歴史的継続という主要モティーフが存在する。「父」という一存在が一つの詩の中でその性質を変化させていく過程は、ギリシアから祖国に至るまでの文化移動の詩的形象化と解することができる。無論『唯一者』の展開が示すとおり、キリスト、ヘラクレス、エーヴィアの文化的背景は根本的に異なり、文明論の観点からは容易に融合し難い。しかしこれも本論の第四章で論じたように、古代と祖国との根本的な差異についてヘルダーリンは明確に認識していた。彼の関心はむしろ、文化形態の多様性を超えたところに存在する共通精神にあった。ヘルダーリンはそれを主に後期の河流詩群では「自然」と呼ぶ。『唯一者』を始めとするキリスト讃歌群における「父」は、その一ヴァリエーションと言うことができよう。またこの根源的神性を人間的活動領域において仲介する存在への注視もまた、後期詩作の大きな要素としてある。この仲介者の原像が強い推進力を伴って文化的差異を突破し、『唯一者』における三兄弟の描写、および詩人との並置という極めて独創的な観念を生じさせたと言える。しかし同時に、未だ詩人を呪縛する古代ギリシアへの憧憬が詩全体に大きな揺れをもたらし、本来描かれるべきだった宥和的空間の出現を妨げているのもまた事実である。ここに後期ヘルダーリンの特徴であるギリシア至上主義から多文化的視点への移行を見ることが出来るのと同時に、またそれが苦悩に満ちたプロセスであったことが認識できる。この詩人の息遣いを感じさせるほどに苦悩が直接的に表出している数少ない例が、この『唯一者』と言えよう。

補説 「自然」使用に関する集計分析

ヘルダーリンはそれぞれの詩作期においてどの程度「自然」ということばを用いたのであろうか。ヘルダーリン研究において「自然」そのものを扱った研究は、その重要度と比較して意外なほどに数が少なく、「自然」の使用頻度に関しても漠然とした前提があるに過ぎない。ポルトが「自然」に関する論考を『ヒュペーリオン』を中心に行っていることからも判るように、『ヒュペーリオン』決定稿が成立したフランクフルト期を自然概念の関連では最も重要な時期と見るのが一般的である。そしてフランクフルト期を経て、第一次ホンブルク期以降は「自然」の使用頻度は落ち、その重要性が失われてしまったという点でも多くのヘルダーリン研究者は一致する。ヘルダーリンの後期詩作における自然概念の衰退という一般論は、二十世紀前半のヘルダーリン全集編集者ヘリングラートの見解による。その一方で日本のヘルダーリン研究者棚瀬明彦氏が、ヘルダーリンの詩における「自然」の使用数を具体的に算出している。しかし、年代的に正確な作品の配列が行われていないバイスナー版全集に依拠しているため、使用数には曖昧な点も残されている。(二九九) 本論では、ヘルダーリンの「自然」使用に関して可能な限り正確な量的傾向を把握するため、時代区分をより正確なものにして再集計を行った。

1 語の採択における留意点

本論では「自然」の使用数に関して、以下の点に留意した。

（1）ヘルダーリンの作品の大部分は生前に出版されておらず、明確に時代を特定できない作品もある。基本的にはバイスナー版全集を用いているが、その他必要に応じシュミット版、クナウプ版を参照した。よってそれぞれの版において成立期の異なる若干の作品については、年代設定のうち妥当と考えるものを選択した[三〇〇]。

（2）複数の稿が存在する作品は、使用数を忠実に集計するという立場からそれぞれ一作品として数えた。シュトットガルト版全集の第二巻に収められている讃歌草案については、数行に満たないものもあり、作品数には加えない。しかしこれらの草案において「自然」が用いられている場合は、「使用回数」の集計の対象とした。

（3）「自然」Natur そのものだけでなく、その複数形である Naturen 、また「自然」が含まれる合成語、形容詞 natürlich の名詞化 das Natürliche も採択した[三〇一]。

（4）書簡については数に入れていない。ヘルダーリンの場合も、詩作品の解明にとって重要な書簡も存在する。同時に近況報告など、必ずしも思想上重要とはいえない書簡も数多く存在する。二つの領域の線引きに確固たる基準を設けることは困難であると考えた為、集計の対象からはずした。

（5）一八〇六年以降の精神錯乱期の作品も集計の対象とした。

当然のことながら「自然」という概念の使用数の測定はあくまでも量的な側面を示すものであって、概念的重要性と完全に一致するものではない。例えば『ヒュペーリオン』決定稿の中でも、「かつて自然であったものが我々の理想になった」という主人公のことばと、作中の登場人物アラバンダとその革命一派に主人公が疑いのまなざしを向け、彼らを「困窮した性質の連中」von bedürftigen Naturen と捉えた際の「性質」Natur ということばとの間には、意味内容と重要性に大きな隔たりがある。しかし実際のヘルダーリンの言語使用においては、後者のような単に「性質」といった意味の用法はごく少数であり、大抵の場合「自然」は重要な意味を担っていることを踏まえれば、「自然」の使用数の増減に関する調査は、ヘルダーリンの自然思想を考察するに当たって一定の価値を有すると言える。

2　ヘルダーリンの「自然」の使用数

まず詩について、ヘルダーリンが「自然」を用いた作品数と使用回数を提示する。(二〇二)

表に見られるように、ヘルダーリンはテュービンゲン大学時代に「自然」ということばを使い始めている。ヴァルタースハウゼン・イェーナ・ニュルティンゲン期は、使用数自体は少ないが、作品数を考慮に入れればむしろ使用頻度は上っていると言えよう。次のフランクフルト期では、ヴァルタースハウゼン・イェーナ・ニュルティンゲン期と比べれば、使用頻度は落ちている。また同じフランクフルト期に成立した『ヒュペーリオン』決定稿とは対照的に、詩に関しては「自然」はそれ程用いられていない。もっともフランクフルト期の詩は、その多くが小規模のオーデであり、内容的にも風刺的、社会批評的な性格が強い。よって匿名性の高

詩

時代区分	年代	作品数	「自然」が現れる作品数	使用回数
デンケンス・マウルブロン	1784-1788	30	0	0
テュービンゲン	1788-1793	41	17	28
ヴァルタースハウゼン・イェーナ・ニュルティンゲン	1794-1795	5	3	9
フランクフルト	1796-1798	55	17	23
ホンブルク	1798-1800	29	8	12
シュトットガルト・ハウプトヴィル・ニュルティンゲン・ボルドー	1800-1802	42	3	3
ニュルティンゲン・ホンブルク	1802-1806	25	5	6
精神錯乱期	1806-1843	48	16	23

『ヒュペーリオン』

時代区分	年	稿	使用回数	使用回数(合計)
デンケンス・マウルブロン	1784-1788	—	—	—
テュービンゲン	1788-1793	テュービンゲン稿(現存せず)	—	—
ヴァルタースハウゼン・イェーナ・ニュルティンゲン	1794-1795	タリーア断片	11	59
		韻文稿および散文草案	17	
		『ヒュペーリオンの青年時代』	25	
		最終前稿	6	
フランクフルト	1796-1798	最終稿の前段階	6	109
		最終稿	103	
ホンブルク	1798-1800	—	—	—
シュトットガルト・ハウプトヴィル・ニュルティンゲン・ボルドー	1800-1802	—	0	—
ニュルティンゲン・ホンブルク	1802-1806	—	0	—
1806 年以降（精神錯乱期)	1806-1843	断片	2	2

『エムペドクレスの死』

時代区分	年	稿		使用回数
フランクフルト	1796-1798	フランクフルト草案	3	3
ホンブルク	1798-1800	第一稿	28	69
		第二稿	11	
		論文「エムペドクレスの基底」	25	
		第三稿	5	

い「自然」が用いられにくくなる傾向はある。ホンブルク期においても、ほぼフランクフルト期と同様に「自然」は用いられている。しかしシュトットガルト期以降は極端に減っている。しかし本論の第四章以下で論じたように、「自然」の意義は失われておらず、東方志向という新たな次元へと展開している。

次に散文作品である小説『ヒュペーリオン』の各稿における使用数と、戯曲『エムペドクレスの死』の各稿における使用数を提示する。（前ページの表参照）

ヘルダーリンは、フランクフルト期に戯曲『エムペドクレスの死』の構想を練り、主にホンブルク期に執筆している。ホンブルク期の三つの稿はいずれも未完の断片であり、第一稿行、第二稿行、第三稿行と稿を経るにしたがって規模は縮小していく。この量的現象に相応して、「自然」の使用数も減っていくが、頻度は落ちていない。またヘルダーリンは、第二稿と第三稿との間に論文「エムペドクレスの基底」を書いている。晦渋な文体によって書かれたこの難解な論考は、自然と人工の弁証法的止揚の考察であり、彼の自然思想を見る上で極めて重要である。本来この論文は、後に示す論文のカテゴリーに組み入れるべきかもしれないが、この論考自体が第三稿のための思想的準備作業という要素が強いため、ここではエムペドクレス悲劇のカテゴリーに編入した。「自然」への志向が強く維持されているエムペドクレス悲劇がホンブルク期に書かれたという事実は注目すべきである。フランクフルト期以降、ヘルダーリンの「自然」への関心が薄れたという前提は、これによって覆される。

引き続き論文における使用数を提示する。

論文に関してもエムペドクレス悲劇同様、ホンブルク滞在期が主な執筆期となっている。これはヘルダーリンが企画した雑誌『イドゥーナ』の発刊に備えて書き留められたと考えられている。その中でも、とりわけ論文「詩的精神の振舞い方について」においてヘルダーリンは「自然」を多用しており、その数は二〇に上る。またニュルティンゲン・第二次ホンブルク期に関しては、「オイディプスへの注解」、「アンティゴネーへの注解」、「ピンダロス断章」など、翻訳作業に際して書かれた論考が中心となっている。

論文

時代区分	年	論文数	「自然」が現れる論文数	使用回数
デンケンス・マウルブロン	1784-1788	1	1	1
テュービンゲン	1788-1793	4	2	4
ヴァルタースハウゼン・イェーナ・ニュルティンゲン	1794-1795	5	1	2
フランクフルト	1796-1798	0	0	0
ホンブルク	1798-1800	15	6	30
シュトットガルト・ハウプトヴィル・ニュルティンゲン・ボルドー	1800-1802	1	1	2
ニュルティンゲン・ホンブルク	1802-1806	6	4	13
1806年以降（精神錯乱期）	1806-1843	0	0	0

「自然」の使用数総数

時代区分	年	詩	『ヒュペーリオン』	エムペドクレス悲劇	論文	計
デンケンス・マウルブロン	1784-1788	0	0	0	1	1
テュービンゲン	1788-1793	28	0	0	4	32
ヴァルタースハウゼン・イェーナ・ニュルティンゲン	1794-1795	9	59	0	2	68
フランクフルト	1796-1798	23	109	3	0	135
ホンブルク	1798-1800	12	0	69	30	111
シュトットガルト・ハウプトヴィル・ニュルティンゲン・ボルドー	1800-1802	3	0	0	2	5
ニュルティンゲン、ホンブルク	1802-1806	6	0	0	13	19
1806年以降（精神錯乱期）	1806-1843	23	2	0	0	25

次に、すべてのカテゴリーをまとめた年代別の使用数を提示する。

上の表から以下のような結論が導き出せる。第一に「自然」という語は、長大な讃歌群を多く含むテュービンゲン期に突如として用いられるようになる。使用頻度は後に続く活動期よりも下回るものの、現存しない『ヒュペーリオン』テュービンゲン稿においても「自然」がキーワードとなった可能性を考慮に入れれば、その数は確認されたものよりも多くなると推察される。

ヴァルタースハウゼン・イェーナ・ニュルティンゲン期の詩作では、「自然」の数が飛躍的に増大する。この時期の主たる執筆活動は、『ヒュペーリオン』決定稿の前段階に位置する諸稿であり、自然志向が大きく展開する。フランクフルト期は、『ヒュペーリオン』決定稿の著作期であり、ヘルダーリンの自然観が最大規模の多様性をもって表出した時期である。『ヒュペーリオン』という一作品の中で「自然」への言及は一〇三箇所にも上る。一作品における「自然」の使用回数は無論この小説が最多である。一方詩に関しては小規模のオーデが多く、「自然」の使用頻度はそれ程高くない。

ホンブルク期においても「自然」に対するヘルダーリンの関心は引き続き維持される。とりわけエムペドクレス悲劇及び論文「詩的精神の振舞い方について」において使用数が大部分を占める。使用数、使用頻度と共にフランクフルト期と比べても遜色は無い。

シュトットガルト・ハウプトヴィル・ニュルティンゲン・ボルドー期では「自然」の使用数は急激に減少する。とはいえ、この流浪の時期に成立する『ライン』、『ドナウの源で』といった河流をモティーフとした詩が示すように自然形象そのものへの関心は薄れていない。先の統計のコメントで述べたように、「自然と人工」を表題に掲げる詩も含まれており、ヘルダーリンの自然概念の考察に関しては極めて重要な詩作期である。

ニュルティンゲン、第二次ホンブルク滞在期では、直前の時期と比較して「自然」の使用数は再び増加する。これはピンダロスおよびソフォクレスの翻訳論考への取り組みに起因する。ただし詩については、『唯一者』が典型的に示すようにキリスト讃歌のような非ギリシア的要素が強くなってきたため、数は減少している。

一八〇六年以降の精神の薄命期においても、「自然」は一定の割合で用いられている。三七年に及ぶ精神錯乱期の作品には、四季を題材にした詩が多く含まれ、自然形象への強い志向を見出すことができる。そこには自然志向の残像が見て取れ、詩作期の終わりにのみならず、人生の終焉期にまでヘルダーリンにとって「自然」は重要語であり続けた。

以上の点を踏まえれば、フランクフルト期に頂点を迎え、その後衰退していったという一般的な前提は必ずしも正確ではない。正確を期して言うならば、ヘルダーリンにおける「自然」という語は、テュービンゲン期において突如として用いられ始め、ヴァルタースハウゼン・イェーナ・ニュルティンゲン期において最高潮に達し、続くフランクフルト、そしてさらに続くホンブルク期においても同様に「自然」への強い関心は維持される。シュトットガルト期以降は、それまでとは異なり、「自然」の使用数は急激に減少していった。ただし、上で指摘した通り、その重要性は決して失われていない。

注

（一）本論考で前提となる詩作期の区分は以下の通りである。ヘルダーリンの約二〇年にわたる詩作活動期は主に滞在場所を基準に下記のように区分けが可能である。なお、第一次ホンブルク滞在期までの年代は主にシュトットガルト版全集（Hölderlin. Sämtliche Werke (Große Stuttgarter Ausgabe). Hrsg. v. Friedrich Beißner, Stuttgart 1946ff.〔略記 StA〕）に依拠している。ただしバイスナーは詩作品を集めた第一巻を純粋に時代区分にしたがって編集しているのに対し、第二巻では主に一八〇〇年以降の詩作品を詩の形式および内容にしたがって区分している。すなわち第二巻は純粋な時代区分にはなっておらず、作品によっては第一巻のホンブルク期に組み入れるべき作品も存在する。以下では諸作品の詩作期を正確に提示する意図から、第二巻に所収された作品についても年代別に配列し直されている。またヘルダーリンは二度ホンブルクに滞在しているが、本論では特別の理由が無い限り、作品数の多い第一次ホンブルク滞在期を「ホンブルク期」と表記する。

(1) デンケンスドルフ・マウルブロン僧院学校時代　一七八四―一七八八
(2) テュービンゲン大学神学寮時代　一七八八―一七九三
(3) ヴァルタースハウゼン・イェーナ・ニュルティンゲン滞在　一七九四―一七九五
(4) フランクフルト滞在期　一七九六―一七九八
(5) 第一次ホンブルク滞在期　一七九八―一八〇〇

（6）シュトットガルト・ハウプトヴィル・ニュルティンゲン・ボルドー滞在期　一八〇〇－一八〇二
（7）ニュルティンゲン・第二次ホンブルク滞在期　一八〇二－一八〇六
（8）精神錯乱期　一八〇六－一八四三

なお、本書の引用部の翻訳については、『ヘルダーリン全集』（手塚富雄他訳、河出書房新社、一八六九年）を主に用い、適宜改訳を行っている。

（二）棚瀬朋彦「ヘルダーリンにおける『自然』の観念について」（「独仏文学研究」第二六号、一九七六年）参照。

（三）Vgl. Sämtliche Werke. Historisch-kritische Ausgabe. Begonnen durch Norbert v. Hellingrath, fortgeführt durch Friedrich Seebass und Ludwig v. Pigenot. 6 Bde., München 1913-1923, Bd. 4, S. 248.

（四）StA 2, S. 118.

（五）Böckmann, Paul: Hölderlins Naturglaube. — In: Hölderlin. Beiträge zu seinem Verständnis in unserem Jahrhundert. Hrsg. v. Alfred Kelletat. Tübingen 1961, S. 248-269.

（六）Rosteutscher, Joachim: Hölderlin. Der Künder der Großen Natur, Bern und München 1962.

（七）Pott, Hans-Georg: Natur als Ideal. Anmerkungen zu einem Zitat aus dem „Hyperion". In: HJb 22, 1980/1981, S. 143-155.

（八）Sämtliche Werke, Historisch-kritische Ausgabe („Frankfurter Ausgabe"). Hrsg. v. Dietrich E. Sattler, 20 Bde., Frankfurt a. M. 1975ff.

（九）Sämtliche Werke und Briefe. Hrsg. von Michael Knaupp, 3 Bde., München 1992ff.

（一〇）Sämtliche Werke und Briefe. Hrsg. v. Jochen Schmidt, 3 Bde., Deutscher Klassiker Verlag , Frankfurt a. M.1992ff.（略記 SWB）

（一一）Port, Ulrich: „Die Schönheit der Natur erbeuten": Problemgeschichtliche Untersuchungen zum ästhetischen Modell von Hölderlins „Hyperion", Würzburg Königshausen und Neumann 1996.

（一二）Vgl. Port, a. a. O., S. 21.

（一三）Vgl. Hölderlin Jahrbuch 30, 1996/1997.

（一四）Vgl. Picht, Georg: Der Begriff der Natur und seine Geschichte. Stuttgart 1989.

（一五）Vgl. Port, a. a. O., S. 1f. ビーレフェルト大学学際研究センターにおける「風景」をテーマとした討論会（一九八六年）、「自然美学」を表題とする第五回ハンブルク学術討論会（一九八七年）、コンスタンツ大学哲学部における講演シリーズ「近代自然概念の変遷について」（一九八九年）、シュトットガルト学術討論会「思考における自然」（一九九三年、フォーラム四、「美的事象としての自然」）、ハノーファーにおける討論会「美学と自然体験」（一九九四年）等が開催されている。

（一六）Vgl. ebd., S. 2.

（一七）Vgl. Gaier, Urlich: Hölderlins vaterländische Sangart. In: HJb 25, 1986/87, S. 12-59.

（一八）Vgl. SWB 1, S. 486.

（一九）Schmidt, 1990.

（二〇）Vgl. StA 1, S. 48.

（二一）StA 4, S. 171. „PROOEMIUM HABENDUM D.27. DEC. 1785. DIE IOANNIS, IN CAPUT PRIMUM EPISTOLAE AD EBRAEOS“

（二二）Vgl. SWB 1, S. 530.

（二三）Vgl. Bertaux, Pierre: Hölderlin und Französische Revolution. Frankfurt 1969.

（二四）StA 1, S. 431.『調和の女神に寄せる讃歌』第一六詩行の草稿における表現。決定稿では「世界の女王」Königin der Welt となっている。つまりヘルダーリンは、同詩において展開される調和的「世界」を「自然」とみなしていたことになる。一方で彼が「自然」から「世界」へと書き直している事実は、まだ詩人の内部において「自然」が中心概念として確立されていないことも示していると言えよう。

（二五）Vgl. SWB 1, S. 566.

（二六）StA 1, S. 146.

（二七）Vgl. Ebd., S. 125.

（二八）Vgl. SWB 1, S. 559.
（二九）Vgl. StA 1, S. 170.
（三〇）Vgl. StA 4, S. 207.
（三一）StA 5, S. 139.
（三二）Vgl. StA 4, S. 183.
（三三）Vgl. StA 1, S. 192f.
（三四）StA 3, S. 195.
（三五）Ebd.
（三六）Ebd.
（三七）Ebd.
（三八）Vgl. ebd., S. 200.
（三九）「幼児」を示す Kind あるいは Kindheit は、新生児の状態を表すだけでなく、陶冶教育の段階にあり、社会悪に害されていない存在としての子供の意味も含む。ヘルダーリンの教育活動を考慮すれば、ほぼ十歳あたりまでと考えられる。この点を考慮して、本論では「幼児」と「子供」を同義語として用いる。
（四〇）Vgl. Herrmann, Ulrich: Erziehungserfahrung und pädagogische Reflexion bei Friedrich Hölderlin. In: Hölderlin und Moderne. Eine Bestandsaufnahme, hrsg. v. Gerhard Kurz, Valérie Lawitschka, Jürgen Wertheimer, Tübingen 1995, S. 196. その顔ぶれは、カント、フィヒテ、ヘーゲル、ハーマン、ヘルダー、シュライエルマッハー、ゴットシェート、クロップシュトック、ハインゼ、フォス、ヴィーラント、ハイネ、ヴィンケルマン、グライム、ヘルティ、レンツ、ジャン・パウルなど錚錚たるものである。
（四一）Vgl. Ebd.
（四二）以上の概観は、主に手塚富雄著の『ヘルダーリン』（『手塚富雄著作集』第一、二巻、中央公論社、一九八一年）

を参照した。

(四三) Hermann, S. 209ff.

(四四) StA 6, S. 178 u. 753. 引用は『新エロイーズ』第五部第三書簡よりなされている。

(四五) StA 7, S. 57.

(四六) StA 6, S. 225.

(四七) Ebd., S. 236.

(四八) Ebd.

(四九) StA 5, S. 241.

(五〇) Vgl. Jauss, Hans Robert: Ästhetische Normen und geschichtliche Reflexion in der ›Querelle des Anciens et des Modernes‹, in: Charles Perrault, Parallèle des Anciens et des Modernes en ce qui regarde les arts et les sciences, hrsg. v. H. R. Jauss, München 1964, S. 8-64.

(五一) Vgl. StA 1, S. 146.

(五二) Vgl. StA 3, S. 432.

(五三) ルソー、『人間不平等起源論』、本田喜代治、平岡昇訳、岩波文庫、一九九四年、二七頁。

(五四) Vgl. Port, Ulrich, „Die Schönheit der Natur erbeuten“ Problemgeschichtliche Untersuchungen zum ästhetischen Modell von Hölderlins „Hyperion“, Würzburg Königshausen und Neumann 1996, S. 178. 未開民族と古代アテネの並立は一見奇妙な議論であるが、ポルトは、両者の関連づけを人類発展史の観点から正当化している。その根拠を彼は「植物的幸福」(StA 3, S. 63)、すなわち動植物的原始社会から初期文化形成期に至った段階に両者が位置することに見ている。ヘルダーリンはルソーの歴史モデルにヴィンケルマンの古典古代崇拝を結びつけた、とも彼は主張する。

(五五) StA 3, S. 77.

(五六) Vgl. Ebd., S. 78.

(五七) Ebd.
(五八) Ebd.
(五九) ルソー、上掲書、五五頁参照。
(六〇) StA 3, S. 82.
(六一) Ebd., S. 82f.
(六二) Vgl. StA 6, S. 202ff. 一七九六年二月二十四日、イマーヌエル・ニートハンマー宛の書簡。
(六三) Schiller, Friedrich: Werke. Nationalausgabe, Bd. 20, S. 416.
(六四) Ebd.
(六五) Ebd., S. 430.
(六六) Ebd., S. 413.
(六七) Ebd.
(六八) Ebd., S. 416.
(六九) Ebd., S. 50.
(七〇) Vgl. StA 6, S. 137. この論文はプランにとどまり、草案も残っていない。書簡から推察できるのは、ヘルダーリンが美と崇高の分析を試みようとしたことである。これによってヘルダーリンは、カントの美学論の限界を打破しようとした。シラーの『優美と威厳』は、この点において不十分とされる。
(七一) Vgl. Düsing, Klaus: Ästhetischer Platonismus bei Hölderlin und Hegel. In: Homburg von der Höhe in der deutschen Geistesgeschichte, hrsg. v. Christoph Jamme und Otto Pöggeler, Stuttgart 1981, S. 101-117.
(七二) Platon, Symposion, 203b ff.
(七三) StA 3, S. 96.
(七四) Vgl. ebd., S. 139. 「しかし人間の行為はすべて、結局は罰を受けるのであり、復讐の女神ネメシスの標的とならないのは、神々と子供たちだけである」という主人公のことばが示すとおり、小説全体にわたって人間の行為と神的世界の隔離が描かれている。

（七五）「人類と自然とが一体化し、すべてを包括する一つの神性となる」時が美の誕生とされる（Ebd., S. 90）。調和を形成する美の作用は、『美に寄せる讃歌』などのテュービンゲン讃歌群の中心思想でもあるが、この神的作用力は、個別的な人間の活動領域にも適応される。本文に述べたようにヒュペーリオンの戦争参加の行動原理はここにあると言える。また古代と近代、自然と人間、純粋性と個別性などを統合し詩的形成物を産出する詩人の芸術行為もこの「美」の領域に属すると言ってよい。この点に関し、ポルトは模倣理論の歴史におけるヘルダーリン美学の位置づけを行っている（Port, S. 194 ff.）。

（七六）Ebd., S. 58.

（七七）Vgl. Port, S. 61ff.『ヒュペーリオン』における「美」の不変という特質は、プラトンの『ヒッピアスⅠ』（286c 以下）におけるソクラテスの美の本質の不変についての問いと密接につながっている。アテネ論議における「賢者は美自体を愛する。この無限で全てを包括するものを。民衆は美の子供たち、すなわち多様な形態で彼らの前に現れる神々を愛する」（StA 3, S. 79f.）ということばにそれは示されている。

（七八）Vgl. StA 3, S. 93. ディオティーマとヒュペーリオンの会話に見ることができる。「『ああ、全てのものがあんなに喜びと希望に満ち溢れていて、絶え間ない成長に満ちていながら、しかも労苦に苛まれず、至福のなかに安らっていました。その様子は、一人遊びに興じ、ほかのことは考えない子供のようでした。』と、ディオティーマは力強く言った。『そこに』と、私は声高に言った。『私は自然の魂を見るのです。この静かに燃える火に、力強く急ぎながらも歩みを止めるその姿に、私はそれを見るのです』」。

（七九）Ebd., S. 186. 韻文稿『ヒュペーリオン』草案においても散文稿草案と同様の表現が用いられている。

（八〇）StA 4, S. 216f.

（八一）Vgl. StA 3, S. 195.

（八二）StA 4, S. 156.

（八三）StA 4, S. 255.

（八四）Ebd., S. 238.

（八五）StA 6, S. 225.

（八六）StA 3, S. 163.

（八七）『ヘーゲル、ヘルダーリンとその仲間――ドイツ精神史におけるホンブルク』、クリストフ・ヤメ／オットー・ペゲラー編著、久保陽一訳、公論社、一九八五年参照。

（八八）Vgl. Henrich, Dieter, Hölderlin über Urteil und Sein. Eine Studie zur Entstehungsgeschichte des Idealismus. In: HJb 1964/65, S. 73-96.

（八九）Kurz, Gerhard: Hölderlins poetische Sprache. In: HJb. 23 1982/1983, S. 34.

（九〇）Vgl. ebd.

（九一）Vgl. Binder, Wolfgang: Hölderlins Verskunst. In: HJb 23 1982/1983, S. 12ff.

（九二）StA 1, S. 306. „Mein Eigentum".

（九三）StA 1, S. 244. „Abbitte".

（九四）Binder, a. a. O., S. 20.

（九五）Ebd., S. 28ff.

（九六）Ebd., S. 30.

（九七）Vgl. Hellingrath, Norbert von: Pindarübertragungen von Hölderlin. Prolegomena zu einer Erstausgabe. Jena 1911.

（九八）Vgl. SWB 1, S. 500ff. Johann Gottlob Schneider Versuch über Pindars Leben und Schriften（1774).

（九九）Vgl. ebd.

（一〇〇）Vgl. SWB 1, S. 240

（一〇一）Vgl. StA 2, S. 757.
（一〇二）Vgl. SWB 1, S. 939ff.
（一〇三）Ebd., S. 502.
（一〇四）Vgl. StA 7-2, S. 109.
（一〇五）Vgl. StA 7-1, S. 46.
（一〇六）Vgl. StA 6, S. 249
（一〇七）Vgl. ebd., S. 436.
（一〇八）Vgl. StA 3. S. 532.
（一〇九）Vgl. Kurz. a. a. O., S. 46.
（一一〇）StA 2, S. 182.
（一一一）Vgl. Hellingrath, a. a. O., S. 57f.
（一一二）StA 4, S. 152.
（一一三）Ebd.
（一一四）Ebd.
（一一五）Vgl. ebd., S. 156.
（一一六）Ebd.
（一一七）Vgl. StA 6, S.「エムペドクレスの基底」と同じ一七九九年に弟に宛てた書簡の中で、ヘルダーリンはペンを捨て革命運動に直接的に参与する覚悟も表明している。「我々が、自分のなかにも他人のなかにもあるすべての人間的なものを、形象的な表現においてであれ、現実界においてであれ、いよいよ自由な、いよいよ親密な関連のなかへ導くのを、ありったけの鋭さとやさしさで注視しよう、そして、暗黒の世界が暴力をもって侵入しようとするときには、ペンを机下に投げ棄て、苦難が最大であるところ、我々をもっとも必要とするところへ、神の名において進軍するのだ。ご機嫌よう！　おまえのフリッツ」。

（一一八）Vgl. SWB 2, S. 1100f.

（一一九）StA 4, S. 152.

（一二〇）Gaier, Urlich: Hölderlins vaterländische Sangart. In: HJb 25, 1986/87, S.1 3ff.

（一二一）Gaier, a. a. O., S.15f. ガイヤーが指摘しているのは以下の論文である。Michel, Wilhelm: Hölderlins abendländische Wendug. Weimar 1922 (etstanden1919).

（一二二）Hölderlin/Feldauswahl, hrsg. v. Friedrich Beißner, Stuttgart 1943.

（一二三）とは言え、戦時中のヘルダーリン研究者を一様にナチス協力者と見るのは性急であろう。彼らが時代の制約の下に活動していたことは考慮されるべきである。また彼らの研究を個々の事例に則して検証すれば、必ずしも国家社会主義に適合しない点もあることは充分に予想される。

（一二四）Bertaux, 1969.

（一二五）Beck, Adolf: Hölderlins Weg zu Deutschland. Stuttgart 1982.

（一二六）Drewitz, Ingeborg: Der Vaterlandbegriff bei Hölderlin. In: Areopag 1981, Pfullingen 1980, 292f.

（一二七）Binder, a. a. O., S.104f.

（一二八）Gaier, a. a. O., S. 58.

（一二九）ヘルダーリンが企画した雑誌「イドゥーナ」は、シラーの反対や賛同者および寄稿者の不足により頓挫した。またシュッツの学術雑誌に関しても、ヘルダーリンの寄稿は実現しなかった。その詳細は不明である。

（一三〇）StA 4, S. 221f.

（一三一）SWB 2, S. 1237.「確固たる形式」die positiven Formen における形容詞「確固とした」positiv をヘルダーリンは、歴史的に先行して与えられたもの、すでに確固として形成されたものとして用いている。つまり近代文化に対する古代文化として用いている。

（一三二）Vgl. StA 6, S. 425f.

（一三三）Vgl. StA 4, S. 221.

（一三四）StA 6, S. 328

（一三五）Ebd., S. 422.

（一三六）Vgl. ebd. ヘルダーリンは以下のように述べている。「その際、ギリシア人たちを熱心に研究したことが、私の孤独な考察の故に独断に陥ったり、不確実になりすぎたりしないように、私を助けてくれて、友人との交わりの代理を務めてくれました。ともかく、私の獲得したこの研究の成果は、私の知っている他の人々のそれとは、かなり異なったものです」。

（一三七）Vgl. ebd.

（一三八）バイスナーは、「詩体」Dichtungsart を文学の種類、ジャンルと捉え、高位の文学を悲劇、叙事詩と理解している (ebd)。ここでは、悲劇の一作品内部に存在する詩作様式の二つの要素として理解した。その理由は、第一にヘルダーリンの全著作において、ギリシア文学に関する上位および下位のジャンルに関する議論が全く存在しないこと。第二に、後に示すように、同様の考察が『オイディプス』、『アンティゴネー』といった個々の作品の内部構造について行われているからである。

（一三九）Vgl. StA 5, S. 195.

（一四〇）Ebd., S. 195.

（一四一）Vgl. ebd., S. 329.

（一四二）StA 2, S. 37.

（一四三）StA 4, S. 275.

（一四四）Ebd., S. 152.

（一四五）StA 4, S. 281.

（一四六）Vgl. ebd., S. 280.
（一四七）Ebd.
（一四八）Vgl. ebd., S. 277.
（一四九）Vgl. ebd., S. 275.
（一五〇）Vgl. ebd., S. 197.
（一五一）ソフォクレス『アンティゴネ』呉茂一訳、（『ギリシア悲劇II、ソポクレス』、筑摩書房、一九九一年所収）二〇四頁。
（一五二）SWB 2, S. 820f. u. S. 1382. シュミットの注釈によれば、この「怒り」は『イリアス』のアヒルとアイアスの傷つけられた名誉に対する怒りをもとにしている。しかし『イリアス』では、まだ形而上学的な意味は無く、新プラトン主義の古典解釈、とりわけマルシリオ・フィチーノのプラトン『饗宴』注釈、『神聖な怒りについて』De divino furore、『プラトン神学』Theologia Platonica、さらにジョルダーノ・ブルーノの『英雄の怒りについて』De gl' heroici furori によって神秘主義的性格を帯びるようになった。「英雄の怒り」furor heroicus は、中世から近世にかけての新プラトン主義の思想的系譜において「神聖への愛」amor divinus へと変遷し、神聖への衝動的欲求の意味合いを帯びる。ヘルダーリンの「怒り」のイメージはこれにもとづいている、とシュミットは述べている。
（一五三）StA 5, S. 198.
（一五四）Vgl. ebd., S. 484 u. SWB 2, S. 1390f. ヘルダーリンの引用は、スイダス辞典の当該箇所とは若干異なっている。これがヘルダーリンの意図によるものなのかは議論の余地があるが、シュミットは現在ほど厳格ではない当時の文献学的事情による原テクストそのものの不備と推察している。
（一五五）Vgl. StA 5, S. 195.
（一五六）Vgl. Schmidt, Jochen: Hölderlins idealistischer Dichtungsbegriff in der poetologischen Tradition des 18. Jahrhunderts. In: HJb 22, 1980/1981, S. 98ff.

（一五七）Vgl. StA5, S. 267f.
（一五八）Vgl. ebd.
（一五九）Vgl. ebd., S. 201.
（一六〇）Ebd.
（一六一）Ebd., S. 269.
（一六二）Ebd., S. 270.
（一六三）Ebd., S. 269.
（一六四）Vgl. ebd., S. 272.
（一六五）Vgl. ebd.
（一六六）Ebd., S. 269.
（一六七）Ebd., S. 271.
（一六八）Vgl. ebd., S. 269f.
（一六九）StA 4, S. 152.
（一七〇）StA 3, S. 80ff.
（一七一）Vgl. SWB 2, S. 909.
（一七二）Vgl. StA 6, S. 432.
（一七三）Ebd.
（一七四）Gaier, Ulrich: Hölderlin. Eine Einführung. Tübingen-Basel 1993, S. 71.
（一七五）Herder, Johann Gottfried: Werke. Hrsg. v. Günter Arnold, Martin Bollacher, Jürgen Brummack, Christoph Bultmann, Ulrich Gaier, Gunter E. Grimm, Hans Dietrich Irmscher, Rudolf Smend, Rainer Wisbert, Thomas Zippert, Frankfurt/M 1998（以下 Herder), Bd. 8, S. 234.

（一七六）Gaier, a. a. O., S. 417. ガイアーが『ティトーンとアウローラ』の中でヘルダーリンの若返りの思想にとって重要と見ているのは、次の箇所である。「時代という蛇はしばしば巣を換える。そして巣の中にいる男に蛇が与えるものは、頭にかかげる寓話的な宝石や、口に加えたバラなどではなく、古きものの忘却と更新の薬草である」（Herder, a. a. O., S. 235）。ガイアーは、この蛇の譬えの中に文化の若返りと記憶の機能を見ている。

（一七七）Vgl. Herder, a. a. O., S. 224.

（一七八）Vgl. StA 6, S. 88f.

（一七九）Jean-Paul Marat（1743-93）山岳派の領袖。一七九三年四月、ジロンド派議員による決議によって革命裁判所に送られる。無罪を勝ち得た後攻勢に転じ、六月二日の民衆蜂起の際に追放すべきジロンド派議員を指定した。七月十三日、入浴中にジロンド派の女性運動家シャルロット・コルデーに刺殺された。ヘルダーリンの報告はこの事件を指す。

（一八〇）Vgl. Herder, a. a. O., S. 227.

（一八一）Vgl. ebd., S. 228.

（一八二）Ebd.

（一八三）Vgl. SWB1, S. 487 u. S. 566.

（一八四）Vgl. StA 6, S. 85ff. シュトットガルト版全集の注釈者ベックは、この時点でのヘルダーリンの痕跡を指摘している（Vgl. ebd., S. 621）。

（一八五）StA 3, S. 93.

（一八六）Vgl. StA 1, S. 168-171.

（一八七）Ebd., S. 125.

（一八八）StA 4, S. 194.

（一八九）Vgl. SWB 1, S. 559. シュミットの注釈もこの点に触れている。すなわち、古代ローマの貨幣に刻印された「ローマの民のゲーニウス」Genius popli Romani という表現が示すとおり、ゲーニウスとは、個々の人間の個人的本質あるいは運命といったものを指すだけでなく、民族全体の本質あるいは運命を示した。またゲーニウスということばは、語源的に gignere 、すなわち生産、創造という意味を持つ。よってゲーニウスは創造行為の精髄ともみなすことができる。ヘルダーリンが、ゲーニウスを民族精神と並んで詩作行為とも結び付けている事実は、彼の言語レヴェルにおける古代思考を示すものでもある。

（一九〇）Vgl. ebd.

（一九一）Vgl. StA 2, S. 4.

（一九二）イェーナ滞在期（一七九四—一七九五年）の作品『自然に寄せる』では、フィヒテの『全知識学の基礎』を初めとする絶対自我の哲学に傾倒し、「若々しい世界」、すなわち「自然」を失った詩人の心情が描かれている。この失われた世界とは主にテュービンゲン期の讃歌群に見られるギリシア的刻印を帯びた自然世界であり、春を「神の調べ」と呼んだ時代である（Vgl. StA 1, S. 192）。『ヒュペーリオン』においても春は「黄金時代」として重要な意味を担っている（Vgl. StA 3, S. 8, 51, 70, 155, 157）。

（一九三）Vgl. StA 2, S. 150.『ゲルマニア』Germanien（一八〇一年、推定）では、西洋の文化形成がインドゥス川から飛来した鷲の道のりとして描写されている。

（一九四）Vgl. ebd., S. 128 u. S. 691.

（一九五）Vgl. ebd., S. 67.

（一九六）Vgl. ebd., S. 142.

（一九七）SWB1, S. 494f.

（一九八）Vgl. StA 3, S. 235.

（一九九）Port, 1996, S. 227f. ヘルダーリンの芸術観について、ポルトが、カントやシラーをはじめとする十八世紀全般の美学論的観点から考察を行っている。ポルトの意見では、シラーにおける自然の理想化とは、カントのそれと近似している。自然が無限なゆえに理解不可能であり、技術は有限ゆえに理性として判断できる。それ自体としては魂を持たない自然は、内容的に評価できるものではない。芸術家の「象徴的操作」によってはじめて、自然は明確に示され、全ての芸術の諸相に参与できるものとなる。その芸術の諸相とは、「人間の」自然に固有のものである。結論としてシラーにおいては、自然よりも技術のほうが優位に立つ。自然は、芸術家の手による変容を必要とする。ヘルダーリンの場合、自然は、魂の無いものから精神的なものへの芸術家によるシンボル的変容を必要とはしない。ここがシラーとは異なる点である。ヘルダーリンの場合の自然とは、プラトン・汎神論的と視点を同じくし、自ら規定されたものであり、「最高の美」と「神的生」と同一視される。芸術行為による自然の変容を示す諸概念「若返り」、「美化」、「理想化」、「完成」、「展開」などは包括的自然を超えることを目的とするのではなく、自然の充分な描写である。しかしこの場合の自然とは、全一それ自体としての自然であるが、それは単に前にある対象のように簡単には模倣できないものである。

(二〇〇) Vgl. StA 3, S. 79f.
(二〇一) Vgl. ebd., S. 18.『ヒュペーリオン』決定稿よりも数年前、先に引用したノイファー宛の書簡と同時期、すなわち一七九三年頃（発表は一七九四年）に書かれたと見られる詩「運命」においても同様の表現が見られる（Vgl. StA 1, S. 184）。ここでヘルダーリンは、「聖なる自然の息子」ヘラクレスを「若人」として捉えている。
(二〇二) ebd., S. 96.
(二〇三) Vgl. StA 6, S. 302ff.
(二〇四) Vgl. ebd.
(二〇五) Vgl. ebd., S. 436.
(二〇六) Vgl. Schmidt, 1980/1981, S. 100. シュミットは、十八世紀のドイツ詩文芸全般を特徴づける「崇高」の観点から論じている。
(二〇七) StA 3, S. 89.
(二〇八) Ebd., S. 111.

（二〇九）Ebd., S. 149.

（二一〇）StA 6, S. 254.

（二一一）Vgl. ebd., S. 97.

（二一二）Vgl. StA 4, S. 95.「人間には、若返るという／大いなる喜びが与えられている」。第二稿第一幕第一場（一二五—一三二）。「（……）というのも／私は縁遠いものを交わらせ／私のことばは見知らぬものに名を与え、／生けるものの愛をわたしは／運び上げ運びおろす、／あるものと関係を失うなら／私は他のもので置き換えて／魂を吹き込みつつ結び付け、／ためらう世界を若返らせながら、変転させるのだ、／して私は無にも、全にも等しいものであるのだ。（……）」。

（二一三）StA 3, S. 143.

（二一四）StA 6, S. 425f.

（二一五）StA 1, S. 197.

（二一六）Vgl. StA 3, S. 434. ヘルダーリンが参照した書は、以下の二著と考えられる。（一）リチャード・チャンドラー『小アジアとギリシアの旅——ディレッタント協会の援助による旅行』(Chandler, Richard: Travels in Asia Minor and Greece; or An Account of a Tour, Made at the Expense of the Society of Dilettanti. Oxford 1775/76.)。ヘルダーリンは、オリジナルの著書ではなく、訳者不祥の二巻本の翻訳書を参照したと考えられている（Reisen in Klein Asien, unternommen auf Kosten der Gesellschaft der Dilettanti und beschrieben von Richard Chandler, Leipzig, bey Weidmanns Erben und Reich. 1776,; und Reisen in Griechenland (usw.) 1777.)。（二）ショアズール・グフィエ伯爵の書、『ギリシアの生き生きとした旅』(Choiseul-Gouffier: Voyage pittoresque de la Gréce, Paris 1782 und 1809.)。この書についてもヘルダーリンはドイツ語の翻訳を通して知ったと推察される（Reichard, Heinrich Aufust Ottokar: Reise des Grafen von Choiseul-Gouffier durch Griechenland. Aus dem Französischen übersetzt. Mit Kupfern und Karten. Erster Band, erstes Heft, Gotha, bei Karl Willhelm Ettinger, 1780. Das zweite Heft folgte 1782)。

（二一七）Vgl. ebd., S. 436.
（二一八）Vgl. SWB 2, S. 934ff.
（二一九）Vgl. StA 3, S. 434.
（二二〇）Vgl. ebd., S. 17.
（二二一）Vgl. SWB 2, S. 947f.
（二二二）StA 3, S. 114.
（二二三）Ebd., S. 13.
（二二四）Ebd., S. 14.
（二二五）Ebd., S. 143.
（二二六）Vgl. SWB 1, S. 494f.
（二二七）Vgl. StA 3, S. 82.
（二二八）Schmidt, 1980/1981, S. 118. シュミットは、これを世界の自然状態から「精神化」Vergeistigung のへの移行として論じている。
（二二九）Vgl. SWB 1, S. 682.「多島海」Archipelagus ということばは、エーゲ海を指すが、同時にギリシアの諸海岸、小アジアも含む。
（二三〇）Vgl. ebd., S. 686f.
（二三一）Vgl. StA 2, S. 103.
（二三二）和辻哲郎『風土』、岩波文庫一九八六年（第一一刷）。
（二三三）同、二八頁。
（二三四）同、二四五頁以下。
（二三五）同、二五三及び二五七頁。

(二三六) 同、二六八頁以下。

(二三七) 同、二六九頁以下。

(二三八) 同、二七一頁以下。

(二三九) 同、二七八頁。

(二四〇) 同、二五六頁以下。

(二四一) Vgl. StA 3, S. 80.

(二四二) Herder, Johann Gottfried: Auch eine Philosophie der Geschichte zur Bildung der Menschheit. In: Johann Gottfried Herder Werke. Hrsg. v. Jürgen Brummack und Martin Bollacher, Bd. 4, Frankfurt a. M. 1994. (以下、Herder 4 と略記。)

(二四三) Ebd.

(二四四) 『人間の歴史についての哲学的推察』、Iselin, Isaak: Philosophische Mutmaßungen über die Geschichte der Menschheit, 1764.

(二四五) Vgl. Herder 4, S. 822.『歴史哲学異説』は、とりわけ地方民族、オリエント文化に批判的なヴォルテールの『歴史哲学』Philosophie de l'stoire を標的としている。またヴォルテールの他にもブーランジェ、エルベシウス、ダランヴェールなどのフランス歴史思想、さらにヒューム、ロバートソン、ミラーなどのスコットランド系思想家も批判の対象としている。

(二四六) Vgl. ebd., S. 36 u. 89.

(二四七) Vgl. ebd., S. 14.

(二四八) Ebd. S. 12.

(二四九) Vgl. ebd.

(二五〇) Vgl. ebd., S. 13.

(二五一) Vgl. ebd., S. 19f.

（二五二）Vgl. StA 2, S. 694.

（二五三）Ebd.

（二五四）Vgl. ebd., S. 138.

（二五五）ヘルダーリンの後期詩作における黙示録思想は、後の『唯一者』において考察する。

（二五六）Vgl. Pott, a. a. O., S. 148.

（二五七）Vgl. Fondung, Klaus: Apokalypse in Deutschland. München 1988. 黙示録的進歩思想と文化移動が本質的に結びつく点は、フォンドゥングの研究によっても明らかにされている。

（二五八）Schmidt, Jochen: Hölderlins geschichtsphilosophische Hymnen »Friedensfeier« – »Der Einzige« – »Patmos«. Darmstadt 1990.

（二五九）Vgl. StA 4, S. 65.

（二六〇）Vgl. StA 3, S. 12.

（二六一）Vgl. StA 2, S. 249.

（二六二）Vgl. ebd., S. 56ff. „Chiron“ u. StA 3, S.537. „Friedensfeier“.

（二六三）Vgl. SWB. S. 616f. ヴァニーニ（Lucilio Vanini, 1585-1619）は、一六一五年に出版した主著、『神の摂理の、神的に――魔術的なそしてキリスト教的に――自然的な現場』Aphitehatrum aeternae providentiae divino-magicum christiana-Physicum において神と自然を同一視した。特にこの汎神論的世界観を論じたのが、彼の二番目の著書、『人間の王と神たる自然の驚嘆に値する神秘について』De admirandis naturae reginae deaeque moratalium arcanis であり、ヴァニーニはそこであらゆるスコラ哲学的超越論を否定した。それゆえ彼は一六一九年にトゥールーズにおいて異端者として火炙りの刑に処せられた。ヘルダーリンの時代のヴァニーニによる汎神論への影響は、このオーデのみならずヴァニーニを引用しているヘルダーの『神。いくつかの話題』Gott. Einige Gespräche（1787）にも認めることができる。

（二六四）Vgl. StA 2, S. 229.

（二六五）Vgl. Kindlers neues Literatur-Lexikon. Hrsg. v. Walter Jens, München 1996, Bd. 14, S. 979f.

（二六六）ヘルダーの『人類史の哲学の諸理念』においても「インド」の項目があり（第二部第十書第四章）、厳密に言えばシュレーゲルをインド学の開拓者とは言えないが、学術研究としての規模、および古典研究というジャンルの観点から言えば、彼の研究がドイツ・インド学の始まりと言えよう。

（二六七）Vgl. StA 2, S. 229.

（二六八）Vgl. StA 1, S. 261.

（二六九）Vgl. SWB1, S. 794f.『夜の歌』Nachtgesänge。フリードリヒ・ヴィルマンス主宰の『愛と友情に捧げられた手帳——一八〇五年版』(Taschenbuch für das Jahr 1805. Der Liebe und Freundschaft gewidmet, Frankfurt am Main, bei Friedrich Wilmans, S. 75-86.) に掲載された九つの詩の総称。掲載された詩群は、『キローン』Chiron、『涙』Tränen、『希望に寄せる』An die Hoffnung、『ヴルカーノス』Vulkan、『はにかみ』Blödigkeit、『ガニュメート』Ganymed、『生の半ば』Hälfte des Lebens、『齢』Lebensalter、『ハールトの狭間』Der Winkel von Hahrdt である。

（二七〇）Vgl. StA 1, S. 11.

（二七一）Vgl. ebd., S. 338. Rufus, Curitius: Historiae Alexandri Magni Macedonis. 3, 10.

（二七二）Vgl. SWB 1, S. 618.

（二七三）Vgl. StA 2, S. 154.

（二七四）ヴォルテール『歴史哲学——「諸国民の風俗と精神について」序論——』、安斎和雄訳、法政大学出版局、一九八九年、一〇〇頁参照。

（二七五）Vgl. Schmidt, 1980/1981, S. 120.

（二七六）Vgl. SWB 1, S. 497f.

（二七七）Vgl. Stoll, Robert: Hölderlins Christushymnen. Basel 1952.

（二七八）Vgl. StA 1, S. 743. なおバイスナーの推測は、ヘリングラートの推測を踏襲したものである。

（二七九）考察に入る前に、テクスト・クリティークの問題に触れておく。生前発表された作品が少なく、そのほとんどが手稿のまま残されているため、特に後期の讃歌については、編集者によってテクスト設定に多くの相違がみられる。近年のシュミットおよびクナウプによるそれぞれのヘルダーリン全集についてもテクストの大きな相違が指摘されており、この傾向はますます強まっている。特に『唯一者』においては複数の手稿が存在し、それぞれの手稿を組み合わせてテクストを構成するため、そこにはどうしても編者の解釈が介入せざるをえない。当然そこには様々な見解の相違が生じる。いわゆる「キリスト讃歌」Christushymnen の中でも『唯一者』についての論考が少ないのは、このようなテクストそのものの不確定性にも原因がある。

バイスナーによる三つの稿と手稿の概要を示すと以下のようになる（StA 2, S. 743.）。

［第一稿］ H1 – Homburg F 15-19.

［第二稿］ H2 – Spätere Änderungen in H1.

　H3 – (v. 53-97) Warthausen bei Biberach.

　H4 – (v. 92-97) Homburg G 8r.

［第三稿］ H5 – Spätere Änderungen in H1.

　H6 – Homburg G14r-15v.

　H7 – (v. 75-88) Homburg J 15.

(H＝手稿、執筆場所、各執筆場所ノートの順番はアルファベット順に表記、頁数、r＝見開きの右頁、v＝左頁)

以上このテクスト構成はよく整理されているが、いささか強引な点もある。特に第三稿に関しては、バイスナーの解釈が強く反映されており、議論の余地があろう。シュミット版全集では第三稿の設定を断念している。目下のところ『唯一者』には決定稿は存在しないと見るのが妥当である。ただし第一稿については、ホンブルク二折判ノート (Homburger Folioheft) にまとまったかたちで残されているので、他の二つの稿に比べれば問題は少ない。

（二八〇）第一稿の詩行の構成は、12, 12, 11/12, 12,〈11〉/〈12〉, 12, 11 となる。（〈〉は未完成の詩連を示す）

（二八一）Vgl. Schmidt, 1990, S. 114f. シュミットは、そこでセネカの『善行について』de Beneficiis を例に出している。セネカは、個々の形象を持つ神々を究極的に言い換えるとすれば、同一の存在、すなわち神のロゴスのさまざまな「相」Aspekt にほかならない、と述べている。その相のそれぞれの特性と活動領域によって神のロゴスは、Jupiter や Liber pater, Herkules, Hermes などの名と形象を持つという。また重要な古代ギリシア神学概論の一つであるコルヌトゥスの『ギリシア神学概論』Theologiae Graecae Compendium では、ツォイスは「世界の魂」Weltseele とされ、その他の神々は、その最高神のさまざまな相、属性、放射（Emanation 、流出）であるとされている。この書はストア派汎神論の影響を受けている。

　ヘルダーリンのこの時期の汎神論的思考への最も直接的な影響は、ディオゲネス・ラエルティオスの『ギリシア哲学者伝』による。この書は、エムペドクレス悲劇の典拠となったもので、この詩の創作時期から考えても、ヘルダーリンがその影響下にあったことは充分に考えられる。『哲学者伝』の第七巻ではストア派が扱われており、その第一章「ゼノン」において、ストア派の教義一般について次のようなことが述べられている。「神は宇宙全体の工作者であり、全体的にも、また万物の父のいわば父なのであるが、その部分は、それが果たすさまざまな機能に応じて、数多くの名前で呼ばれているのである」（加来彰俊訳、岩波書店、一九九五年、（中）三一九頁）。つまり、神の統括領域が、天空「エーテル」に及ぶ場合に「アテナ」と呼ばれ、空気「アエール」に及ぶ場合には「ヘラ」と呼ばれるといった具合に、神は個々の活動領域に応じてさまざまな名を持つということになる。また言い換えれば、古代ギリシアにおけるさまざまな神の名は全て、一人の神の別名ということになる。

（二八二）ヘルダーリン研究の里程標と呼ぶべき書、ガルディーニの『ヘルダーリン。世界像と敬虔』（Gardini, Romano: Hölderlin. Weltbild und Frömmigkeit. München 1955.）において、ガルディーニは、「神々」Die Götter の項目の中で個々の神々や自然要素を個別に考察しているが、ツォイスについては独立した項目を立てていない。

（二八三）「『アンティゴネー』への注解」Anmerkungen zur Antigonä (StA7, S. 268), アレマンは、ツォイスによって強いられる回帰に、詩人が抱く西洋的、祖国的回帰の本質を見ている。(Alleman, Beda: Hölderlin und Heidegger. Zürich und Freiburg im Breisgau 1954., S. 27f.)

(二八四)「恥じらい」の問題は、本詩の研究において、一つの争点となっている。バイスナーは、キリスト教徒の立場から、Die weltliche Männer と呼ばれているヘラクレスとエーヴィアを異教的と解し、キリスト教のキリストとの相違が恥じらいを引き起こしたと解釈している(StA2, S. 755)。またリューダースは、ヘラクレスとデュオニュソスが、必要に迫られて地上的な姿を身につけたのに対し、キリストはその地上の姿を必要悪としてではなく、自発的なかたちで身につけたことなどに、恥じらいの由来を見ている(Friedrich Hölderlin. Sämtliche Gedichte. Hrsg. v. Detlev Lüders, 2 Bde., Bad Homburg v. d. H. 1970. Band 1, S. 331f.)。シュトルは、ヘラクレスとバッカスの地上での任務と、キリストのそれとの相違に恥じらいの原因をおいている(Stoll, a. a. O., S. 157)。シュミットは、キリストが精神的(geistig)で霊的(pneumatisch)であるのに対し、他の二人はキリスト教教義の本質に対しより現世的(welthaft)であることを恥じらいの拠り所としている(SWB1, S. 947f.)。いずれにしてもこれらの見解は、キリストと他の二人との相違に恥じらいの原因を見ている。しかしまたこれらの相違以前に、この三人を比較すること自体に詩人は戸惑いを感じているとも取れないだろうか。キリストもヘラクレスもデュオニュソスも神と人間を仲介する存在であり、それが詩の最後に示されるように詩人の存在意義と重なってくる要素となる。まさにこの点が三人を兄弟と見、キリストとギリシア世界を結びつける一つの接点となるのである。無論詩人は今キリストに最も心を傾けているが、ヘラクレスもデュオニュソスも詩人にとっては偉大な存在である。詩『ヘラクレスに寄せる』An Herkules において詩人は、「あなたの傍らへと/私は今、頬を赤らめて寄り添う」と畏敬の念を込めて述べられている(StA1, S. 200)。軽々しくもこの三人と比較するのは不遜の行為と思われたのではないだろうか。それはこれまでの詩の展開が示しているとおり、キリストとギリシア世界の間で畏怖の念を伴って揺れ動く詩人の心情にも表れている。

(二八五)Vgl. StA 2, S. 757.

(二八六)Vgl. Schmidt, a. a. O., S. 143.

（二八七） Vgl. ebd., S. 87.
（二八八） Vgl. ebd., S. 87f.
（二八九） Vgl. SWB 1, S. 341.
（二九〇） Vgl. Stoll, a. a. O., S. 28f.
（二九一） ベックマンの指摘による。（Böckmann, Paul: Hölderlins Naturglaube. In: Hölderlin. Beiträge zu seinem Verständnis in unserem Jahrhundert. Hrsg. v. Alfred Kelletat. Tübingen 1961, S. 261.）
（二九二） StA 2, S. 73.
（二九三） Ebd., S. 78.
（二九四） Vgl. StA 7, S. 285.
（二九五） Vgl. StA 2, S. 37f.
（二九六） Vgl. SWB 1, S. 752.
（二九七） Vgl. StA 2, S. 753 ff.
（二九八） Vgl. Schmidt, a. a. O., S. 52
（二九九） 棚瀬朋彦「ヘルダーリンにおける『自然』の観念について」（「独仏文学研究」第二六号、一九七六年）参照。棚瀬氏の分類では、『ヒュペーリオン』の前段階に当たる複数の稿、さらに『エムペドクレスの死』第二、第三稿（および論文「エムペドクレスの基底」）、主にホンブルク期に書かれた諸論文、またホンブルク期以降の翻訳活動の際に書かれた脚注論考など、ヘルダーリンの自然概念を考察するに当たって極めて重要と思われる詩作および著作は含まれていない。不足するこれらの作品および著作物を考慮に入れれば、語の使用数はかなり変わってくると考えられる。
（三〇〇）『あたかも祝いの日に……』Wie wenn am Feiertage ... のように、創作期が明確でない詩をどの時代区分におくかは微妙な問題である。ここではシュミットの推測に従いホンブルク期の作品とした。

（三〇一） 以下に列挙する。「自然の歌」Naturgesang（1, 125 および 4, 127）、「人間自然」Menschennatur（3, 23, 55, 83）、「自

然の威力」Naturgewalt (3, 213)、「英雄の本性」Heroennatur (3, 110)、「ローマ人の本性」Römernatur (3, 131)、「不自然」Unatur (3, 160)、「自然の産物」Naturproduct (4, 220)、「根源的に自然なもの」das Ursprüngliche Natürliche (4, 221)、「自然の真理」Naturwahrheit (4, 289)、「自然科学」Naturwissenschaft (5, 313)、「自然の息子たち」Natursöhnen (5, 283)、「永遠に敵対する自然の歩み」der ewig feindliche Naturgang (5, 269)。

(三〇二)『自然に寄せる』や『自然と技巧——あるいはサトゥルヌスとユピテル』のように表題における「自然」についても回数に加えている。

参考文献一覧

使用テクスト

Hölderlin. Sämtliche Werke (Große Stuttgarter Ausgabe). Hrsg. v. Friedrich Beißner, Stuttgart 1946ff.（略記 StA）

Sämtliche Werke und Briefe. Hrsg. v. Jochen Schmidt, 3 Bde., Deutscher Klassiker Verlag, Frankfurt a. M. 1992ff.（略記 SWB）

Sämtliche Werke. Historisch-kritische Ausgabe. Begonnen durch Norbert v. Hellingrath, fortgeführt durch Friedrich Seebass und Ludwig v. Pigenot. 6 Bde., München 1913-1923.

Sämtliche Werke, Historisch-kritische Ausgabe („Frankfurter Ausgabe"), hrsg. v. Dietrich E. Sattler, 20 Bde., Frankfurt a.M. 1975ff.

Sämtliche Werke und Briefe, hrsg. von Michael Knaupp, 3 Bde., München 1992ff.

欧文参考文献

Allemann, Beda: Hölderlin zwischen Antike und Moderne. In: HJb 24, 1984/1985, S. 29-62.

Aragon, Louis: Hölderlin. Deutsch von Stephan Hermlin. In: HJb 22, 1980/1981, S. 361-370.

Behre, Maria: Der Wanderer. In: Interpretationen Gedichte von Friedrich Hölderlin. Hrsg. v. Gerhard Kurz. Stuttgart 1996, S. 109-123.

Bennholdt-Thomsen, Anke: Der Ister. In: Interpretationen Gedichte von Friedrich Hölderlin. Hrsg. v. Gerhard Kurz. Stuttgart 1996, S. 186-199.

Bennholdt-Thomsen, Anke: Dissonanzen in der späten Naturauffassung Hölderlins. In: HJb 30, 1996/1997, S. 15-41.

Bennholt-Thomsen, Anke: Die Bedeutung der Titanen in Hölderlins Spätwerk. In: HJb 25, 1986/1987, S. 226-254.

Bertaux, Pierre: „frei, wie Fittige des Himmels...". In: HJb 22, 1980/1981, S. 69-97.

Besten, ad den: Hölderlin in den Niederlanden. In: HJb 24, 1984/1985, S. 218-228.

Beyer, Uwe: Mythologie und Vernunft. Vier philosophische Studien zu Friedrich Hölderlin. Tübingen 1993.

Birkenhauser, Theresia: ‚Natur‘ in Hölderlins Trauerspiel ‚Der Tod des Empedokles‘. In: HJb 30, 1996/1997, S. 207-225.

Böschenstein, Bernhard: „An Hölderlin“-Gedichte der zwei letzten Jahrzehnte. In: HJb 25, 1986/1987, S. 283-284.

Böschenstein, Bernhard: Dionysos in Heidelberg. In: HJb 24, 1984/1985, S. 113-118.

Böschenstein, Bernhard: Stutgard. In: Interpretationen Gedichte von Friedrich Hölderlin. Hrsg. v. Gerhard Kurz. Stuttgart 1996, S. 142-152.

Böschenstein-Schäfer, Renate: Die Stimme der Muse in Hölderlins Gedichten. In: HJb 24, 1984/1985, S. 87-112.

Bothe, Henning: Jovialität. Anmerkungen zu Hölderlins Ode ‚Natur und Kunst oder Saturn und Jupiter.‘ In: HJb 30, 1996/1997, S. 226-234.

Braun, Karl: Nerventheorie um 1800. In: HJb 30, 1996/1997, S. 119-124.

Braungart, Wolfgang: Die Tech. In: Interpretationen Gedichte von Friedrich Hölderlin. Hrsg. v. Gerhard Kurz. Stuttgart 1996, S. 9-30.

Bremer, Dieter: „Versöhnung ist mitten im Streit“. Hölderlins Entdeckung Heraklits. In: HJb 30, 1996/1997, S. 173-199.

Buhr, Gerhard: Hölderlins Mythenbegriff. Eine Untersuchung zu den Fragmenten „Über Religion“ und „Das Werden und Vergehen“. Gegenwart der Dichtung, Herg. v. Gerhard Kaiser. Bd. 2, Frankfurt a. M. 1972.

Carstanjen, Eva: Hölderlins Mutter. Biographische Fakten. In: HJb 22, 1980/1981, S. 357-360.

Doering, Sabine: Emilie vor ihrem Brauttag. In: Interpretationen Gedichte von Friedrich Hölderlin. Hrsg. v. Gerhard Kurz. Stuttgart 1996, S. 76-108.

Enke, Ulrike: Der „Trieb in uns, das Ungebildete zu bilden…“. Der Begriff ‚Bildungstrieb‘ bei Blumenbach und Hölderlin. In: HJb 30, 1996/1997, S. 102-118.

Franz, Michael: Annäherungen an Hölderlins Verrücktheit. In: HJb 22, 1980/1981, S. 274-294.

Franz, Michael: Die Natur des Geistes. Schellings Interpretation des Platonischen ‘Timaios‘ in Tübingen 1794. In: HJb 30, 1996/1997, S. 237-238.

Franz, Michael: Drei Miszellen. In: HJb 25, 1986/1987, S. 255-262.

Franz, Michael: Hölderlins Logik. ‚Syn Urtheil Möglichkeit'. In: HJb 25, 1986/1987, S. 93-124.

Frühwald, Wolfgang: Ästhetisdie Erziehung. Idee und Realisation der Kunstpolitik König Ludwigs I. von Bayern am Beispiel der „Walhalla". In: HJb 22, 1980/1981, S. 295-310.

Gaier, Ulrich: Hölderlins vaterländische Sangart. In: HJb 25, 1986/1987, S. 12-59.

Gaiser, Ulrich: Natur und Kunst oder Saturn und Jupiter. In: Interpretationen Gedichte von Friedrich Hölderlin. Hrsg. v. Gerhard Kurz. Stuttgart 1996, S. 124-141.

Giese, Peter Christian: Der Philosoph und die Schönheit. Anmerkungen zu Hölderlins Ode ‚Sokrates und Alcibiades'. In: HJb 25, 1986/1987, S. 125-140.

Groddeck, Wolfram: Lebensalter. In: Interpretationen Gedichte von Friedrich Hölderlin. Hrsg. v. Gerhard Kurz. Stuttgart 1996, S. 153-165.

Hamlin, Cyrus: Die Poetik des Gedächtnisses. Aus einem Gespräch über Hölderlins ‚Andenken'. In: HJb 24, 1984/1985, S. 119-138.

Harrison, Robin: „Das Rettende“ oder „Gefahr“? Die Bedeutung des Gedächtniss in Hölderlins Hymne ‚Mnemosyne‘. In: HJb 24, 1984/1985, S. 195-206.

Härtling, Peter: Heimkunft. In: HJb 25, 1986/1987, S. 1-11.

Heidegger, Martin: Gesamtausgabe. 1. Abteilung: Veröffentliche Schriften 1960-1976, Bd. 4, Erläuterungen zu Hölderlins Dichtung, Frankfurt a. M. 1996.

Hellingrath, Norbert von: Pindarübertragungen von Hölderlin. Prolegomena zu einer Erstausgabe. Jena 1911.

Henrich, Dieter und Jamme, Christoph: Selbstanzeige von: Jacob Zwillings Nachlaß- Eine Rekonstruktion. Mit Beiträgen zur Geschichte des spekulatiben Denkens. In: HJb 24, 1984/1985, S. 371-374.

Henrich, Dieter: Philosophisch-theologische Problemlagen im Tübinger Stift zur Studienzeit Hegels, Hölderlins und Schellings. In: HJb 25, 1986/1987, S. 60-92.

Henrich, Dieter: Über Hölderlins philosophische Anfänge. Im Anschluß an die Publikation eines Blattes von Hölderlin in Niethammers Stammbuch. In: HJb 24, 1984/1985, S. 1-28.

Herder, Johann Gottfried: Auch eine Philosophie der Geschichte zur Bildung der Menschheit

Hock, Erich: Hölderlins Ode ‚Der Tod fürs Vaterland'. In: HJb 22, 1980/1981, S. 158-202.

Hölscher, Uvo: Vom Ursprung der Naturphilosophie. In: HJb 30, 1996/1997, S. 1-14.

Hötzer, Ulrich: Mörike und Hölderlin. Verehrung und Verweigerung. In: HJb 24, 1984/1985, S. 167-188.

Ilgner, Ines: „Von Erinnerung erbebt". Zu Hölderlins Geschichtsbild in seinem Gedicht ‚Archipelagus'. In: HJb 25, 1986/1987, S. 155-175.

Jamme, Christoph: „Jedes Lieblose ist Gewalt". Der junge Hegel, Hölderlin und die Dialektik der Aufklärung. In: HJb 23, 1982/1983, S. 191-228.

Janz, Marlies: Hölderlins Flamme-Zur Bildwerdung der Frau im ‚Hyperion'. In: HJb 22, 1980/1981, S. 122-157.

Kaiser, Gerhard: Hymne an die Freiheit. In: Interpretationen Gedichte von Friedrich Hölderlin. Hrsg. v. Gerhard Kurz. Stuttgart 1996, S. 31-47.

Kalász, Claudia: Hölderlin, die poetische Kritik instrumenteller Rationalität, München: edition text + kritik, 1988.

Kemp, Friedhelm: Treue der Übersetzung? In: HJb 24, 1984/1985, S. 207-217.

Knaup, Michael: „Scaliger Rosa“. In: HJb 25, 1986/1987, S. 263-272.

Knigge, Meinhard: Hölderlin und Aias, oder: Eine notwendige Identifikation. In: HJb 24, 1984/1985, S. 264-282.

Koch, Manfred: Der Tod fürs Vaterland. In: Interpretationen Gedichte von Friedrich Hölderlin. Hrsg. v. Gerhard Kurz. Stuttgart 1996, S. 59-75.

Kreutzer, Hans Joachim: Kolonie und Vaterland in Hölderlins später Lyrik. In: HJb 22, 1980/1981, S. 18-46.

Kurz, Gerhard: ‚Der Prinzessin Augste von Homburg. Den 28 ten Nov. 1799‘. In: HJb 30, 1996/1997, S. 235-236.

Kurz, Gerhard: Das Nächste Beste. In: Interpretationen Gedichte von Friedrich Hölderlin. Hrsg. v. Gerhard Kurz. Stuttgart 1996, S. 166-185.

Lacoue-Labarthe, Philippe: Die Zäsur des Spekulativen. In: HJb 22, 1980/1981, S. 203-231.

Link, Jürgen: Rousseaus ‚Naturgeschichte der menschlichen Gattung‘ und Hölderlins Dichtung nach 1800. In: HJb 30, 1996/1997, S. 125-145.

Martens, Gunter: Hölderlin-Rezeption in der Nachfolge Nietzsches-Stationen der Aneignung eines Dichters. In: HJb 23, 1982/1983, S. 54-78.

Mayer, Erich: Hölderlins ‚Stimme des Volks‘. In: HJb 24, 1984/1985, S. 252-263.

Mieth, Günter: An unsre großen Dichter. In: Interpretationen Gedichte von Friedrich Hölderlin. Hrsg. v. Gerhard Kurz. Stuttgart 1996, S. 48-58.

Mögel, Ernst: Natur als Revolution Hölderlins Empedokles-Tragödie. Stuttgart u. Weimar 1994.

Oelmann, Ute, Hans Otto Horch u. Maria Kohler: Instrumentarien der Hölderlin-Philologie. In: HJb 23, 1982/1983, S. 261-274.

Oelmann, Ute: Der Frühling und Der Herbst. In: Interpretationen Gedichte von Friedrich Hölderlin. Hrsg. v. Gerhard Kurz. Stuttgart 1996, S. 200-212.

Otmar, Karl Freiherr von Aretin: Reichstag, Rastatter Kongreß und Revolution. Das Wirken Isaaks von Sinclair und seiner Freunde am Ende des Heiligen Römischen Reiches. In: HJb 22, 1980/1981, S. 4-17.

Prignitz, Christoph: Die Darstellung der Korsen in Hölderlins Verserzählung ‚Emilie vor ihrem Brautrag‘ In: HJb 25, 1986/1987, S. 141-154.

Prignitz, Christoph: Zeitgeschichtliche Hintergründe der ‚Empedokles‘-Fragmente Hölderlins. In: HJb 23, 1982/1983, S. 229-257.

Sattler, D. E.: O Insel des Lichts! Patmos und die Entstehung des Homburger Foliohefts. In: HJb 25, 1986/1987, S. 213-225.

Sauder, Gerhard: Hölderlins Laufbahn als Schriftsteller. In: HJb 24, 1984/1985, S. 139-166.

Sauder, Gerhard: Zur Wirkunggeschichte Hölderlins: Anton von Passy (1846) und Ludwig Harig (1965). In: HJb 24, 1984/1985, S. 366-370.

Schäfer, Volker: Zu Hölderlins Gratial. In: HJb 24, 1984/1985, S. 283-305.

Schmidt, Jochen: Die Geschichte des Genie-Gedankens in der deutschen Literatur, Philosophie und Politik 1750-1945, Bd. 1, Von der Aufklärung bis zum Idealismus, Darmstadt 1985.

Schmidt, Jochen: Hölderlins idealistischer Dichtungsbegriff in der poetologischen Tradition des 18. Jahrhunderts. In: HJb 22, 1980/1981, 98-121.

Schmidt, Jochen: Zur Funktion synkretistischer Mythologie in Hölderlins Dichtung ‚Der Einzige‘ (Erste Fassung). In: HJb 25, 1986/1987, S. 176-212.

Schmidt-Biggemann, Wilhelm: Geistige Prozeßnatur. Schellings spirituelle Naturphilosophie zwischen 1800 und 1810. In: HJb 30, 1996/1997, S. 42-57.

Schultes, Hedwig: Hölderlin in der Schule. In: HJb 23, 1982/1983, S. 275-287.

Seifert, Albrecht: Die Rheinhymne und ihr Pindarisches Modell. Struktur und Konzeption von Pythien 3 in Hölderlins Aneignung. In: HJb 23, 1982/1983, S. 79-133.

Söring, Jürgen: „Die göttlichgegenwärtige Natur bedarf der Rede nicht“. Wozu also Dichter? In: HJb 30, 1996/1997, S. 58-82.

Stierle, Karl-Heinz: Dichtung und Auftrag. Hölderlins ‚Patmos‘-Hymne. In: HJb 22, 1980/1981, S. 47-68.

Strack, Friedrich: Ästhetik und Freiheit, Hölderlins Idee von Schönheit, Sittlichkeit und Geschichte in der Frühzeit. In: Studien zur deutschen Literatur. Hrsg. v. Wilfried Barner. Bd. 45, Tübingen 1976.

Straub, Rudolf: „Scardanal“ - „Scardanelli“. Bericht über eine Entdeckung während einer Reise in die Quellgebiete des Rheins.

In: HJb 25, 1986/1987, S. 275-280.

Thomasberger, Andreas: Der Gesichtspunct aus dem wir das Altertum anzusehen haben. Grundlinien des Hölderlinischen Traditions- verständnisses. In: HJb 24, 1984/1985, S. 189-194.

Thurmair, Gregor: Anmerkungen zur Frankfurter Hölderlin-Ausgabe. In: HJb 22, 1980/1981, S. 371-389.

Uffhausen, Dietrich: „Weh! Närrisch machen sie mich". Hölderlins Internierung im Autenriethschen Klinikum (Tübingen 1806/07) als die entscheidende Wende seines Lebens. In: HJb 24, 1984/1985, S. 306-365.

Uffhausen, Dietrich: Ein neuer Zugang zur Spätdichtung Hölderlins. Lexikalisches Material in der poetischen Verfahrensweise. In: HJb 22, 1980/1981, S. 311-332.

Varwig, Freyr R.: „Still hingleitende Gesänge lehrrtest du mich …" – Natur und Natürlichkeit im ‚Redefluß' Hölderlins. In: HJb 30, 1996/1997, S. 200-206.

Volke, Werner: „O Lacedämons heiliger Schutt!" Hölderlins Griechenland: Imaginierte Realien-Realisierte Imagination. In: HJb 24, 1984/1985, S. 63-86.

Vopelius-Holtzendorff, Barbara: Familie und Familienvermögen Hölderlin-Gock. Vorstudie zur Biographie Friedrich Hölderlins.

In: HJb 22, 1980/1981, S. 333-356.

Waibel, Violetta: Hölderlins Rezeption von Fichtes ‚Grundlage des Naturrechts'. In: HJb 30, 1996/1997, S. 146-172.

Weimar, Klaus: Scardanelli. In: HJb 25, 1986/1987, S. 273-274.

Wenzel, Manfred u. Oehler-Klein, Sigrid: Reizbarkeit-Bildungstrieb- Seelenorgan. Aspekte der Medizingeschichte der Goethezeit. In: HJb 30, 1996/1997, S. 83-101.

Zbikowski, Reinhard: Hölderlins hymnischer Entwurf ‚dem Fürsten'. Ein philolophischer Versuch über Homburg F 57/58. In: HJb 22, 1980/1981, S. 232-273.

Zimmermann, Hans Dieter: Robert Walser über Hölderlin. In: HJb 23, 1982/1983, S. 134-146.

Zuberbühler, Rolf: Drei Oden. Widmungsgedichte bei Horaz, Klopstock und Hölderlin. In: HJb 24, 1984/1985, S. 229-251.

邦文参考文献

ランゲ＝アイヒバウム『ヘルダリン　病跡学的考察』、西丸四方訳、みすず書房、一九八九年。

アレマン『ヘルダーリン　詩的なる精神』、小磯仁編訳、国文社、一九九四年。

ヤメ他『ヘーゲル、ヘルダーリンとその仲間　ドイツ精神史におけるホンブルク』、久保陽一訳、公論社、一九八五年。

『ヘルダーリン全集』、手塚富雄他訳、河出書房新社、一九六九年。

ホイサーマン『ヘルダーリン』、野村一郎訳、理想社、一九七一年。

手塚富雄『ヘルダーリン』（二巻）、中央公論社、一九八〇―一九八一年。

竹部琳昌『ヘルダーリンと古代ギリシア』、近代文藝社、一九九四年。

あとがき

本書は、二〇〇四年に九州大学大学院文学研究科（現在は人文科学研究院）に提出した博士論文を加筆修正したものである。まず同論文の執筆に至った過程を述べておきたい。

九州大学に入学した私は、教養課程から専門課程に進む際に独文学を選択した。その後まもなく、文学部の図書室でたまたま手にしたヘルダーリンの小説『ヒュペーリオン』に衝撃を受け、三日三晩うなされるように読みふけった。同書を手に取った瞬間、散文でありながらドイツ語の単語一つ一つが詩情をおびて浮かび上がってきたその感覚を今でも覚えている。『ヒュペーリオン』における様々な観念的な言説も自分の心をとらえた。美的プラトン主義が生み出す神秘性をおびた表現や様々な箴言風な言説が作品の展開に融合する様は、これまで自分が経験したことのない文学的体験であった。

その中でも小説において繰り返し言及される「自然」ということばが、極めて強い印象をもたらした。花鳥風月や四季の移ろいなど、日本的自然体験を基調とする文学文化に慣れ親しんだ自分には、観念と「自然」が結びつくことが新鮮に思われた。また「自然」ということばを基点として詩的言語が溢れ出、作品が形成されていくプロセスは、分析対象として強い好奇心を沸き立てた。これが大学院での研究テーマの端緒となった。

本書において扱った「自然」は、ヘルダーリンが構想した「自然」の全容の一側面に過ぎないかもしれない。

西洋の自然概念の形成・発展の歴史は、その形而上学の歴史そのものとも言ってよいほどの長い歴史と広範な意味内容を有している。同概念は今後も文明レヴェルでの様々な問題性を内包しながら、西洋という地域性を超えて、世界的規模で展開していくものと思われる。ヘルダーリンにおける自然とは、一八世紀のドイツ文学、思想に特徴的な「生きた自然」の一形態と見ることができるが、その背後には西洋形而上学の脈々たる思想の系譜が存在する。ヨッヘン・シュミットのドイツ古典叢書版『ヘルダーリン全集』に付された膨大な注釈は、ヘルダーリンの思想世界が西洋の知的集積を基盤としている事実の証左ともいえよう。

無論ヘルダーリンの「自然」に関しては、独自性も見出すことができる。この独自性は、彼の実人生の閉鎖性が一つの要因となっていると思われる。一般的にヘルダーリンは、古典主義やロマン派など文学史上のどのカテゴリーにも明確に属さない孤高の詩人として位置づけられている。これはフリッツ・マルティーニが『ドイツ文学史』において、ゲーテやシラーと宿命的に対立した反古典主義の詩人としてヘルダーリンを位置づけたことが理由の一つとして挙げられる。ヘルダーリンの詩人としての孤独感と喪失感はヘルダーリンの初期の作品にも見出すことができるが、これはホンブルク期以降の後期詩作において一層鮮明となる。この苦悩は、詩人の歴史的存在性へのまなざしをもたらした。

大学院の博士後期課程に進みヘルダーリン研究を継続するうちに、彼の作品内において詩人の存在形式への志向が強まると共に、詩的自然世界の内実が変化していくことに気が付いた。その変化とは、フランス革命の共和主義的世界像への共感とギリシア的自然への志向を実質とするフランクフルト期までの自然像が変質し、歴史哲学的視点において根源領域が深化していくという展開である。本書ではこの点を明らかにしようと試みた。またこの根源領域としての「自然」がギリシアからアジア、東方へと拡大している点も本書では強調した。ドイツにおけるヘルダーリン研究では、アジアはギリシア文化圏としての小アジアの意味合いが強く、オリエント、東方、インドといったヘルダーリンの後期詩作品で示される根源領域が排除されていると感じたからである。

本書に関係した方々について触れておきたい。私のゲルマニストとして自己形成の全ては、九州大学名誉教授・長崎外国語大学名誉学長の池田紘一先生に負っている。先生からは文学に関する知識と並んで、徹底してテクストに即して考える姿勢を叩き込まれた。自分がそれをどれほど実行できているか心もとないものの、この基本姿勢は終生自分の中で保持されていくと考える。

また博士論文執筆に関しては、九州大学大学院人文科学研究院の小黒康正教授にも大変お世話になった。当時助教授の職にあった小黒先生には、執筆過程の段階から校正を含め、細部に至るまで様々な助言を頂いた。また論文提出時に助手を務めていた現福岡大学人文学部教授の堺雅先生からも多くの励ましを頂いた。九大独文研究室の後輩たちから多くの精神的な支援を受けた。この方たちのおかげで、私は幸福な学生生活を送ることができた。心より謝意を表したい。

九州の地から赴任した新参者を温かく迎え入れ、研究者として教師として充実した活動の場を与えて頂いた拓殖大学の教職員、関係者の方々にも感謝申し上げる。

そして、大学業務に忙殺され遅筆を重ねる私に辛抱強くお付き合い下さり、本書の出版へと導いて下さった鳥影社の樋口至宏さんにお礼を申し上げたい。

また、大学院生時代から自分を支え、明るい家庭を築いてくれた妻に感謝の意を捧げる。

最後に、拓殖大学の平成二六年度出版助成を受けて公刊された本書のために、多くの御尽力をいただいた関係各位に心からのお礼を申し上げる。

二〇一五年一月　　田野武夫

引用文一覧

（引用１）

Ja! ein göttlich Wesen ist das Kind, solang es nicht in die Chamäleonsfarbe der Menschen getaucht ist.

Es ist ganz, was es ist, und darum ist es so schön.

Der Zwang des Gesezes und des Schiksaals betastet es nicht; im Kind' ist Freiheit allein.

In ihm ist Frieden; es ist noch mit sich selber nicht zerfallen. Reichtum ist in ihm; es kennt sein Herz, die Dürftigkeit des Lebens nicht. Es ist unsterblich, denn es weiß vom Tode nichts.

(StA 3, S. 10.)

（引用２）

Ich hatt' es lange nicht mit reiner Seele genossen, das kindliche Leben der Welt, nun that mein Auge sich auf mit aller Freude des Wiedersehens und die selige Natur war wandellos in ihrer Schöne geblieben.

(StA 3, S. 126.)

（引用 3）

So gab ich mehr und mehr der seligen Natur mich hin und fast zu endlos. Wär' ich so gerne doch zum Kinde geworden, um ihr näher zu seyn, hätt' ich so gern doch weniger gewußt und wäre geworden, wie der reine Lichtstral, um ihr näher zu seyn! o einen Augenblick in ihrem Frieden, ihrer Schöne mich zu fühlen, wie viel mehr galt es vor mir, als Jahre voll Gedanken, als alle Versuche der allesversuchenden Menschen! [...]

(StA 3, S. 158.)

(引用 4)

Lächle, Grazie der Wange!
Götterauge, rein und mild!
Leihe, daß er leb' und prange,
Deinen Adel dem Gesange,
Meiner Antiphile Bild. –
Mutter! dich erspäht der Söhne
Kühne Liebe fern und nah;
Schon im holden Schleier sah,
Schon in Antiphilens Schöne
Kannt' ich dich, Urania!

(StA 1, S. 154.)

(引用 5)

Erfrägst du sie? im Liede wehet ihr Geist,
Wenn es der Sonne des Tags und warmer Erd
Entwächst, und Wettern, die in der Luft, und andern,
Die vorbereiteter in Tiefen der Zeit,
Und deutungsvoller, und vernehmlicher uns
Hinwandeln zwischen Himmel und Erd und unter den Völkern
Des gemeinsamen Geistes Gedanken sind,
Still endend, in der Seele des Dichters,

Daß schnellbetroffen sie, Unendlichem
Bekannt seit langer Zeit, von Erinnerung
Erbebt, und ihr, von heilgem Strahl entzündet,
Die Frucht in Liebe geboren, der Götter und Menschen Werk,
Der Gesang, damit er beiden zeuge, glückt.

(StA 2, S. 119.)

(引用 6)

Sie zählete dem Vater der Zeit
Die Stundenschläge, die goldnen

statt: verwaltete dem Zevs das goldenströmende Werden. Um es unserer Vorstellungsart mehr zu nähren. Im Bestimmteren oder Unbestimmteren muß wohl Zevs gesagt werden. Im Ernste lieber: Vater der Zeit oder: Vater der Erde, weil sein Charakter ist, der ewigen Tendenz entgegen, das Streben aus dieser Welt in die andere zu kehren zu einem Streben aus einer andern Welt in diese.

(StA 5, S. 268.)

(引用 7)

[...] Das Geistigste mußte ihnen zugleich das höchste Karakteristische seyn. So auch die Darstellung desselben. Daher die Strenge und Schärfe der Form in ihren Dichtungen, daher die edle Gewaltsamkeit, womit sie diese Strenge beobachteten bei untergeordneteren Dichtungsarten, daher die Zartheit, womit sie das Hauptkarakteristische vermieden bei höhern Dichtungsarten, eben weil das Höchstkarakteristische nichts Fremdes, Außerwesentliches, darum keine Spur von Zwang in sich enthält.[...]

(StA 6, S. 381.)

(引用 8)

Das Gesez, der Kalkul, die Art, wie, ein Empfindungssystem, der ganze Mensch, als unter dem Einflusse des Elements sich entwikelt, und Vorstellung und Empfindung und Räsonnenment, in verschiedenen Successionen, aber immer nach einer sichern Regel nacheinander hervorgehn, ist im Tragischen mehr Gleichgwicht, als reine Aufeinanderfolge.

Der tragische Transport ist nemlich eigentlich leer, und der ungewbundenste.

Dadurch wird in der rhythmischen Aufeinanderfolge der Vorstellungen, worinn der Trasport sich darstellt, das, was man im Sylbenmaaße Cäsur heisst, das reine Wort, die gegenrhythmische Unterbrechung notwendig, um nemlich dem reißenden Wechsel

der Vorstellungen, auf seinem Summum, so zu begegnen, daß als dann nicht mehr der Wechsel der Vorstellung, sondern die Vorstellung selber scheint.

Dadurch wird die Aufeinanderfolge des Kalkühls, und der Rhythmus getheilt, und bezieht sich, in seinen zweien Hälften so aufeinander, daß sie, als gleichwiegend, erscheinen.

(StA 5, S. 196.)

(引用 9)

So stellten sie das Göttliche menschlich dar, doch immer mit Vermeidung des eigentlichen Menschenmaaßes, natürlicher weise, weil die Dichtkunst, die in ihrem ganzen Wesen, in ihrem Enthusisasmus, wie in ihrer Bescheidenheit und Nüchternheit ein heiterer Gottesdienst ist, niemals die Menschen zu Göttern oder die Götter zu Menschen machen, niemals I d o l o a t r i e begehen, sondern nur die Götter und die Menschen gegenseitig näher bringen durfte. Der Trauerspiel zeigt dieses *per contrarium*. Der Gott und Mensch scheint Eins, darauf ein Schiksaal, das alle Demuth und allen Stolz des Menschen erregt und am Ende Vehrehrung der Himmlischen einerseits und andererseits ein gereingtes Gemüth als Mencheneigentum zurükläßt.

(StA 6, S. 381f.)

(引用 10)

Philosophie und schöne Kunst und Religion, diese Priesterinnen der Natur, wirken demnach zunächst auf den Menschen, sind zunächst für diesen da, und nur, indem sie seiner reellen Thätigkeit, die unmittelbar auf die Natur wirkt, die edle Richtung und Kraft und Freude geben, wirken auch jene auf die Natur und wirken mittelbar auf sie reell. Auch dieses wirken jene drei, besonders die Religion, daß sich der Mensch, dem die Natur zum Stoffe seiner Thätigkeit sich hingiebt, den sie, als ein mächtig Triebrad, in ihrer unendlichen Organisation enthält, daß er sich nicht als Meister und Herr derselben dünke und sich in aller seiner Kunst und Thätigkeit bescheiden und fromm vor dem Geiste der Natur beuge, den er in sich trägt, den er um sich hat, und der ihm Stoff und Kräfte giebt; denn die Kunst und Thätigkeit der Menschen, so viel sie schon gethan hat und thun kann, kann doch Lebendiges nicht hervorbringen, den Urstoff,

den sie umwandelt, bearbeitet, nicht selbst erschaffen, sie kann die schaffende Kraft entwikeln, aber die Kraft selbst ist ewig und nicht der Menschenhände Werk.

(Ebd., S. 329f.)

(引用 11)

In wie ferne hatten sie Recht? Und sie hatten darum recht, weil, wie wir schon gesehen haben, in eben dem Grade, in welchem die Verhältnisse sich über das physisch und moralisch nothwendige erheben, die Verfahrungsart und Element auch unzertrennlicher verbunden sind, die in der Form und Art bestimmter Grunderfahrungen absolut gedacht werden können.

(Ebd.)

(引用 12)

Er tritt ein in den Gang des Schiksaals, als Aufseher über die Naturmacht, die tragisch, den Menschen seiner Lebenssphäre, dem Mittelpunkte seines innern Lebens in eine andere Welt entrükt und in die exzentrische Sphäre der Todten reißt.

(StA 5, S. 197.)

(引用 13)

Nicht lang mehr brütest
In eifers[u]chtiger Sonne du.

Auf der Erde, unter Menschen, kann die Sonne, wie sie relativ physisch wird, auch wirklich relativ im Moralischen werden.

(StA 4, S. 267.)

(引用 14)

Die Darstellung des Tragischen beruht vorzüglich darauf, daß das Ungeheure, wie der Gott und Mensch sich paart, und gränzenlos die Naturmacht und des Menschen Innerstes im Zorn Eins wird, dadurch sich begreift, daß das gränzenlose Eineswerden durch gränzenloses Scheiden sich reiniget. //Thes phuseohs grammateus ehn xalamon

apobrexohn eunoun//.

StA 5, S. 201.)

(引用 15)

Der kühnste Moment eines Taglaufs oder Kunstwerks ist, wo der Geist der Zeit und Natur, das Himmlische, was den Menschen ergreift, und der Gegenstand, für welchen er sich interessirt, am wildesten gegeneinander stehen, weil der sinnliche Gegenstand nur eine Hälfte weit reicht, der Geist aber am mächtigsten erwacht, da, wo die zweite Hälfte angehet. In diesem Momente muß der Mensch sich am meisten festhalten, deswegen steht er auch da am offensten in seinem Karakter.

(StA 5, S. 197.)

(引用 16)

In hohem Bewußtseyn vegleicht sie sich dann immer mit Gegenständen, die kein Bewußtseyn haben, aber in ihrem Schiksaal des Bewußtseyns Form annehmen. So einer ist ein wüst gewordenes Land, das in ursprünglicher üppiger Fruchtbarkeit die Wirkungen des Sonnenlichts zu sehr verstärket, und darum dürre wird. Schiksaal der Phrygischen Niobe; wie überall Schiksaal der unschuldigen Natur, die überall in ihrer Virtuosität in eben dem Grade ins Allzuorganische gehet, wie der Mensch sich dem Aorgischen nähert, in heroischeren Verhältnissen, und Gemüthsbewegungen. Und Niobe ist dann auch recht eigentlich das Bild des frühen Genies.

(Vgl.StA 5, S. 267f.)

(引用 17)

So in den Chören des Oedipus das Jammernde und Friedliche und Religiose, die fromme Lüge (wenn ich Wahrsager bin, etc.) und das Mitleid bis zur gänzlichen Erschöpfung gegen einen Dialog, der die Seele eben dieser Hörer zerreißen will, in seiner zornigen Empfindlichkeit; in den Auftritten die schröklichfeierlichen Formen, das Drama wie eines Kezergerichtes, als Sprache für eine Welt, wo unter Pest und Sinnesverwirrung und allgemein entzündetem Wahrsagergeist, in müßiger Zeit, der Gott und der Mensch, damit der Weltlauf keine Lüke hat und das Gedächtniß der

Himmlischen nicht ausgehet, in der allvergessenden Form der Untreue sich mittheilt, denn göttliche Untreue ist am besten zu behalten.

(StA 5, S. 201f.)

(引用 18)

Für uns, da wir unter dem eigentlicheren Zeus stehen, der nicht nur zwischen dieser Erde und der wilden Welt der Todten inne hält, sondern den ewig menschenfeindlichen Naturgang, auf seinem Wege in die andre Welt, entschiedener zur Erde zwinget, und da diß die wesentlichen und vaterländischen Vorstellungen groß ändert, und unsere Dichtkunst vaterländisch seyn muß, so daß ihre Stoffe nach unserer Weltansicht gewält sind, und ihre Vorstellungen vaterländisch, [...]

(StA 5, S. 270.)

(引用 19)

[...] Wir lernen nichts schwerer als das Nationelle frei gebrauchen. Und wie ich glaube, ist gerade die Klarheit der Darstellung uns ursprünglich so natürlich wie den Greichen das Feuer vom Himmel. Eben deßwegen werden diese eher in schöner Leidenschaft, die Du Dir auch erhalten hast, als in jener homerischen Geistesgegenwart und Darstellunsgabe zu *übertreffen* sein.

Es klingt paradox. Aber ich behaupt' es noch einmal, und stelle es Deiner Prüfung und Deinem Gebrauche frei; das eigentliche nationelle wird im Fortschritt der Bildung immer der geringere Vorzug werden. Deswegen sind die Griechen des heiligen Pathos weniger Meister, weil es ihnen angeboren war, hingegen sind sie vorzüglich in Darstellungsgabe, von Homer an, weil dieser außerordentliche Mensch seelenvoll genug war, um die abendländische *Junonische Nüchternheit* für sein Apollonsreich zu erbeuten, und so wahrhaft das fremde sich anzueignen.

Bei und ists umgekehrt. Deßwegen ists auch so gefährlich sich die Kunstrelgeln einzig und allein von griechischer Vortrefflichkeit zu abstrahieren. Ich habe lange daran laboriert und weiß nun daß außer dem, was bei den Griechen und uns das höchste seyn muß, nämlich dem lebendigen Verhältniß und Geschik, wir nicht wohl etwas *gleich* mit ihnen haben dürfen.

(StA 6, S. 425f.)

(引用 20)

Die heimatliche Natur ergreift mich auch um so mächtiger, je mehr ich sie studiere. Das Gewitter, nicht blos in seiner höchstern Erscheinung, sondern in eben dieser Ansicht, als Macht und als Gestalt, in den übrigen Formen des Himmels, das Licht in seinem Wirken, nationell und als Prinzip und Schiksaalsweise bildend, daß uns etwas heilig ist, sein Drang im Kommen und Gehen, das Karakteristische der Wälder und das Zusammentreffen in einer Gegend von verschiedenene Karakteren der Natur, daß alle heiligen Orte der Erde zusammen sind um einen Ort und das philosophische Licht um mein Fenster ist jezt meine Freude; daß ich behalten möge, wie ich gekommen bin, bis hierher!

(StA 6, S. 433.)

(引用 21)

Mein Lieber! ich denke, daß wir die Dichter bis auf unsere Zeit nicht commentiren werden, sondern daß die Sangart überhaupt wird einen andern Karakter nehmen, und daß wir darum nicht aufkommen, weil wir, seit den Griechen, wieder anfangen, vaterländisch und natürlich, eigentlich originell zu singen.

(StA 6, S. 433.)

(引用 22)

»Was wir Überleben unsrer selbst nennen, ist bei bessern Seelen nur Schlummer zu neuem Erwachen, eine Abspannung des Borgens zu neuem Gebrauche. So ruhet der Aker, damit er desto reicher trage: so erstirbt der Baum im Winter, damit er im Frühlinge neu sprosse und treibe. Den Guten verlässet das Schiksaal nicht, so lange er sich nicht selbst verläßt, und unrümlich an sich verzweifelt. Der Genius, der von ihm gewichen schien, kehrt zu rechter Zeit zurük, und mit ihm neue Tätigkeit, Glük und Freude. Oft ist ein Freund ein solcher Genius!«

(StA 6, S. 125.)

(引用 23)

Wo bist du, Jugendliches! das immer mich
　Zur Stunde wekt des Morgens, wo bist du, Licht!
　　Das Herz ist wach, doch bannt und hält in
　　　Heiligem Zauber die Nacht mich immer.

(StA 2, S. 54.)

(引用 24)

Wenn ich altre dereinst, siehe, so geb ich dir,
　Die mich täglich verjüngt, Allesverwandelnde,
　　Deiner Flamme die Schlaken,
　　　Und ein anderer leb ich auf.

(StA 2, S. 23.)

(引用 25)

Das erste Kind der menschlichen, der göttlichen Schönheit ist die Kunst. In ihr verjüngt und wiederholt der göttliche Mensch sich selbst. Er will sich selber fühlen, darum stellt er seine Schönheit gegenüber sich. So gab der Mensch sich seine Götter. Denn im Anfang war der Mensch und seine Götter Eins, da, sich selber unbekannt, die ewige Schönheit war. –Ich spreche Mysterien, aber sie sind.–

Das erste Kind der göttlichen Schönheit ist die Kunst. So war es bei den Athenern .

(StA 3, S. 235.)

(引用 26)

Wie ein Geist, der keine Ruhe am Acheron findet, kehr' ich zurück in die verlaßnen Gegenden meines Lebens. Alles altert und verjüngt sich wieder. Warum sind wir ausgenommen vom schöen Kreislauf der Natur? Oder gilt er auch für uns?

(StA 3, S. 17.)

(引用 27)

[...] Ihr entwürdiget, ihr zerreißt, wo sie euch duldet, die geduldige Natur, doch lebt

sie fort, in unendlicher Jugend, und ihren Herbst und ihren Frühling könnt ihr nicht vertreiben, ihren Aether, den verderbt ihr nicht.

O göttlich muß sie sein, weil ihr zerstören dürft, und dennoch sie nicht altert und trotz euch schön das Schöne bleibt!

(StA 3, S. 155.)

(引用 28)

Auch bin ich veranlaßt worden, besonders über die nothwendige Gleichheit nothwendig verschiedener höchster Prinzipien und reiner Methoden manches zu denken, was im ganzen Zusammenhange und mit den rechten Gränzlinien dargestellt, wohl auch einiges Licht über den Bildungskreis und die von ihm ausgeschlossenen Gebiete verbreiten könnte.

(StA 6, S. 422.)

(引用 29)

Ich hoffe, die griechische Kunst, die uns fremd ist, durch Nationalkonvenienz und Fehler, mit denen sie sich immer herum beholfen hat, dadurch lebendiger, als gewöhnlich dem Publikum darzustellen, daß ich das Orientarische, das sie verläugnet hat, mehr heraushebe, und ihren Kunstfehler, wo er vorkommt, verbessere.

(StA 6, S. 434.)

(引用 30)

Was? der arabische Kaufmann säete seinen Koran aus, und es wuchs ein Volk von Schülern, wie ein unendlicher Wald, ihm auf, und der Acker sollte nicht auch gedeihn, wo die alte Wahrheit wiederkehrt in neu lebendiger Jugend?

(StA 3, S. 89.)

(引用 31)

Wenn die allverklärende dann, die Sonne des Tages,
Sie, des Orients Kind, die Wunderthätige, da ist,
Dann die Lebenden all' im goldenen Traume beginnen,

Den die Dichtende stets des Morgens ihnen bereitet,
Dir, dem trauernden Gott, dir sendet sie froheren Zauber ,

(StA 2, S. 104.)

(引用 32)

Die Natur ist kein selbständiges Wesen, sondern Gott ist alles in seinen Werken; indessen wollte ich diesen hochheiligen Namen, den kein erkenntliches Geschöpf ohne die tiefste Ehrfurcht nennen sollte, durch einen öftern Gebrauch, bei dem ich ihm nicht immer Heiligkeit gnug verschaffen konnte, wenigstens nicht mißbrauchen. Wem der Name »Natur« durch manche Schriften unsres Zeitalters sinnlos und niedrig geworden ist, der denke sich statt dessen jene allmächtige Kraft, Güte und Weisheit und nenne in seiner Seele das unsichtbare Wesen, das keine Erdensprache zu nennen vermag.

（同、251 頁。訳文は筆者による）

(引用 33)

Sollte es nicht offenbaren *Fortgang* und *Entwicklung* aber in einem höhern Sinne geben, als mans gewähnet hat? Siehest du diesen *Strom* fortschwimmen: wie er aus einer kleinen Quelle entsprang, wächst, dort abreißt, hier ansetzt, sich immer schlängelt und weiter und tiefer bohret – bleibt aber imer *Wasser*! *Strom*! Tropfe immer nur Tropfe, bis er ins Meer stürzt – wenns so mit dem menschlichen Geschlechte wäre? （イタリック体は原文に依拠）

(Herder 4, S. 41.)

(引用 34)

Dich Mutter Asia! grüß ich [...] | und fern im Schatten der alten Wälder ruhest, und deiner Taten |denkst, | der Kräfte, da du, tausendjahralt voll himmlischer Feuer, u. trunken ein unendlich|Frohlocken erhubst daß uns nach jener Stimme das Ohr noch jetzt, o Tausendjährige tönet, | Nun aber ruhest du, und wartest, ob vielleicht dir aus lebendiger Brust | ein Widerklang der Liebe dir begegene, [...]| mit ‹der› Donau, wenn herab | vom Haupte sie dem | Orient entgegengeht | und die Welt sucht und gerne |

die Schiffe trägt, auf kräftiger | Woge komm' ich zu dir.

(SWB 1, S. 843.)

(引用 35)

Denn, wie wenn hoch von der herrlichgestimmten, der Orgel
Im heiligen Saal,
Reinquillend aus den unerschöpflichen Röhren,
Das Vorspiel, wekend, des Morgens beginnt
Und weitumher, von Halle zu Halle,
Der erfrischende nun, der melodische Strom rinnt,
Bis in den kalten Schatten das Haus
Von Begeisterungen erfüllt,
Nun aber erwacht ist, nun, aufsteigend ihr,
Der Sonne des Fests, antwortet
Der Chor der Gemeinde: so kam
Das Wort aus Osten zu uns,
Und an Parnassos Felsen und am Kithäron hör' ich,
O Asia, das Echo von dir und es bricht sich
Am Kapitol und jählings herab von den Alpen

Kommt eine Fremdlingin sie
Zu uns, die Erwekerin,
Die menschenbildende Stimme.

(StA 2, S. 126.)

(引用 36)

[...]So auch wir. Denn manchen erlosch
Das Augenlicht schon vor den göttlichgesendeten Gaben,

Den freundlichen, die aus Ionien uns,
Auch aus Arabia kamen, [...]

(StA 2, S. 127.)

（引用 37）

Auch eurer denken wir, ihr Thale des Kaukasos,
So alt ihr seid, ihr Paradiese dort,
Und deiner Patriarchen und deiner Propheten,

O Asia, deiner Starken, o Mutter!
[...] Die ruhn nun. Aber wenn ihr,
Und diß ist zu sagen,
Ihr Alten all, nicht sagtet, woher
Wir nennen dich: heiliggenöthiget, nennen,
Natur! dich wir, und neu, wie dem Bad entsteigt
Dir alles Göttlichgeborne.

(StA 2, S. 128.)

（引用 38）

[...]
Doch bald, in frischem Glanze,
Geheimnisvoll
Im goldenen Rauche, blühte
Schnellaufgewachsen,
Mit Schritten der Sonne,
Mit tausend Gipfeln duftend,

Mir Asia auf, [...]

(StA 2, S. 165f.)

（引用 39）

[...] Philosoph, willt du den Stand deines Jahrhunderts ehren und nutzen: das *Buch* der *Vorgeschichte* liegt vor dir! mit sieben Siegeln *verschlossen*; ein *Wunderbuch voll*

Weissagung: auf dich ist das *Ende der Tage* kommen! lies!

Dort *Morgenland*! die *Wiege* des Menschengeschlechts, menschlicher *Neigungen* und aller *Religion*. Wenn Religion in aller kalten Welt *verachtet* und verglüht sein sollte: ihr Wort dorther, Feuer- und Flammengeist *dorther* Webend.* Mit *Vaterwürde* und *Einfalt*, die insonderheit noch immer »das Herz des unschludigen Kindes« wegführt! Kindheit des *Geschlechts* wird auf Kindheit *jedes Individuum* würken: der letzte *Unmündige* noch im ersten *Morgenlande geboren*!

*Das verachtete Buch — Bibel!

(Herder 4, S. 152.)

(引用 40)

Und freudig ungeduldig rief ich schon
Vom Orient die goldne Morgenwolke
Zum neuen Fest, an dem mein einsam Lied
Mit euch zum Freudenchore würd, herauf.

(StA 4, S. 64.)

(引用 41)

Ich bitte, dieses Blatt nur gutmütig zu lesen. So wird es sicher nicht unfaßlich, noch weniger anstößig sein. Sollten aber dennoch einige solche Sprache zu wenig konventionell finden, so muß ich ihnen gestehen: ich kann nicht anders. An einem schönen Tage läßt sich ja fast jede Sangart hören, und die Natur, wovon es her ist, nimmts auch wieder.

Der Verfasser gedenkt dem Publikum eine ganze Sammlung von dergleichen Blättern vorzulegen, und dieses soll irgend eine Probe sein davon.

(StA 3, S. 522.)

(引用 42)

Schon grünet ja, im Vorspiel rauherer Zeit
Für sie erzogen, das Feld, bereitet ist die Gaabe

Zum Opfermahl und Thal und Ströme sind
Weitoffen um prophetische Berge,
Daß schauen mag bis in den Orient
Der Mann und ihn von dort der Wandlungen viele bewegen.
Vom Aether aber fällt
Das treue Bild und Göttersprüche reegnen
Unzählbare von ihm, und es tönt im innersten Haine.
Und der Adler, der vom Indus kömmt,
Und über des Parnassos
Beschneite Gipfel fliegt, hoch über den Opferhügeln
Italias, und frohe Beute sucht
Dem Vater, nicht wie sonst, geübter im Fluge
Der Alte, jauchzend überschwingt er
Zulezt die Alpen und sieht die vielgearteten Länder.

(StA 2, S. 150.)

(引用 43)

Des Ganges Ufer hörten des Freudengotts
Triumph, als allerobernd vom Indus her
Der junge Bacchus kam, mit heilgem
Weine vom Schlafe die Völker weckend.

Und du, des Tages Engel! erwekst sie nicht,
Die jetzt noch schlafen? gib die Gesetze, gib
Uns Leben, siege, Meister, du nur
Hast der Eroberung Recht, wie Bacchus.

(StA 2, S. 46.)

(引用 44)

Nun aber sind zu Indiern
Die Männer gegangen,

Dort an der luftigen Spitz'
An Traubenbergen, wo herab
Die Dordogne kommt,
Und zusammen mit der prächt'gen
Garonne meerbreit
Ausgehet der Strom. Es nehmet aber
Und gibt Gedächtniß die See,
Und die Lieb' auch heftet fleißig die Augen,
Was bleibet aber, stiften die Dichter.

(StA 2, S. 189.)

(引用 45)

Und zu unschuldigen Junglingen sich
Herablies Zevs und Söhn' in heiliger Art
und Töchter zeugte
Der Hohe unter den Menschen?

Der hohen Gedanken
Sind nehmlich viel
Endsprungen des Vaters Haupt
Und große Seelen
Von ihm zu Menschen gekommen.

(StA 2, S. 153.)

(引用 46)

[...] Und freilich weiß
Ich, der dich zeugte, dein Vater,
Derselbe der,

Denn nimmer herrscht er allein.

(StA 2, S. 155.)

（引用 47）

[…]
Denn wie der Meister
Gewandelt auf Erden
Ein gefangener Aar,

Und viele, die
Ihn sahen, fürchten sich,
Dieweil sein Äußerstes that
Der Vater und sein Bestes unter
Den Menschen wirkete wirklich,
[…]

(StA 2, S. 156.)

著者紹介

田野武夫（たの・たけお）

1970 年宮崎市に生まれる。
2003 年九州大学大学院文学研究科博士課程単位取得退学。
2004 年博士（文学）。現在、拓殖大学政経学部准教授。

ヘルダーリンにおける自然概念の変遷

二〇一五年三月一〇日初版第一刷印刷
二〇一五年三月一五日初版第一刷発行
定価（本体二二五〇円＋税）

著者　田野武夫
発行者　樋口至宏
発行所　鳥影社・ロゴス企画
長野県諏訪市四賀二二九—一（編集室）
電話　〇二六六—五三—二九〇三
東京都新宿区西新宿三—五—一二—7F
電話　〇三—三七六三—三五七〇
印刷　モリモト印刷
製本　高地製本

乱丁・落丁はお取り替えいたします
©2015 by TANO Takeo printed in Japan
ISBN978-4-86265-496-0 C1098

好評既刊

（表示価格は税込みです）

激動のなかを書きぬく　山口知三

二〇世紀前半のドイツの作家たち　クラウス・マン、W・ケッペン、T・マンの時代との対峙の仕方　3132円

R・Z・ベッカーの民衆啓蒙運動　田口武史

近代的フォルク像の源流　彼の著作や同時代の啓蒙論・社会現象からVolkの概念と機能を探る。　2376円

語りの多声性　長谷川純

デーブリーンの小説「ハムレット」をめぐって　物語を読む、語るという行為からその世界を読む。　2376円

放浪のユダヤ人作家ヨーゼフ・ロート　平田達治

スラブ的朴訥、ユダヤ的敬虔、オーストリア的憂愁を書いた作家の全貌を現地調査から描く大作　3456円

境界としてのテクスト　三谷研爾

カフカ・物語・言説　カフカにおける物語の可能性、カフカ文学の文化史的位相と受容史を問う　1836円